O LABIRINTO DA MORTE

PHILIP K DICK

O LABIRINTO DA MORTE

Tradução
Braulio Tavares

Copyright © 1970 by Philip K. Dick

Grafia atualizada segundo o Acordo Ortográfico da Língua Portuguesa de 1990, que entrou em vigor no Brasil em 2009.

Título original
A Maze of Death

Capa e projeto gráfico
Celso Longo

Ilustração de capa e guardas
Andrés Sandoval

Preparação
Marcela Ramos

Revisão
Luís Eduardo Gonçalves
Juliana Cury/ Algo Novo Editorial

Dados Internacionais de Catalogação na Publicação (CIP)
(Câmara Brasileira do Livro, SP, Brasil)

Dick, Philip K., 1928-1982
   O labirinto da morte / Philip K. Dick ; tradução Braulio Tavares. — 1ª ed. — Rio de Janeiro : Suma, 2023.

   Título original : A Maze of Death.
   ISBN 978-85-5651-200-0

   1. Ficção científica norte-americana I. Título.

23-161717   CDD-813.0876

Índice para catálogo sistemático:
1. Ficção científica : Literatura norte-americana   813.0876

Cibele Maria Dias – Bibliotecária – CRB-8/9427

Todos os direitos desta edição reservados à
EDITORA SCHWARCZ S.A.
Praça Floriano, 19, sala 3001 — Cinelândia
20031-050 — Rio de Janeiro — RJ
Telefone: (21) 3993-7510
www.companhiadasletras.com.br
www.blogdacompanhia.com.br
facebook.com/editorasuma
instagram.com/editorasuma
twitter.com/editorasuma

*Para as minhas duas filhas,
Laura e Isa.*

SUMÁRIO

Introdução do autor 9

1. Em que Ben Tallchief ganha um coelho de estimação em uma rifa. 11

2. Seth Morley descobre que seu senhorio consertou aquilo que simboliza tudo em que Morley acredita. 19

3. Um grupo de amigos se reúne, e Sue Smart recupera suas faculdades mentais. 34

4. Mary Morley descobre que está grávida, com resultados imprevistos. 45

5. O caos da vida fiscal do dr. Babble torna-se demasiado para ele. 63

6. Pela primeira vez Ignatz Thugg enfrenta uma força além da sua capacidade. 76

7. Dos seus inúmeros investimentos, Seth Morley obtém apenas um ganho insignificante, medido em centavos.   96

8. Glen Belsnor ignora as advertências dos pais e embarca em uma ousada aventura marítima.   119

9. Encontramos Tony Dunkelwelt preocupado com um dos mais antigos problemas da humanidade.   135

10. Wade Frazer descobre que aquelas pessoas em cujos conselhos mais confiava se voltaram contra ele.   153

11. O coelho que foi ganho por Ben Tallchief contrai demodicose.   170

12. A tia solteirona de Roberta Rockingham lhe faz uma visita.   180

13. Em uma estação ferroviária desconhecida, Betty Jo Berm perde um valioso item de bagagem.   187

14. Ned Russell vai à falência.   201

15. Ressentido, Tony Dunkelwelt larga a escola e volta para sua cidade natal.   220

16. Depois que o médico examina seus raios X, Maggie Walsh descobre que sua doença não tem cura.   230

Sobre o autor   237

INTRODUÇÃO DO AUTOR

A teologia presente neste romance não é análoga a nenhuma religião conhecida. É decorrente de uma tentativa, feita por William Sarill e por mim, de desenvolver um sistema lógico e abstrato de pensamento religioso, baseado no postulado arbitrário de que Deus existe. Devo dizer, também, que o falecido bispo James A. Pike, em diálogos comigo, forneceu uma grande quantidade de material teológico com o qual eu não tinha familiaridade até então.

Neste livro, as experiências de Maggie Walsh após a morte se baseiam em uma experiência que eu próprio tive com LSD. Nos mínimos detalhes.

A abordagem deste romance é altamente subjetiva; com isso quero dizer que em qualquer momento a realidade não é vista de maneira direta, mas indireta, ou seja, através da mente de um dos personagens. Essa mente que serve de ponto de vista torna-se diferente a cada nova seção, embora a maior parte dos acontecimentos seja vista através da psique de Seth Morley.

Todo o material relativo a Wotan e à morte dos deuses se baseia na versão de Richard Wagner para *O anel do Nibelungo*, e não no corpo original desses mitos.

As respostas às perguntas formuladas ao Tenc derivam do *I Ching*, o *Livro das mutações* chinês.

"Tekel upharsin", em aramaico, significa "Ele pesou, e agora eles dividem". Aramaico era a língua falada por Cristo. Deveria haver mais pessoas como ele.

1

O trabalho, como sempre, o deixava entediado. Então na semana anterior ele tinha ido até o transmissor da espaçonave e ligado uma série de condutos aos eletrodos permanentes afixados à sua glândula pineal. Esses condutos levaram sua prece até o transmissor, e dali a prece se espalhou pela rede de retransmissão mais próxima. Durante aqueles dias, a prece havia ecoado por toda a galáxia, até encerrar seu trajeto — esperava ele — em um dos mundos-de-deus.

A prece tinha sido simples. "Este maldito trabalho de controlar inventário me entedia", rezara ele. "É um trabalho mecânico, esta nave é grande demais e tem uma tripulação muito numerosa. Sou um módulo inútil de reserva. Poderia me ajudar a encontrar algo mais criativo e estimulante?" Ele havia direcionado sua prece, naturalmente, ao Intercessor. Caso falhasse, ele a reformularia, dessa vez para o Mentifaturador.

Mas a prece não falhara.

— Sr. Tallchief — disse o seu supervisor, entrando no cubículo de trabalho de Ben —, o senhor será transferido. O que me diz disso?

— Vou transmitir uma prece de agradecimento — disse Ben, sentindo-se melhor. É sempre bom quando as preces são atendidas. — Quando vai ser a transferência? Logo?

Ele nunca escondera do supervisor a insatisfação; e restava ainda menos motivos para fazê-lo.

— Ben Tallchief — disse o supervisor. — O louva-a-Deus.

— E você não louva? — perguntou ele, espantado.

— Só quando não tenho alternativa. Sou a favor de que uma pessoa resolva seus problemas por conta própria, sem ajuda externa. De qualquer modo, sua transferência já foi validada. — O supervisor largou um documento na mesa, diante de Ben. — Uma pequena colônia em um planeta chamado Delmak-O. Não sei de nada a respeito do lugar, mas imagino que você vá ficar sabendo quando chegar lá. — Ele encarou Ben, pensativo. — Você tem direito a usar um dos Nasais da nave. Mediante pagamento de três dólares de prata.

— Combinado — disse Ben, e se levantou, pegando o documento.

Ele subiu pelo elevador expresso até o transmissor da nave e encontrou o local em plena atividade, transmitindo mensagens oficiais.

— Vocês vão ter algum período livre mais tarde? — perguntou ele ao operador-chefe do rádio. — Tenho outra prece, mas não quero empatar o equipamento bem quando vocês estão precisando.

— Vamos estar ocupados o dia inteiro — disse o operador-chefe. — Olha aqui, cara, já mandamos uma prece para você na semana passada, não é o bastante?

Bem, de qualquer modo eu tentei, refletiu Ben Tallchief ao se afastar do transmissor e de sua equipe atarefada, de volta ao dormitório. Se mais tarde alguém tocar nesse assunto, pensou ele, posso dizer que fiz o que pude, mas, como sempre, os canais estavam ocupados pelas comunicações oficiais.

Ele sentiu sua expectativa aumentar; finalmente um trabalho criativo, logo quando mais precisava. Mais algumas semanas aqui, disse para si mesmo, e eu estaria enchendo a cara outra vez, como nos velhos tempos que não deixaram saudade. E é claro que foi justamente por isso que eles me atenderam, percebeu. Eles sabiam que eu estava prestes a pifar. Provavelmente ia acabar na prisão da nave, ao lado de... Quantos havia por trás das grades a essa altura? Bem, ao lado deles, fossem quantos fossem. Uns dez, talvez. Não é muito para uma nave desse tamanho, e com um regulamento tão rigoroso.

Da gaveta de cima da cômoda ele tirou uma garrafa pequena e lacrada de scotch Peter Dawson, quebrou o selo, desenroscou a tampa. Uma pequena libação, disse a si mesmo enquanto servia o scotch em um copinho de papel. E celebração, também. Os deuses gostam de cerimônias. Ele bebeu o scotch, depois voltou a encher o copo.

Para ampliar o alcance da cerimônia, pegou, com certa relutância, seu exemplar de *O Livro: A obra de A. J. Specktowsky, Como eu me ergui dentre os mortos em minhas horas vagas e você pode fazer o mesmo*, uma edição barata, brochura, mas a única que ele já possuíra, portanto tinha uma relação afetiva. Abrindo o livro ao acaso (um método altamente aprovado), ele leu alguns parágrafos familiares da *apologia pro sua vita* do grande teólogo comunista do século XXI.

"Deus não é sobrenatural. Sua existência foi o primeiro modo de ser, e o mais natural, a se formar."

Verdade, pensou Ben Tallchief. Tal como haviam provado investigações teológicas posteriores. Specktowsky tinha sido tanto um profeta quanto um lógico; tudo que fora predito por ele acabara acontecendo mais cedo ou mais tarde. Ainda restava muita coisa para se saber ao certo, é claro... por exemplo, a razão do vir-a-ser do Mentifaturador (a menos que alguém se contentasse com a crença de Specktowsky de que seres dessa ordem eram autocriadores e existiam fora do tempo, e portanto fora dos princípios da causalidade). Mas de um modo geral estava tudo ali, naquelas páginas tantas vezes reimpressas.

> Com cada círculo mais amplo, o poder, o bem e o conhecimento da parte de Deus vão se enfraquecendo, de modo que na periferia do círculo maior seu bem está fraco, seu conhecimento está fraco, fraco demais para que ele possa observar o Destruidor de Formas, a quem foi dada existência pelos atos de Deus da criação dessas próprias formas. A origem do Destruidor de Formas não é clara. Não é possível afirmar, por exemplo, que ele: 1) é uma entidade distinta de Deus desde o princípio, não criada por Deus, mas autocriada como o próprio Deus, ou 2) se o Destruidor de Formas é um aspecto de Deus, não existindo nada...

Ele parou a leitura, bebericando o uísque e esfregando a testa, meio cansado. Estava com quarenta e dois anos e tinha lido *O Livro* muitas vezes. Embora já longa, sua vida não produzira grandes resultados, pelo menos até então. Passara por uma grande variedade de empregos, sempre fazendo o que seus empregadores esperavam dele, mas sem se destacar em coisa alguma. *Talvez eu possa começar a me destacar*, pensou ele. *Nesta nova missão. Talvez seja esta a minha grande chance.*

Quarenta e dois. Sua idade o surpreendera durante anos, e cada vez que de tão surpreso tentava descobrir o que fora feito do rapaz esguio de vinte anos, mais um ano se passava e tinha que ser também registrado, em uma soma que não parava de crescer e que ele não conseguia conciliar com sua autoimagem. Ele ainda se via, na própria mente, jovem e, quando se deparava com alguma foto sua, acabava desabando. Por exemplo, passara a só se barbear com um barbeador elétrico, relutando em se contemplar no espelho do banheiro. *Alguém sequestrou minha presença física verdadeira e colocou isto* no lugar dela, pensava de tempos em tempos. Oh, tudo bem, a vida é assim mesmo. Ele suspirou.

Dos poucos empregos que tivera, havia gostado de apenas um e ainda pensava nele de vez em quando. Em 2105 trabalhara como operador do sistema de som ambiente a bordo de uma enorme nave colonizadora a caminho de um dos planetas do sistema de Deneb. No arquivo de fitas ele encontrara todas as sinfonias de Beethoven, mixadas desordenadamente a algumas versões de cordas da *Carmen* e de Delibes; e assim ele fora capaz de tocar a *Quinta*, a sua favorita, centenas de vezes pelo complexo de alto-falantes que se ramificava por toda a nave, chegando a cada cubículo e a cada espaço coletivo. Curiosamente, ninguém jamais se queixou, e ele prosseguiu, finalmente transferindo sua fidelidade para a *Sétima* e, por fim, em um solavanco de entusiasmo ao longo dos derradeiros meses da viagem, para a *Nona*, que nunca perdeu seu posto.

Talvez eu esteja precisando mesmo é de sono, pensou ele. Uma espécie de vida crepuscular, com apenas Beethoven audível ao fundo, e todo o restante fora de foco.

Não, decidiu: eu quero *ser*! Quero agir e realizar alguma coisa. E a cada ano isso se torna mais necessário. E a cada ano, também, essa possibilidade se afasta mais e mais. A questão do Mentifaturador, refletiu ele, é que ele é capaz de renovar todas as coisas. Ele pode abortar o processo de decomposição substituindo o objeto que se decompõe por um novo, cuja forma seja perfeita. E então este começa a se decompor também. O Destruidor de Formas se apossa desse objeto — e a certa altura o Mentifaturador o substitui por mais um. Como uma sucessão de velhas abelhas perdendo as asas, morrendo e sendo substituídas a partir de então por novas abelhas. Mas eu não posso ser assim. Eu me decomponho e o Destruidor de Formas se apossa de mim. E então as coisas só fazem piorar.

Meu Deus, pensou ele, me ajude.

Mas não me substituindo. Isso seria bom do ponto de vista cosmológico, mas cessar de existir não me interessa; e talvez o senhor tenha compreendido isso quando atendeu minha prece.

O scotch o deixara sonolento; para seu aborrecimento, ele se viu cabeceando de sono. Precisava ficar totalmente desperto; era indispensável. Dando um pulo, foi até o fonógrafo portátil, escolheu um videodisco aleatoriamente e o colocou na vitrola. No mesmo instante a parede oposta do quarto se iluminou, e silhuetas brilhantes surgiram, misturadas umas às outras, uma combinação de movimento e de vida, mas achatadas, indicando certa artificialidade. Por instinto, ele ajustou o circuito de profundidade: as figuras começaram a se tornar tridimensionais. Ele aumentou o volume também.

"... Legolas está certo. Não devemos alvejar um homem idoso assim, sem que ele nos perceba ou nos provoque, por mais medo ou dúvidas que tenhamos a seu respeito. Vigiem e esperem!"

As palavras vibrantes do épico antigo o ajudaram a recuperar a perspectiva das coisas. Ele voltou a sentar-se à mesa, pegou novamente o documento que o supervisor lhe entregara. Franzindo a testa, examinou as informações codificadas, tentando decifrar o conteúdo. Em forma de números, de perfurações e de letras o documento descrevia sua nova vida, seu mundo futuro.

"... Você fala como alguém que conhece muito bem Fangorn. Isso procede?"

O videodisco continuou a rodar, mas ele não mais escutava: tinha começado a pegar o código da mensagem.

"O que você tem a dizer que não disse em nosso último encontro?"

Era uma voz cortante e poderosa; ele ergueu os olhos e se defrontou com uma figura trajada de cinza: Gandalf. Era como se Gandalf estivesse se dirigindo a ele, a Ben Tallchief.

Tirando satisfação. "Ou talvez você tenha alguma coisa a desdizer?", disse Gandalf.

Ben se ergueu, foi até o fonógrafo e o desligou. No momento não sou capaz de responder, Gandalf, disse ele consigo mesmo. Existem coisas a serem feitas, coisas de verdade, e eu não posso me dar ao luxo de mergulhar numa conversa misteriosa e irreal com um personagem mitológico que provavelmente nunca existiu. Os velhos valores, para mim, sumiram de repente; tenho que descobrir o que significam estas perfurações, estas letras e estes números.

Estava começando a pegar o jeito. Cuidadosamente repôs a tampa na garrafa de uísque, enroscando-a com firmeza. Ele deveria partir sozinho em um Nasal; na colônia, iria se juntar a pelo menos uma dúzia de outras pessoas, recrutadas de variadas origens. Faixa 5 de habilidades; uma operação classe C, com faixa de pagamento K-4. Período máximo: dois anos de operação. Pensão completa e benefícios médicos, com validade a partir do dia de chegada. Cancelamento de todas as instruções prévias que tivesse recebido, de modo que podia partir imediatamente. Não precisaria concluir seu trabalho ali antes de ir embora.

E eu tenho os três dólares de prata pra pagar o Nasal, ele pensou. Então é isso aí. Não há com que se preocupar. Só que...

Ele não conseguia desvendar em que consistiria o seu trabalho. As letras, os números e as perfurações não diziam nada a respeito, ou talvez fosse mais correto dizer que ele não conseguia fazê-los revelar essa parte da informação, parte que ele gostaria muito de ter.

Mas mesmo assim parecia muito bom. Gostei, disse a si mesmo. Eu quero. Gandalf, pensou, não tenho nada a desdizer; não é sempre que nossas preces são atendidas, e eu vou aceitar isto aqui, sim. Em voz alta, falou:

— Gandalf, você não existe mais, a não ser nas mentes humanas, e o que eu tenho aqui vem da Única, Verdadeira e Viva

Divindade, que é completamente real. O que mais posso querer? — Foi confrontado apenas pelo silêncio; não via mais Gandalf porque havia desligado o aparelho, mas prosseguiu: — Talvez um dia eu queira desdizer isto. Mas não por enquanto; não agora. Você entende?

Ele esperou, saboreando o silêncio, sabendo que era capaz de criá-lo ou de destruí-lo com um simples toque em um botão.

2

Seth Morley dividiu cuidadosamente o queijo gruyère à sua frente usando uma faca de cabo de plástico, e disse:

— Estou indo embora. — Ele cortou para si uma imensa fatia do queijo e a levou à boca cravada na ponta da faca. — Amanhã, tarde da noite. O kibbutz Tekel Upharsin nunca mais vai me ver.

Estava sorridente, mas Fred Gossim, o engenheiro-chefe do assentamento, não correspondeu àquela demonstração de triunfo. Na verdade, Gossim franziu ainda mais o rosto. Sua atitude de desaprovação contaminava todo o ambiente da sala.

Mary Morley falou, calmamente:

— Meu marido se inscreveu para essa transferência oito anos atrás. Nunca tivemos a intenção de permanecer aqui. Você sabia disso.

— E nós vamos com eles — gaguejou Michael Niemand, empolgado. — É isso que dá trazer um biólogo marinho de primeira linha e colocá-lo para carregar blocos de rocha de uma maldita pedreira. Estamos de saco cheio disso. — Ele cutucou com o cotovelo sua minúscula esposa, Clair. — Não é mesmo?

— Como não existem oceanos neste planeta — disse Gossim, rude —, seria muito difícil dar um trabalho a um biólogo marinho dentro de suas atribuições.

— Mas o anúncio que vocês colocaram oito anos atrás pedia um biólogo marinho — lembrou Mary Morley, aumentando a carranca de Gossim. — O erro foi de vocês.

— Mas esta é a casa de vocês — disse Gossim. — De todos vocês. — Ele fez um gesto abrangendo inclusive o grupo de oficiais do kibbutz espremidos na porta do escritório. — Nós todos construímos isto aqui.

— E o queijo daqui é horroroso — disse Seth Morley. — Sem falar naqueles quakkips, aqueles suborganismos que parecem bodes e fedem mais do que a cueca que o Destruidor de Formas usou no ano passado. Mal vejo a hora de nunca mais ver tudo isso na minha frente. Tanto o quakkip quanto o queijo. — Ele se serviu de outra fatia do queijo gruyère importado e caríssimo. Virando-se para Niemand, falou: — Vocês não podem vir conosco. Nossas instruções dizem que devemos fazer o voo em Nasal. Detalhe A: em um Nasal só cabem duas pessoas; neste caso, minha esposa e eu. Detalhe B: você e sua esposa são duas pessoas a mais, *ergo* não vão caber. *Ergo*, não irão conosco.

— Iremos em nosso próprio Nasal — disse Niemand.

— Vocês não receberam instruções e/ou permissão para se transferir para Delmak-O — afirmou Seth Morley, com a boca cheia de queijo.

— Vocês não querem a gente, é isso — retrucou Niemand.

— Ninguém quer vocês — grunhiu Gossim. — No que me diz respeito, sem vocês dois ficaríamos até melhor. São os Morley que eu não quero ver se afundar.

De olho nele, Seth Morley disse, com acidez:

— E esta missão é, a priori, "se afundar".

— É algum tipo de trabalho experimental — disse Gossim. — Pelo que vejo. Uma coisa em pequena escala. Treze, catorze pessoas. Para vocês, significaria uma volta no tempo, para aquele período inicial de Tekel Upharsin. Vocês querem começar tudo do zero outra vez? Vejam quanto nos custou chegar até aqui, com cem membros eficientes, bem-intencionados. Você falou no Destruidor de Formas. Vocês não estariam, com essa atitude, fazendo decair a forma de Tekel Upharsin?

— E a minha própria forma, também — disse Morley, meio que para si mesmo.

Sentia-se um pouco deprimido; Gossim tinha tocado em um ponto sensível. Gossim era bom com as palavras, algo raro em um engenheiro. Foram suas palavras afiadas que os mantiveram presos às tarefas ao longo dos anos. Mas essas palavras, em grande parte, tinham perdido a força no que dizia respeito aos Morley. Não funcionavam mais como em outros tempos. E, no entanto, ainda restava um reflexo do seu brilho antigo. Ele não conseguia se livrar inteiramente do peso daquele engenheiro corpulento e de olhos escuros.

Mas estamos indo embora, sim, pensou Morley. Como no *Fausto* de Goethe: "No princípio, era o ato". O ato e não a palavra, como Goethe, antecipando os existencialistas do século xx, tinha assinalado.

— Você vai acabar voltando — opinou Gossim.

— Hmmm... — disse Seth Morley.

— E sabe o que eu vou dizer? — Gossim elevou a voz. — Se eu receber um pedido seu, de vocês dois, Morley, para voltar aqui para o kibbutz Tekel Upharsin, eu vou dizer: "Nós aqui não temos a menor necessidade de um biólogo marinho; nem oceanos nós temos. E não vamos mandar fazer sequer uma poça de água, só para que você não tenha a mínima razão para vir trabalhar aqui".

— Nunca lhe pedi uma poça de água — disse Morley.

— Mas gostaria, se houvesse.

— Eu gostaria de *qualquer* tipo de corpo de água — retrucou Morley. — Toda a questão se resume a isso. É por isso que estamos indo embora, e é por isso que não vamos voltar.

— Tem certeza de que existem massas aquáticas em Delmak-O? — inquiriu Gossim.

— Eu presumo que... — começou Morley, mas Gossim o interrompeu.

— Isso é o que você presumia sobre Tekel Upharsin. E foi assim que começaram seus problemas.

— Eu presumi — disse Morley — que se vocês puseram um anúncio requisitando um biólogo marinho... — Ele deu um suspiro, exausto. Não adiantava tentar argumentar com Gossim. O engenheiro, e líder do kibbutz, tinha mente fechada. — Me deixe apenas comer meu queijo — disse ele, e tentou comer mais uma fatia. Mas já tinha enjoado do sabor e comera demais. — Ora, dane-se — disse, jogando a faca na mesa.

Sentia-se irritadiço e não simpatizava com Gossim. Não tinha a menor vontade de prosseguir naquela conversa. O importante era que, não importava o que Gossim achasse daquilo, não poderia revogar a transferência. Estava inclusa uma anulação do que houvesse em contrário, e isso fechava a questão de A a Z, para citar William S. Gilbert.

— Nunca fui com a sua cara — concluiu Gossim.

— Nem eu com a sua — respondeu Morley.

— Um impasse — disse Niemand. — Sabe, sr. Gossim, o senhor não pode nos obrigar a ficar aqui. Só lhe resta berrar.

Fazendo um gesto obsceno para Morley e Niemand, Gossim se retirou da sala, abrindo passagem pelo grupo de pessoas que bloqueava a porta e desaparecendo por trás delas. O escritório ficou silencioso. Na mesma hora Seth Morley começou a se sentir melhor.

— Você sempre fica exausto quando discute — disse a esposa.

— Sim. E Gossim sempre me cansa. Só esta discussão de agora já me exauriu, e olha que não estou nem pensando nos oito anos que vivi disso até hoje. Bem, vou escolher um Nasal.

Ele se levantou e saiu do escritório, para o sol do meio-dia.

Navezinha esquisita esse Nasal, pensou ele, junto à beira do campo de pouso, examinando a silhueta dos veículos parados. Primeiro, eram incrivelmente baratos; ele podia se tornar proprietário de um deles por menos de quatro dólares de prata. Em segundo lugar, eles iam, mas não voltavam; Nasais eram naves de apenas uma viagem. A razão, claro, era simples: um Nasal era tão pequeno que não cabia combustível para a viagem de volta. Podia apenas decolar de uma espaçonave maior ou da superfície de um planeta, rumar para o seu destino e lá ficar. Mas cumpriam sua função. Raças sencientes, humanas ou não, cruzavam a galáxia a bordo das pequeninas naves em forma de vagem.

Adeus, Tekel Upharsin, disse Morley para si mesmo, e fez uma saudação muda e breve para as filas de laranjeiras crescendo do outro lado do estacionamento.

Qual destes devemos usar?, ele se perguntou. Não tem muita diferença, todos são enferrujados, descartados. Parece um saldão de carros lá da Terra. Vou escolher o primeiro cujo nome comece com M, decidiu ele, e começou a ler o nome de cada um.

Mórbida Galinha. Bem, esse mesmo. Não é muito transcendental, mas serve: muita gente, inclusive Mary, dizia que ele tinha traços mórbidos. O que eu tenho, na verdade, pensou ele, é um humor mordaz. As pessoas confundem os dois termos porque soam parecido.

Olhando seu relógio, viu que teria tempo para ir ao departamento de empacotamento da fábrica de produtos cítricos e foi naquela direção.

— Dez potes de marmelada classe AA — disse ele ao empacotador.

Ou pegava esse material naquele momento, ou não pegava mais.

— Tem certeza de que tem direito a mais dez potes? — O empacotador olhou cheio de dúvida; já tinha feito transações com ele antes.

— Você pode checar meu saldo de marmeladas com Joe Perser — disse Morley. — Vamos, pegue o telefone e ligue pra ele.

— Estou muito ocupado — retrucou o funcionário.

Contou dez potes do principal produto do kibbutz e os entregou a Morley dentro de uma sacola, e não em uma caixa de papelão.

— Não tem uma caixa? — perguntou Morley.

— Cai fora — disse o empacotador.

Morley tirou e examinou um pote, certificando-se de que eram de fato classe AA. Eram. "Marmelada do Kibbutz Tekel Upharsin", dizia o rótulo. "Feita com laranjas autênticas de Sevilha (grupo 3-B de subdivisão mutacional). Leve um pote de um dia ensolarado na Espanha para sua cozinha ou seu cubículo de refeição!"

— Muito bem — disse Morley. — Obrigado. — Ele levantou a pesada sacola e foi ter novamente com o sol do meio-dia.

De volta ao estacionamento, começou a guardar os potes de marmelada no *Mórbida Galinha*. A única coisa boa que este kibbutz produz, pensou ele, enquanto colocava os potes de um em um dentro do campo magnético que retinha os objetos no compartimento de carga. Receio que esta seja a única coisa que vai me fazer falta.

Chamou Mary pelo rádio de pescoço.

— Já separei um Nasal — comunicou. — Venha até o estacionamento e eu te mostro.

— Tem certeza de que escolheu um bom?

— Sabe que pode contar com a minha habilidade mecânica — disse ele, de mau humor. — Examinei o motor do foguete, a fiação, os controles, todos os sistemas de proteção à vida, tudo, por inteiro. — Ele encaixou o último pote de marmelada no compartimento e fechou a porta com força.

Ela chegou alguns minutos depois, esguia e bronzeada, de blusa, short e sandálias cáqui.

— Bem... — disse, examinando o *Mórbida Galinha*. — Me parece meio detonado. Mas se você diz, está em ordem. Assim espero.

— Já comecei a carregar as coisas — disse Morley.

— Começou com o quê?

Abrindo a porta do compartimento de carga, ele lhe mostrou os dez potes de marmelada.

Depois de um bom tempo, Mary disse:

— Jesus!

— O que foi?

— Você não estava checando o motor e a fiação. Estava amontoando toda a maldita marmelada que conseguiu arrancar deles. — Ela bateu a porta do compartimento de carga com uma fúria venenosa. — Às vezes eu penso que você é doido. Nossa vida depende deste maldito Nasal funcionar direito. Imagine se o sistema de oxigênio falhar, ou se o aquecimento falhar, ou se houver algum vazamento microscópico no casco. Ou...

— Peça ao seu irmão para dar uma olhada nele então — interrompeu ele. — Já que confia muito mais nele do que em mim.

— Ele está ocupado, e você sabe disso.

— Senão ele estaria aqui no meu lugar — disse Morley —, escolhendo o Nasal que a gente deveria pegar.

Sua esposa o encarou com intensidade, o corpo magro todo retesado em uma postura enérgica e desafiadora. Então, de repente, ela desmoronou, como se desistisse e ao mesmo tempo achasse certa graça naquilo.

— O mais estranho de tudo — disse ela — é que você tem tanta sorte... Quero dizer, comparada ao seu talento. Provavelmente esse é o melhor Nasal aqui. E não por causa da sua habilidade de identificar a diferença, e sim da sua sorte quase mutante.

— Não é sorte. É discernimento.

— Não. — Mary balançou a cabeça. — Esta é a última coisa que poderia ser. Você não tem discernimento, pelo menos não no sentido usual. Mas que se dane. Vamos pegar esse Nasal e esperar que sua sorte não mude. Mas como você consegue viver assim, Seth? — Ela olhou para o rosto dele, lamentosamente. — Isso não é justo comigo.

— Foi graças a mim que chegamos aonde chegamos.

— Só chegamos a este kibbutz — disse Mary. — E já faz oito anos.

— Mas agora dei um jeito de nos tirar daqui.

— Para um lugar pior, provavelmente. O que é que a gente sabe sobre esta nova missão? Nada, exceto o que Gossim sabe, e ele só sabe porque se acha no direito de ler as comunicações de todo mundo. Ele leu sua prece original. Eu não queria te dizer isso, porque sabia que você ia ficar muito...

— Aquele babaca. — Sua visão ficou turva, conforme ele foi tomado por um misto de fúria e impotência. — É uma violação de ordem moral ler as preces de outra pessoa.

— Ele é o líder. Acha que tudo é da conta dele. De qualquer modo, vamos deixar isso tudo para trás. Graças a Deus. Vamos, esfrie a cabeça. Não há nada que você possa fazer, tem anos que ele leu isso.

— Ele disse se achou uma boa prece?

— Fred Gossim nunca diria, se fosse. Eu acho que era. Evidentemente era, porque você conseguiu a transferência.

— Acho que sim. Porque Deus não concede muitas preces aos judeus, devido àquela aliança feita nos tempos pré-Intercessor, quando o poder do Destruidor de Formas era muito forte, e nossa relação com ele, quero dizer, com Deus, era tão problemática.

— Eu consigo te enxergar naquela época. Queixando-se amargamente de tudo que o Mentifaturador fez e disse.

— Eu teria sido um grande poeta. Como Davi.

— Você teria tido um emprego insignificante, como tem

agora. — E com essa ela se afastou, deixando-o à porta do Nasal, uma das mãos apoiada na fileira de potes de marmelada recém-trazidos.

A sensação de impotência cresceu dentro dele, sufocando-o.

— Fique aqui! — gritou para ela. — Olha que vou embora sem você!

Ela continuou a caminhar sob o sol forte, sem olhar para trás e sem responder.

Pelo restante do dia, Seth Morley se atarefou carregando os pertences deles para o *Mórbida Galinha*. Mary não apareceu mais. Ele constatou, por volta da hora do jantar, que estava fazendo tudo sozinho. Onde está ela?, ele se perguntou. Isso não é justo.

A depressão o atingiu com força, como geralmente acontecia na hora das refeições. Fico pensando se valerá a pena tudo isso, disse ele a si mesmo. Indo de um emprego sem futuro para outro. Sou um fracassado. Mary tem razão a meu respeito: olhe só como escolhi este Nasal. Olhe só como estou carregando toda esta tralha aqui dentro. Olhou o interior da nave, consciente daquela pilha desordenada de roupas, livros, discos, utensílios de cozinha, máquina de escrever, remédios, quadros, capas protetoras de sofás, estojo de xadrez, fitas de referência, aparelhos de comunicação e lixo, lixo, lixo. O que foi que juntamos de fato depois de oito anos de trabalho aqui?, perguntou-se. Nada de importante. E ainda por cima ele não conseguia colocar tudo dentro do Nasal. Muita coisa teria que ser jogada fora ou deixada para trás, para alguém. Melhor destruir isso, pensou com ar soturno. A ideia de outra pessoa desfrutando de objetos seus tinha que ser repelida radicalmente. Vou queimar cada pedaço, pensou ele. Inclusive estas roupinhas miseráveis que Mary vive juntando como se fosse um passarinho. Sempre escolhendo tudo com cores berrantes.

Vou empilhar as coisas dela lá fora, decidiu ele, e depois trago tudo que é meu a bordo. A culpa é só dela: deveria estar aqui para ajudar. Não tenho obrigação de carregar toda esta porcaria.

Enquanto estava ali parado com os braços cheios de roupas, ele viu, na claridade do crepúsculo, um vulto se aproximando. Quem será?, pensou, estreitando os olhos para ver melhor.

Não era Mary. Era um homem, pelo que via, ou pelo menos algo parecido com um homem. Um vulto vestindo um robe largo, com cabelos longos caindo sobre seus ombros escuros e maciços. Seth Morley sentiu medo. O Caminhante na Terra, percebeu. Veio para me deter. Tremendo, ele pousou no chão a braçada de roupas. Dentro dele, sua consciência ardia furiosamente; ele sentiu todo o peso das coisas erradas que tinha praticado. Meses, anos... Não via o Caminhante na Terra havia muito tempo, e o peso se tornava insuportável. O acúmulo que sempre deixava uma marca interna. Uma marca que nunca desaparece, a não ser que o Intercessor a remova.

O vulto se deteve diante dele.

— Sr. Morley.

— Sim — respondeu ele, e sentiu a transpiração escorrer pelo couro cabeludo como se fosse sangue. O suor gotejou do rosto, e ele tentou limpar com as costas da mão. — Estou cansado. Estou trabalhando há horas para guardar tudo neste Nasal. É um trabalho pesado.

O Caminhante na Terra disse:

— O seu Nasal, o *Mórbida Galinha*, não vai conseguir levar você e a sua pequena família para Delmak-O. Portanto, eu preciso interferir, meu caro amigo. Compreende?

— Claro — disse ele, ofegante de culpa.

— Escolha outro.

— Sim — disse ele, assentindo freneticamente. — Sim, farei isso. E obrigado, obrigado mesmo. A verdade é que salvou a nossa vida.

Ele espiou o rosto pouco visível do Caminhante na Terra, tentando ver se exprimia reprovação. Mas não dava; o restinho de luz do sol se misturava à sombra noturna.

— Lamento que você tenha tido tanto trabalho para nada — disse o Caminhante na Terra.

— Bem, é como eu sempre digo...

— Posso ajudá-lo a recarregar tudo — disse o Caminhante na Terra. Ele estendeu os braços e se curvou; catou uma pilha de caixas e começou a andar ao longo dos Nasais pousados e silenciosos. — Recomendo este aqui — disse ele, parando diante de um deles e estendendo o braço para abrir a porta. — Olhando assim não é grande coisa, mas a parte mecânica está perfeita.

— Ei — disse Morley, que o seguia com outra braçada de bagagens recolhidas às pressas. — Quero dizer, obrigado. De qualquer modo, a aparência não importa; é o que está no interior que conta. Vale tanto pra pessoas quanto para Nasais. — Deu uma risada, mas saiu um guincho estridente; ele se calou no mesmo instante, e o suor se acumulou em torno do seu pescoço, gelado de medo.

— Não há motivo para ficar com medo de mim — afirmou o Caminhante na Terra.

— Sei disso, intelectualmente — respondeu Morley.

Os dois trabalharam juntos em silêncio durante algum tempo, carregando caixas e mais caixas do *Mórbida Galinha* para o outro Nasal. O tempo inteiro Morley tentava pensar em alguma coisa para dizer, mas nada lhe ocorria. Por causa do medo, sua mente estava nublada; as faíscas do seu veloz intelecto, em que ele tanto confiava, tinham quase se apagado.

— Já pensou alguma vez em procurar ajuda psiquiátrica? — perguntou finalmente o Caminhante na Terra.

— Não.

— Vamos fazer uma pausa e descansar um pouco. Assim fica melhor de conversar.

Morley disse:

— Não.

— Por que não?

— Eu não quero saber de nada. Não quero escutar nada — balbuciou com voz fraca, encharcada de ignorância. Era uma voz cheia de tolice, cheia de toda a loucura que ele podia apresentar. Ele sabia disso, ouviu e reconheceu, e ainda assim se apegou a ela. Ele continuou: — Eu sei que não sou perfeito. Mas não posso mudar. Estou satisfeito.

— Houve o seu erro em não examinar direito o *Mórbida Galinha*.

— Mary tinha um bom argumento: em geral, tenho muita sorte.

— Ela ia morrer também.

— Diga isso a ela. — Não diga a mim, pensou; por favor, não me diga mais nada. Eu não quero saber.

O Caminhante o observou por um momento.

— Há alguma coisa — disse ele finalmente — que queira me dizer?

— Estou agradecido, muito agradecido. Pela sua vinda.

— Muitas vezes, nos últimos anos, você pensou no que me diria se nos encontrássemos novamente. Muitas coisas passaram pela sua cabeça.

— Eu... Eu esqueci — disse ele, a voz rouca.

— Posso lhe dar minha bênção?

— Claro — respondeu, a voz ainda rouca. E quase inaudível. — Mas por quê? O que foi que eu fiz?

— Sinto orgulho de você, só isso.

— Mas por quê? — Ele não entendia; esperava por uma censura que não tinha chegado.

— Muitos anos atrás, você tinha um gato que amava muito. Ele era olhudo e traiçoeiro, e ainda assim você o amava. Um dia ele morreu por causa de fragmentos de osso que se alojaram no estômago, consequência do roubo de despojos de um bútio marciano que achou em uma lata de lixo. Você ficou triste, mas ainda assim o amava. Amava sua essência, seu apetite pelas coisas: tudo que o guiava na vida também o empurrara para aquela morte. Você teria pagado um preço enorme para tê-lo de volta. Mas você o queria do jeito que ele era: guloso, intrometido, do jeito que você o amava, sem modificações. Compreende?

— Eu rezei naquele tempo. Mas não veio nenhuma ajuda. O Mentifaturador podia ter voltado o tempo e o restaurado.

— Você o quer de volta agora?

— Sim — disse Morley, com a voz embargada.

— Você procurará ajuda psiquiátrica?

— Não.

— Eu o abençoo — disse o Caminhante na Terra, e fez um movimento com a mão direita; um gesto digno e lento de bênção.

Seth Morley abaixou a cabeça, apertou a mão direita sobre os olhos... e percebeu que lágrimas negras tinham se alojado nas covas do rosto. Mesmo naquele instante, ele se maravilhou. Aquele gato velho horroroso: eu deveria ter me esquecido dele há muitos anos. Acho que a gente na verdade nunca esquece essas coisas, pensou. Está tudo lá, na mente, enterrado, até que aparece um momento como este.

— Obrigado — disse ele, quando a bênção acabou.

— Você vai reencontrá-lo — disse o Caminhante. — Quando se assentar conosco no Paraíso.

— Tem certeza?

— Sim.

— Exatamente como ele era?

— Sim.

— Ele vai se lembrar de mim?

— Ele se lembra de você agora. Ele está esperando. Nunca vai parar de esperar.

— Obrigado — disse Morley. — Eu me sinto muito melhor.

O Caminhante na Terra partiu.

* * *

Quando entrou no refeitório do kibbutz, Seth Morley procurou pela esposa. Encontrou-a comendo cordeiro ao curry numa mesa, numa área sombria bem no canto do salão. Mal esboçou reação quando ele se sentou de frente para ela.

— Chegou atrasado para o jantar — disse ela. — Isso não combina com você.

— Eu o vi.

— Quem? — Ela o olhou com atenção.

— O Caminhante na Terra. Ele veio pra me dizer que o Nasal que eu escolhi teria nos matado. Nunca chegaríamos vivos lá.

— Eu sabia — disse Mary. — Eu sabia que aquela... *coisa* nunca nos levaria a lugar nenhum.

— Meu gato ainda está vivo.

— Você não tem gato.

Ele a agarrou pelo braço, interrompendo os movimentos que ela fazia com o garfo.

— Ele disse que nós vamos ficar bem; vamos conseguir chegar em Delmak-O, e vou poder assumir o emprego novo.

— Perguntou a ele do que se trata esse emprego novo?

— Não, não pensei em perguntar isso.

— Idiota. — Ela soltou o braço e voltou a comer. — Me diga como é o Caminhante.

— Você nunca o viu?

— Você *sabe* que não.

— Ele é belo e gentil. Estendeu a mão e me deu sua bênção.

— Isso quer dizer que ele se manifestou para você sob a forma de um homem. Interessante. Se tivesse sido uma mulher, você não teria escutado o que...

— Eu tenho é pena de você — disse Morley. — Ele nunca interveio para salvá-la. Talvez ache que não vale a pena salvar você.

Furiosa, Mary jogou o garfo na mesa e o olhou com ferocidade animal. Nenhum dos dois falou durante algum tempo.

— Eu vou pra Delmak-O sozinho — disse ele por fim.

— Você acha isso? Você acha mesmo isso? Pois eu vou com você. Quero manter os olhos em você o tempo todo. Sem mim...

— Está bem — disse ele, mordaz. — Pode vir junto. Que diferença isso faz? Se ficasse aqui você ia acabar tendo um caso com Gossim mesmo, desgraçando a vida dele... — Ele parou, ofegante.

Em silêncio, Mary continuou comendo seu cordeiro.

3

— Você está a mil e seiscentos quilômetros da superfície de Delmak-O — disse o headphone preso à orelha de Ben Tallchief. — Mude para o piloto automático, por favor.

— Posso pousar eu mesmo — respondeu Ben Tallchief ao microfone.

Olhou para o planeta lá embaixo, admirado com as cores. Nuvens, ele concluiu. Uma atmosfera natural. Bem, isso responde a uma das minhas muitas perguntas. Ele se sentia relaxado e confiante. E então pensou na pergunta seguinte: será que este é um mundo-de-deus? E essa questão refreou seu entusiasmo.

Pousou sem dificuldade. Espreguiçou-se, bocejou, soltou um arroto, desafivelou o cinto de segurança, ficou de pé, caminhou meio entorpecido até a escotilha, abriu a escotilha, depois voltou à sala de controle para desligar o motor do foguete. Aproveitou para desligar também a circulação de ar. Não parecia restar nada a ser feito. Desceu os degraus de ferro e pulou desajeitadamente na superfície do planeta.

Próximo ao campo de pouso, ele viu uma fileira de edifícios de teto achatado: as instalações interligadas da pequena colônia. Várias pessoas vinham e iam na direção do seu Nasal, evidentemente para dar-lhe as boas-vindas. Ele acenou, sentindo em torno das mãos o contato agradável das luvas de couro plástico de pilotagem, satisfeito com aquilo e com o aumento de volume corporal que a vestimenta espacial lhe proporcionava.

— Oi! — gritou uma voz de mulher.

— Oi! — respondeu Ben Tallchief, olhando para a garota. Ela trajava um jaleco escuro, da mesma cor da calça, uma roupa genérica que combinava com seu rosto redondo, claro, cheio de sardas. — Este planeta é um mundo-de-deus? — perguntou, indo sem pressa até ela.

— Não é um mundo-de-deus — disse a garota —, mas acontecem algumas coisas estranhas aqui. — Ela fez um gesto vago na direção do horizonte. Com um sorriso amigável e estendendo a mão para ele, disse: — Sou Betty Jo Berm, linguista. Você deve ser o sr. Tallchief ou o sr. Morley; todos os outros já chegaram.

— Tallchief — disse ele.

— Vou apresentá-lo a todo mundo. Este cavalheiro idoso é Bert Kosler, nosso zelador.

— Prazer em conhecê-lo, sr. Kosler. — Aperto de mãos.

— Prazer em conhecê-lo também — disse o homem idoso.

— Esta é Maggie Walsh, nossa teóloga.

— Prazer em conhecê-la, srta. Walsh. — Aperto de mãos. Garota bonita.

— Prazer em conhecê-lo também, sr. Tallchief.

— Ignatz Thugg, de termopástica.

— Oi, como está? — Um aperto de mão demasiadamente masculino. Ele não gostou do sr. Thugg.

— Dr. Milton Babble, o médico da colônia.

— Que bom conhecê-lo, dr. Babble. — Aperto de mãos. Babble, baixinho e troncudo, usava uma camisa colorida de mangas curtas.

Tinha no rosto uma expressão corrupta, difícil de decifrar.

— Tony Dunkelwelt, nosso fotógrafo e especialista em amostras de solo.

— Prazer em conhecê-lo. — Aperto de mãos.

— Este cavalheiro aqui é Wade Frazer, nosso psicólogo. — Um longo e falso aperto de mãos com os dedos pegajosos e pouco limpos de Frazer.

— Glen Belsnor, responsável pela eletrônica e pelos computadores.

— Bom conhecê-lo. — Aperto de mãos. Uma mão seca, calejada, competente.

Uma mulher alta e mais velha se aproximou, apoiando-se numa bengala. Tinha um rosto nobre, de tez pálida mas bastante bela.

— Sr. Tallchief — disse ela, estendendo a mão frágil e flácida para Ben Tallchief. — Sou Roberta Rockingham, a socióloga. É um prazer conhecê-lo. Estávamos todos imaginando mil coisas a seu respeito.

— Você é *aquela* Roberta Rockingham? — Ele se sentiu radiante pelo prazer de conhecê-la.

Por alguma razão imaginara que a grande dama havia falecido anos antes e de início sentiu-se um tanto confuso ao ser apresentado a ela.

— E esta — disse Betty Jo Berm — é a nossa secretária e datilógrafa, Susie Dumb.

— Prazer em conhecê-la, senhorita... — Ele parou.

— Smart — disse a garota. De bustos fartos e curvas formidáveis. — Suzanne Smart. Eles acham engraçado ficar me chamando de boba. — Ela estendeu a mão e eles se cumprimentaram.

— Quer dar uma olhada em volta, ou o quê? — perguntou Betty Jo Berm.

— Eu gostaria primeiro de saber qual é o objetivo desta colônia. Não me disseram.

— Sr. Tallchief — disse a grande socióloga —, não disseram a nós, tampouco. — Ela deu uma risadinha. — Fazemos essa pergunta a todos que chegam aqui, e ninguém sabe responder.

O sr. Morley deverá ser a última pessoa a chegar, e não deve saber também. Nesse caso, como ficamos?

O sujeito da manutenção eletrônica dirigiu-se a Ben:

— Não tem problema. Eles puseram aqui um satélite, que cumpre cinco órbitas por dia. À noite dá para vê-lo passando no céu. Temos instruções para, quando chegar a última pessoa, provavelmente Morley, ativar o mecanismo de áudio-teipe que existe a bordo do satélite, e daí receberemos as instruções e uma explicação do que estamos fazendo, de por que estamos aqui e todo o resto da lenga-lenga. Tudo que queremos saber, menos: "Como deixar mais frio o refrigerador daqui para que a cerveja não esquente?". Sim, talvez cheguem a nos dizer até mesmo isso.

Foi se formando uma série de conversas generalizadas entre o grupo, e Ben se viu derivando para dentro delas, sem entender por completo.

"Em Betelgeuse 4 nós tínhamos pepinos, e não os cultivamos com raios de lua, como dizem por aí." "Eu nunca o vi." "Bem, ele existe. Você vai vê-lo um dia." "Temos uma linguista entre nós, portanto é evidente que existem organismos sencientes aqui, mas por enquanto as nossas expedições têm sido informais, e não científicas. Isso vai mudar quando..." "Nada muda. A despeito da teoria de Specktowsky sobre Deus entrar na história e fazer o tempo entrar outra vez em movimento." "Se quer conversar sobre isso, converse com a srta. Walsh. Assuntos teológicos não me interessam." "Pode dizer isso novamente. Sr. Tallchief, o senhor tem ascendência indígena?" "Bem, acho que sou um oitavo indígena. Refere-se ao meu nome?" "Essas construções são muito precárias. Já estão a ponto de desabar. Não aquecem quando precisamos de calor e não refrescam quando precisamos de um refresco. Sabe o que eu acho? Que este lugar foi construído para durar pouquíssimo tempo. Seja o que for que viemos fazer aqui não deverá demorar muito, ou melhor, se precisarmos ficar muito tempo aqui teremos que construir novas instalações, com fiação elétrica e tudo." "Aqui tem um inseto que faz barulho à noite. Vai manter você acordado durante o primeiro dia, talvez até o segundo. Por 'dia' estou me referindo a um período de vinte e quatro horas. Não à 'luz do dia', porque não é durante o dia que ele faz barulho, e sim à noite. Toda maldita noite. Você vai ver." "Escute, Tallchief, não chame Susie de 'boba'. Se tem uma coisa que ela não é, é boba." "Bonita, também." "E você notou que ela tem uma..." "Sim, notei, mas acho que a gente não devia discutir isso." "Qual é mesmo a área de trabalho na qual o senhor disse que atua, sr. Tallchief? Perdão?" "Vai ter que falar mais alto, ela é um pouco surda." "O que eu disse foi que..." "Assim você está assustando-a. Não fique tão perto dela." "Posso pegar uma xícara de café?" "Peça a Maggie Walsh, ela prepara pra você." "Se eu conseguir fazer com que a maldita cafeteira desligue quando ferver. Senão ela fica fervendo o café eternamente." "Não entendo por que nossa cafeteira não funciona direito. Foram aperfeiçoadas no século XX. O que ainda falta a gente saber?" "Encare como se fosse a teoria das cores de Newton. Por volta dos anos 1800 já se sabia tudo o que se tem para saber a respeito disso. E então apareceu Land com sua teoria acerca das duas fontes de luz e de intensidade, e aquilo que parecia um campo de pesquisa já esgotado foi virado de pernas pro ar." "Está querendo dizer que há coisas sobre cafeteiras autorreguláveis que ainda não sabemos? Que apenas imaginamos saber?" "Mais ou menos isso." E assim por diante. Ele escutava mantendo certa distância, respondendo quando lhe dirigiam a palavra, e a certa altura, quando o cansaço bateu todo de uma vez só, ele foi se afastando do grupo, na direção de um pequeno bosque de árvores com folhas verdes e com textura de couro: aos olhos de Ben pareciam o material principal que revestia os sofás dos psiquiatras.

O ar cheirava mal, levemente mal, como se houvesse uma

indústria processadora de dejetos a todo vapor nas proximidades. Mas dentro de um ou dois dias já estaria se acostumando, disse ele a si mesmo.

Há alguma coisa estranha nessas pessoas, pensou. O que será? Parecem tão... Ele buscou a palavra certa. Tão desmedidamente inteligentes. Sim, era isso. Uma espécie de prodígios, todos sempre prontos a emitir uma opinião. E então pensou: acho que estão nervosos. Deve ser isto: estão na mesma que eu: não sabem por que estão aqui. Mas isso também não explicava tudo. Ele então desistiu e voltou sua atenção para o ambiente ao redor, as pomposas árvores com folhas de couro verde, o céu nublado, aquelas espécies de urtigas crescendo em torno dos seus pés.

É um lugar sem atrativos, pensou ele. Sentiu uma breve decepção. Não era muito melhor do que a nave: a magia já desaparecera. Mas Betty Jo Berm mencionara estranhas formas de vida além do perímetro da colônia. Possivelmente, então, não teria desculpa para extrapolar demais a partir de uma área tão restrita. Teria que se aprofundar, indo cada vez mais longe da colônia. E era isso, ele percebeu, que os outros vinham fazendo. Porque, afinal de contas, o que mais havia para se fazer ali? Pelo menos até que recebessem as instruções do satélite.

Espero que Morley chegue logo, pensou ele. Para que a gente possa começar.

Um percevejo subiu no seu sapato direito, parou ali e projetou para fora uma câmera de televisão em miniatura. A lente da câmera girou até enquadrar o rosto dele.

— Oi — disse ele ao percevejo.

Retraindo a câmera, o percevejo afastou-se, evidentemente satisfeito. Imagino o que ou quem ele andará procurando, pensou Ben. Ergueu o pé, brincou por alguns instantes com a possibilidade de esmagar o percevejo e resolveu não fazer. Foi, então, até Betty Jo Berm e disse:

— Esses percevejos monitoradores já estavam aqui quando vocês chegaram?

— Começaram a aparecer depois das construções. Acho que são inofensivos.

— Mas não pode confirmar.

— Não há nada que possamos fazer quanto a eles, de qualquer modo. No começo nós os matávamos, mas quem quer que os tenha feito continuou mandando mais.

— Seria melhor que vocês os seguissem até o lugar de onde eles saem para ver o que tem lá.

— Não "vocês", sr. Tallchief. "Nós." O senhor faz parte desta operação tanto quanto qualquer um aqui. E sabe tanto quanto nós sabemos, tanto ou tão pouco quanto. Depois que recebermos as instruções talvez a gente descubra que quem planejou esta operação quer, ou não quer, que a gente investigue as formas de vida locais. Veremos. Enquanto isto, que tal um café?

— Estão aqui há quanto tempo? — perguntou Ben quando os dois se sentaram num microbar de plástico, bebericando o café em copinhos de plástico cinza-claro.

— Wade Frazer, nosso psicólogo, foi o primeiro a chegar, faz uns dois meses. Os demais apareceram aos poucos. Espero que Morley chegue logo. Estamos doidos para saber do que se trata tudo isso.

— Tem certeza de que Wade Frazer não sabe?

— Perdão?... — Betty Jo Berm piscou algumas vezes.

— Ele foi o primeiro. Ficou esperando o resto de vocês. Quero dizer, de nós. Talvez tudo isso seja um experimento psicológico que alguém preparou, e Frazer está aqui pra coordenar. Sem revelar a ninguém.

— O que a gente receia — disse Betty Jo Berm — não é isso. Nosso maior medo é o seguinte: que não haja nenhum objetivo na nossa vinda para cá, e que não tenhamos como ir embora. Todos vieram de Nasal; era uma das condições. Muito bem: já que um Nasal pode pousar mas não pode decolar de volta, sem ajuda externa nunca conseguiremos sair daqui. Talvez isto seja uma prisão. Já cogitamos isso. Talvez cada um de nós tenha feito alguma coisa, ou pelo menos alguém *pensa* que fizemos. — Ela o encarou com olhos cinzentos, calmos, bastante alertas. — O senhor fez alguma coisa, sr. Tallchief?

— Bem, sabe como é.

— Quero dizer, o senhor não é um criminoso, ou algo assim.

— Não que eu saiba.

— O senhor parece uma pessoa comum.

— Obrigado.

— Quero dizer, não parece um criminoso. — Ela se levantou, cruzou o espaço apertado do bar até um armário. — O que acha de um pouco de Seagram's VO?

— Está bem — disse ele, satisfeito com a sugestão.

Estavam sentados, bebendo café misturado com uísque canadense importado Seagram's VO, quando o dr. Milton Babble entrou, viu os dois, e juntou-se a eles no pequeno bar.

— Este é um planeta de segunda classe — disse ele a Ben sem nenhum preâmbulo. Seu rosto encardido, em forma de pá, se contorceu com desagrado. — É tipicamente de segunda classe. Obrigado. — Ele aceitou o copo de café que Betty Jo lhe ofereceu e bebeu um gole, ainda com cara de desgosto. — O que tem aqui? — Viu a garrafa de Seagram's VO. — Cacete, isso acaba com o café — disse, zangado.

Pousou o copo novamente, com o rosto mais aborrecido ainda.

— Eu acho que melhora — disse Betty Jo Berm.

— Sabe, é uma coisa engraçada, todos nós juntos aqui. Veja só, Tallchief, estou aqui há um mês e ainda não encontrei alguém com quem eu possa conversar, conversar de verdade. Cada pessoa aqui está completamente envolvida consigo mesma e não liga a mínima para os demais. Com exceção de você, é claro, B.J. — disse dr. Babble.

— Eu não me ofendo. É verdade. Não ligo para você, Babble, ou qualquer um dos outros. Tudo que quero é que me deixem em paz. — Betty Jo se virou para Ben. — Temos uma curiosidade inicial quando alguém pousa, como tivemos por você. Mas depois disso, depois que vemos a pessoa e a escutamos um pouco... — Ela ergueu o cigarro do cinzeiro e aspirou a fumaça em silêncio. — Não há intenção de ofender, sr. Tallchief, como Babble acabou de dizer. Prevejo que vamos conhecê-lo melhor em pouco tempo e vai acontecer o mesmo. O senhor vai conversar conosco durante algum tempo e depois vai se retrair para dentro do... — Ela hesitou, fazendo um gesto com a mão direita como se estivesse procurando fisicamente por uma palavra. Como se uma palavra fosse um objeto tridimensional que ela pudesse pegar. — Veja o caso de Belsnor. A única coisa que consegue pensar é na unidade de refrigeração. Ele tem uma fobia de que isso pare de funcionar, e pelo pânico pode-se perceber que para ele isso significaria o fim de nós todos. Ele acha que a unidade de refrigeração está nos salvando de... — Ela fez um gesto com o cigarro. — De morrermos cozinhados.

— Mas ele é inofensivo — argumentou o dr. Babble.

— Oh, todos nós somos inofensivos — disse Betty Jo Berm. E para Ben: — Sabe o que eu faço, sr. Tallchief? Eu tomo pílulas. Vou lhe mostrar. — Ela abriu a bolsa e tirou de lá um frasco de farmácia. — Olhe estas aqui — estendeu o frasco para Ben. — As azuis são stelazine, que uso como um antiemético. Veja bem, eu uso para isso, mas essa não é a finalidade básica dela. Basicamente, a stelazine é um tranquilizante, em doses menores que vinte miligramas por dia. Em doses maiores é um agente antialucinógeno. Mas também não é com essa finalidade que eu tomo. Enfim, o problema com a stelazine é que se trata de um vasodilatador. Às vezes tenho dificuldade em ficar de pé depois de tomar algumas dessas pílulas. Hipostase, acho que é assim que chamam.

Babble soltou um grunhido.

— De modo que ela também toma um vasoconstritor.

— Que é essa pílula branca pequenininha — disse Betty Jo, mostrando a ele o trecho do frasco onde estavam as pílulas brancas. — É metanfetamina. Já esta cápsula verde aqui é...

— Um dia — disse Babble —, suas pílulas vão começar a chocar, e umas aves muito estranhas vão sair voando daí.

— Que coisa estranha de se dizer — respondeu Betty Jo.

— Quis dizer que eles parecem pequenos ovos de pássaro coloridos.

— Sim, eu entendi. Mas ainda assim é uma coisa estranha de se dizer. — Tirando a tampa do frasco ela derramou uma grande variedade de pílulas na palma da mão. — Esta vermelhinha, claro, é pentabarbital, para dormir. E esta amarela é norpramina, que contrabalança o efeito depressivo que o mellaril tem sobre o sistema nervoso central. Bom, este quadrado laranja é novo. Tem cinco camadas, que vão liberando o efeito pouco a pouco, um efeito conta-gotas. Um estimulante do sistema nervoso central muito eficiente. Depois...

— Ela toma um que deprime o sistema nervoso central — interrompeu Babble — e depois outro que o estimula.

— Não acontece de cada um cancelar o efeito do outro? — perguntou Ben.

— Pode-se dizer que sim — respondeu Babble.

— Mas não — disse Betty Jo. — Digo, subjetivamente, eu percebo a diferença. Eu sei que me ajudam.

— Ela lê tudo que se tem para ler a respeito — disse Babble. — Trouxe para cá um exemplar do *Referência de mesa para o médico*, com uma relação de todos os efeitos colaterais, as contraindicações, as dosagens, os casos em que a droga é indicada, e assim por diante. Ela sabe sobre essas pílulas tanto quanto eu. De fato, tanto quanto os fabricantes. Se você lhe mostrar uma pílula, qualquer pílula, ela sabe dizer o que é, o efeito que produz, o que... — Ele soltou um arroto, ergueu-se um pouco mais na cadeira, riu alto, e disse: — Eu me lembro de uma pílula que tinha como efeitos colaterais, em caso de overdose, convulsões, coma e depois morte. E no livro, logo após o trecho que falava das convulsões, coma e morte, estava escrito: "Pode causar dependência". O que sempre me pareceu uma espécie de anticlímax. — Ele gargalhou de novo e cutucou o nariz com um dedo escuro e peludo, murmurando: — É um mundo estranho, muito estranho.

Ben serviu-se de um pouco mais do Seagram's VO. A bebida já o enchia de uma quentura ardente e familiar. Estava começando a ignorar o dr. Babble e Betty Jo. Mergulhou na privacidade da própria mente, do próprio ser, e era uma sensação agradável.

Tony Dunkelwelt, o fotógrafo e especialista em amostras de solo, enfiou a cabeça pela porta e os chamou.

— Outro Nasal está pousando. Deve ser Morley. — A porta de tela bateu com força quando ele a largou e foi embora.

Erguendo-se um pouco, Betty Jo disse:

— Acho que devemos ir. Bem, quer dizer que finalmente estaremos todos juntos. — O dr. Babble também se levantou. — Vamos, Babble — disse ela, e foi na direção da porta. — O senhor também, Senhor Um-Oitavo-De-Sangue-Indígena--Tallchief.

Ben bebeu o resto da mistura de café com Seagram's VO e se levantou, meio tonto. Um momento depois estava seguindo os dois porta afora, para a luz do dia.

Desligando os retrofoguetes, Seth Morley estremeceu, depois soltou o cinto de segurança. Apontando, instruiu Mary para que fizesse o mesmo.

— Eu sei o que fazer — disse ela. — Não precisa me tratar feito criança.

— Está chateada comigo — disse Morley — mesmo depois de eu fazer a viagem toda com navegação perfeita. O caminho inteiro.

— Você estava no piloto automático e seguiu o sinal — alfinetou ela. — Mas tem razão, eu deveria estar agradecida. — Seu tom de voz não mostrava gratidão, no entanto. Mas ele não ligou. Tinha outras coisas em mente.

Manualmente abriu a escotilha. Uma luz solar esverdeada passou por ela, e protegendo os olhos com a mão ele viu uma paisagem árida e árvores raquíticas e arbustos ainda piores. À esquerda, um aglomerado de construções pouco interessantes numa organização irregular. A colônia.

Algumas pessoas estavam se aproximando do Nasal, um pequeno grupo. Alguns acenaram e ele acenou de volta.

— Olá! — disse ele, descendo os degraus de metal e dando um pequeno pulo para o chão. Virando-se, estendeu o braço para ajudar Mary, mas ela afastou o braço dele e desceu sozinha.

— Oi! — Um garota morena, de aparência comum, o saudou ao se aproximar. — Estamos felizes em vê-lo. Você é o último a chegar.

— Sou Seth Morley. E esta é Mary, minha esposa.

— Nós sabemos — disse a garota, assentindo. — É um prazer recebê-los. Vou apresentar vocês a todo mundo. — Ela apontou para um indivíduo jovem, musculoso. — Ignatz Thugg.

— Prazer. — Morley apertou a mão dele. — Sou Seth Morley e esta é minha esposa Mary.

— Eu sou Betty Jo Berm — disse a garota morena. — E este cavalheiro... — Ela chamou a atenção dele para um homem idoso, com postura curvada, cansada. — É Bert Kosler, nosso zelador.

— Prazer em conhecê-lo, sr. Kosler. — Um cumprimento vigoroso.

— Prazer em conhecê-lo também, sr. Morley. E a senhora, sra. Morley. Espero que gostem daqui.

— Nosso fotógrafo e especialista em amostras de solos, Tony Dunkelwelt. — A srta. Berm apontou para um adolescente narigudo, que os olhou carrancudo e não estendeu a mão.

— Olá — disse Seth Morley para ele.

— Oi — disse o rapaz, olhando para os próprios pés.

— Maggie Walsh, nossa especialista em teologia.

— Prazer em conhecê-la, srta. Walsh. — Um aperto de mãos vigoroso. Que mulher bela, pensou Morley. E logo depois veio outra mulher atraente, usando um suéter bem esticado por cima de um sutiã do tipo olhou-agarrou. — Qual é sua área de trabalho? — perguntou ele enquanto apertavam as mãos.

— Trabalho de secretaria e digitação. Meu nome é Suzanne.

— E o sobrenome?

— Smart.

— Bonito nome.

— Não acho. Eles me chamam de Susie Dumb, como se eu fosse boba, e eu não acho graça.

— Não tem graça nenhuma — disse Seth Morley.

A esposa meteu-lhe o cotovelo nas costelas, e ele, bem treinado, encerrou de imediato a conversa com a srta. Smart, virou-se para um indivíduo magro, com olhos de ratazana, e apertou sua mão, que não só tinha forma de cunha como também parecia ser afunilada e com a ponta dos dedos afiadas. Morley sentiu um impulso involuntário de recuar. Aquela mão ele não queria apertar, nem aquele indivíduo ele queria conhecer.

— Wade Frazer — disse o homem com olhos de ratazana. — Eu sou o psicólogo deste assentamento. A propósito, submeto todos os participantes do grupo a um teste TAT assim que chegam. Gostaria de fazer o mesmo com vocês, talvez mais tarde, ainda hoje.

— Claro — disse Morley, sem convicção.

— Este cavalheiro — disse a srta. Berm — é o nosso médico, Milton G. Babble, de Alpha 5. Diga oi para o dr. Babble, sr. Morley.

— Muito prazer, doutor. — Morley e ele apertaram as mãos.

— Está um pouco acima do peso, sr. Morley — afirmou o dr. Babble.

— Hmmm — respondeu Morley.

Uma mulher idosa, extremamente alta e empertigada, aproximou-se do grupo, andando com o auxílio de uma bengala.

— Sr. Morley — disse ela, estendendo a mão leve e flácida para ele. — Me chamo Roberta Rockingham, a socióloga. É um prazer conhecê-lo, e espero que tenha feito uma viagem agradável, sem muitos problemas.

— Viajamos bem. — Morley tomou a pequenina mão dela e a apertou com delicadeza. Ela deve ter uns cento e dez anos, a julgar pela aparência, pensou ele. Como pode estar ainda em atividade? Como chegou aqui? Ele não a imaginava pilotando o Nasal através do espaço interplanetário.

— Qual é o objetivo desta colônia? — perguntou Mary.

— Vamos descobrir dentro de uma ou duas horas — disse a srta. Berm. — Assim que Glen, Glen Belsnor, nosso especialista em eletrônica e computadores, conseguir fazer contato com o satélite que orbita este planeta.

— Quer dizer então que não sabem? — perguntou Seth Morley. — Ninguém lhes disse?

— Não, sr. Morley — informou a sra. Rockingham com sua voz idosa e profunda. — Mas vamos saber agora e já esperamos bastante por isso. Vai ser ótimo saber por que estamos todos aqui. O senhor não acha? Quero dizer, não seria maravilhoso para todos nós saber o nosso objetivo?

— Sim — disse ele.

— Então o senhor concorda comigo, sr. Morley. Ah, acho tão bacana quando todos estamos de acordo. — Ela acrescentou, falando mais baixo e bem séria: — Receio que seja esta a nossa dificuldade, sr. Morley. Não temos um objetivo em comum. Nossa atividade interpessoal decresceu muito, mas certamente vai melhorar agora que poderemos... — Ela abaixou a cabeça e deu um tossidinha em um lencinho minúsculo.

— Bem, acho isso muito legal — concluiu, por fim.

— Eu não concordo — disse Frazer. — Meus testes preliminares indicam que este é um grupo de pessoas inerentemente ego-orientadas. Em conjunto, Morley, eles demonstram o que parece uma tendência inata a evitar responsabilidades. Para mim é difícil entender por que alguns foram escolhidos.

Um homem encardido e rústico vestindo macacão de operário, disse:

— Noto que o senhor não diz "nós", diz "eles".

— Nós, eles... — O psicólogo fez um gesto brusco. — Você demonstra traços obsessivos. É outra estatística geral pouco comum que se observa neste grupo: vocês todos são hiperobsessivos.

— Pois eu não acho — retrucou o homem encardido, num tom tranquilo mas firme. — O que acho é que você é que é maluco. Aplicar esses testes o tempo todo acabou complicando sua cabeça.

Com isso começaram todos a falar ao mesmo tempo. A anarquia se instaurou. Indo até a srta. Berm, Morley perguntou:

— Quem é o líder desta colônia? Você? — Ele precisou repetir duas vezes para ser ouvido.

— Ninguém foi designado líder — respondeu ela, elevando muito a voz para se fazer ouvir por cima da discussão generalizada. — Esse é um dos nossos problemas. É uma das coisas que nós... — A voz dela se perdeu na barulheira.

"Em Betelgeuse 4 nós tínhamos pepinos, e não os cultivamos com raios de lua, como se ouve por aí. Para começo de conversa, Betelgeuse 4 não tem lua, então isso já serve de resposta." "Eu nunca o vi. E espero nunca vê-lo." "Você vai vê-lo um dia." "O fato de que temos uma linguista em nosso grupo sugere que existem organismos sencientes aqui, mas até o momento não sabemos de nada, porque nossas expedições têm sido informais, estão mais para piqueniques do que pesquisas científicas. É claro que isso deverá mudar quando..." "Nada muda, a despeito da teoria de Specktowsky sobre Deus entrar na história e fazer o tempo outra vez entrar em movimento." "Não, você entendeu errado. Toda a luta antes da vinda do Intercessor decorreu no tempo, um tempo muito longo. O que acontece é que tudo sucedeu muito depressa desde então, e é relativamente tão fácil, agora no Período de Specktowsky, contatar diretamente uma das Manifestações. É por isso que, num certo sentido, nosso tempo é diferente inclusive dos primeiros dois mil anos desde que o Intercessor apareceu pela primeira vez." "Se quer conversar sobre isso, converse com Maggie Walsh. Assuntos teológicos não me interessam." "Pode dizer isso novamente. Sr. Morley, o senhor já teve contato com alguma das Manifestações?" "Sim, para falar a verdade, já tive. Agora mesmo, acho que foi na quarta-feira pelo calendário de Tekel Upharsin, o Caminhante na Terra veio até mim para me informar de que eu tinha recebido um Nasal defeituoso, e tê-lo utilizado teria custado a minha vida e a de minha esposa." "Então, ele o salvou. Bem, o senhor deve estar muito satisfeito por ele ter intercedido dessa forma. Deve ser um sentimento maravilhoso." "Essas construções são muito precárias. Já estão a ponto de desabar. Não aquecem quando precisamos de calor, nem refrescam quando precisamos de um pouco de refresco. Sabe o que eu acho? Que este lugar foi construído para durar pouquíssimo tempo. Seja o que for que viemos fazer aqui não deve demorar muito, ou melhor, se precisarmos ficar muito tempo aqui teremos que construir novas instalações, com nova fiação elétrica e tudo o mais." "Algum inseto, ou planta, faz barulho à noite. Vai mantê-los acordados por um ou dois dias, sr. e sra. Morley. Sim, estou tentando falar com vocês, mas é difícil com esse barulho todo. Por 'dia', é claro, me refiro a um período de vinte e quatro horas. Não estou falando de 'luz do dia', porque o barulho não ocorre nesse período. Vocês vão ver." "Ei, Morley, não faça como os outros e comece a chamar Susie de 'Dumb'. Se tem uma coisa que ela não é, é boba." "Bonita, também." "Sim, e você notou como ela..." "Eu notei, mas sou casado, sabe. Minha esposa não está vendo isso com bons olhos, acho melhor a gente mudar de assunto." "Claro, se prefere assim. Qual é o seu campo de atuação, sr. Morley?" "Sou biólogo marinho habilitado." "Perdão? Ah, estava falando comigo, sr. Morley? Mal escutei. Poderia repetir?" "Sim, vai ter que falar mais alto. Ela é um pouco surda." "O que eu disse foi..." "Assim você está assustando-a. Não fique tão perto dela." "Posso pegar uma xícara de café ou um copo de leite?" "Pergunte a Maggie Walsh, ela prepara para você. Ou então B.J. Berm." "Ai, Jesus, se eu conseguir fazer com que a maldita cafeteira desligue quando for ferver. Senão ela fica fervendo o café eternamente." "Não entendo por que nossa cafeteira comunitária não funciona. Foi aperfeiçoada no começo do século xx. O que ainda falta a gente saber?" "Pense nisso como se fosse a Teoria das Cores de Newton. Por volta dos anos 1800 já se sabia tudo o que se tem para saber a respeito dela." "Sim, sim, você sempre menciona isso. Que obsessão." "E então apareceu Land com sua teoria de duas fontes de luz e de intensidade, e o que parecia um campo de pesquisas já esgotado foi virado de pernas pro ar." "Quer dizer que existem coisas a respeito de cafeteiras homeostáticas que não sabemos ainda? Que apenas imaginamos saber?" "Algo por aí."

Seth Morley soltou um gemido. Afastou-se um pouco do grupo, indo na direção de um amontoado de grandes rochas polidas pela água. Por ali já deve ter corrido um curso de água em alguma época. Embora talvez àquela altura já estivesse extinto para sempre.

O homem magro e encardido de macacão também se destacou do grupo e o acompanhou.

— Sou Glen Belsnor — disse ele, estendendo a mão.

— Seth Morley.

— Somos um grupo problemático, Morley. Tem sido assim desde que cheguei aqui, logo depois de Frazer. — Belsnor cuspiu num arbusto próximo. — Sabe o que Frazer tentou fazer? Como foi o primeiro a chegar aqui, tentou se autonomear líder do grupo. Chegou mesmo a nos dizer, ou pelo menos disse a mim, que "pelo que compreendeu das suas instruções, ele estava no comando". Quase acreditamos. Meio que fazia sentido. Ele foi o primeiro a chegar e começou a aplicar em todo mundo aqueles malditos testes, e a fazer comentários em voz alta a respeito das nossas "anomalias estatísticas", como o maluco gosta de dizer.

— Um psicólogo competente e confiável nunca faria comentários públicos a respeito de seus resultados. — Um homem ainda não apresentado a Seth Morley veio se aproximando, com a mão estendida. Parecia ter quarenta e poucos anos, com um queixo ligeiramente largo, sobrancelhas proeminentes e cabelos pretos lustrosos. — Sou Ben Tallchief. Cheguei aqui um pouco antes de vocês.

Pareceu a Morley um tanto vacilante, como se tivesse tomado um drinque, ou quem sabe três. Os dois apertaram as mãos. Gosto desse sujeito, ele pensou. Mesmo que tenha acabado de tomar umas. Tem uma aura diferente da aura dos outros. Mas, pensou em seguida, talvez todos estivessem bem quando chegaram aqui, e alguma coisa os fez mudar.

Se for assim, pensou ele, nós vamos mudar também. Tallchief, Mary e eu. Mais cedo ou mais tarde.

Essa ideia não lhe agradou.

— Eu sou Seth Morley. Biólogo marinho, antes membro da equipe do kibbutz Tekel Upharsin. E o seu campo de atuação é...

— Sou naturalista classe B — contou Tallchief. — Na nave onde eu estava havia pouca coisa a fazer, e era uma viagem de dez anos. Então eu orei, através do transmissor da nave, e o sinal acabou chegando ao Intercessor. Ou talvez tenha sido ao Mentifaturador. Mas acredito que não, porque não houve retrocesso no tempo.

— É interessante saber que você está aqui por causa de uma prece — disse Seth Morley. — No meu caso, recebi a visita do Caminhante na Terra, no momento em que estava escolhendo um Nasal capaz de me trazer para cá. Escolhi um, mas que não era adequado; o Caminhante disse que com ele eu e Mary nunca teríamos chegado vivos. — Ele sentiu fome. — Será que a gente consegue descolar uma refeição neste lugar? — perguntou ele a Tallchief — Nós não comemos nada hoje; passei as últimas vinte e seis horas pilotando. Só peguei o sinal para guiar a navegação no fim da viagem.

— Maggie Walsh pode preparar com prazer o que a gente chama de refeição por aqui — informou Glen Belsnor. — Alguma coisa tipo ervilhas congeladas, bife de vitela artificial congelado e café torrado dessa maldita cafeteira que desde o início só dá problema. Acha que serve?

— Vai ter que servir — disse Morley, taciturno.

— A magia se evapora depressa — disse Ben Tallchief.

— Perdão?

— A magia deste lugar. — Tallchief fez um gesto que abrangia as rochas, as árvores verdes e nodosas, o aglomerado de edificações baixinhas e cambaias que constituíam as únicas instalações da colônia. — Como você pode ver.

— Não desdenhe — disse Belsnor. — Estas não são as únicas estruturas que existem no planeta.

— Quer dizer que existe uma civilização nativa aqui? — perguntou Morley, com interesse.

— Quero dizer que existem coisas lá fora que não compreendemos. Há um edifício que avistei de longe numa das minhas expedições, e tentei voltar, mas não encontrei mais. Um edifício grande, cinza, grandão mesmo, com torreões, janelas, com uma altura de uns oito andares, pelos meus cálculos. Não sou a única pessoa que viu — completou, na defensiva. — Berm também viu, Walsh viu, Frazer disse que viu, mas provavelmente está indo na onda dos outros. Ele não gosta de se sentir de fora.

— O edifício era habitado? — perguntou Morley.

— Não sei. Não dava para ver muita coisa de onde estávamos, e nenhum de nós chegou perto o bastante. Era muito... — Ele fez um gesto. — Proibitivo.

— Eu gostaria de ver — disse Tallchief.

— Ninguém vai sair do assentamento hoje — respondeu Belsnor. — Porque agora vamos poder contatar o satélite e receber nossas instruções. E essa é a prioridade, é o que mais importa.

Ele cuspiu de novo no mato, de modo deliberado e atento. E com pontaria certeira.

O dr. Milton Babble examinou seu relógio de pulso e pensou: são quatro e trinta, e estou cansado. Pouco açúcar no sangue, concluiu ele. É sempre isso quando você se sente cansado no fim da tarde. Preciso pôr alguma glicose no organismo antes que fique mais sério. O cérebro, pensou ele, simplesmente não pode funcionar sem uma taxa adequada de açúcar no sangue. Talvez eu esteja ficando diabético. Pode ser; minha pré-disposição genética.

— Qual é o problema, Babble? — perguntou Maggie Walsh, sentada ao lado dele na austera sala de reuniões do modesto assentamento. — Doente de novo? — Ela deu uma piscadela, o que imediatamente o deixou furioso. — E o que é agora? Está se acabando de tuberculose, como Camille?

— Hipoglicemia — disse ele, examinando a própria mão pousada no braço da poltrona. — Mais certa quantidade de atividade neuromuscular extrapiramidal. Inquietação motora do tipo distônico. Muito desconfortável. — Ele odiava aquela sensação: o polegar tendo espasmos naquele movimento familiar de quem está enrolando bolinhas, a língua dentro da boca se contraindo, secura na garganta... Meu Deus, pensou ele, isso não tem fim?

De qualquer maneira, a ceratite herpética que o afligira na semana anterior já tinha desaparecido. Ele estava feliz por isso (graças a Deus).

— O corpo é para você o que a casa é para uma mulher — disse Betty Walsh. — Você o vivencia como se ele fosse um ambiente, e não...

— O ambiente somático é um dos ambientes mais reais em que vivemos — disse Babble, mal-humorado. — É o nosso primeiro ambiente, na infância; e depois, quando começa o nosso declínio rumo à velhice, e o Destruidor de Formas corrói a nossa vitalidade e a nossa aparência, descobrimos mais uma vez que pouco importa o que acontece no chamado mundo exterior quando é a nossa essência que corre perigo.

— Foi por isso que se tornou médico?

— É algo mais complexo do que uma simples relação causa e efeito. Essa relação supõe uma dualidade. A minha escolha de vocação...

— Calem essa matraca, vocês aí — exclamou Glen Belsnor, fazendo uma pausa em suas manipulações. Diante dele estava o transmissor da colônia, e ele já tentava havia algumas horas fazê-lo funcionar. — Se quiserem bater papo, vão lá pra fora.

Várias outras pessoas na sala concordaram ruidosamente.

— Babble — disse Ignatz Thugg da poltrona onde estava esparramado —, seu nome tem tudo a ver. Tagarela.

E soltou uma risada que mais parecia um latido.

— Você também, rufião — disse Tony Dunkelwelt a Thugg.

— Calem essa boca! — berrou Glen Belsnor, o rosto vermelho e suado, enquanto remexia nas entranhas do transmissor. — Pelo amor de Deus, desse jeito nunca vamos conseguir extrair as instruções do maldito satélite. Se não se calarem, em vez de mexer nessas tripas de metal daqui vou dar um nó é nas tripas de vocês, e garanto que vou gostar.

Babble se levantou e saiu da sala.

Na fria luz do sol daquele fim de tarde, ele ficou fumando seu cachimbo (tendo o cuidado de não iniciar nenhuma atividade pilórica) e avaliou a situação. Nossa vida, pensou, está nas mãos de homens pequenos feito Belsnor; aqui, são eles que mandam. O reino dos que só têm um olho, pensou, com acidez, onde rei é quem é cego. Mas que vida, essa.

Por que vim para cá?, ele se perguntou. Nenhuma resposta surgiu de imediato, somente uma queixa confusa brotou de dentro dele, sombras fugidias que se lamentavam, como pacientes revoltados chorando numa ala de um hospital de beneficência. Aquelas sombras estrídulas agarravam-se a ele, arrastando-o de volta ao mundo de tempos passados, à inquietação dos seus derradeiros anos em Orionus 17, na época em que estava com Margo, a última das enfermeiras com quem ele tinha mantido um caso longo e deselegante, uma desventura que se encerrou num emaranhado tragicômico, tanto para ele quanto para ela. No final, ela o abandonara. Espera, foi mesmo ela? Na verdade, refletiu ele, todo mundo abandona todo mundo quando uma situação tão deteriorada e cheia de armadilhas como aquela chega ao fim. Tive sorte, pensou, de poder cair fora no momento e da maneira que o fiz. Ela podia ter me causado muito mais problemas. Do jeito que foi, ela chegara a colocar em sério risco a saúde dele, no mínimo por uma séria depleção de proteínas.

Está certo, pensou ele. Está na hora do meu óleo de gérmen de trigo, de minha vitamina E. Tenho que voltar ao dormitório. E enquanto estiver lá tomarei algumas pílulas de glicose para contrabalançar minha hipoglicemia. Desde que eu não desmaie no caminho. E, se desmaiar, quem vai se incomodar com isso? O que fariam eles, na verdade? Sou essencial para a sobrevivência de todos, quer reconheçam isso quer não. Sou uma presença vital para eles, mas será que eles o são para mim? Sim, no sentido em que Glen Belsnor é; cada um é vital pelo que é capaz de fazer, ou supostamente capaz, por causa de tarefas e habilidades necessárias à manutenção desta estúpida vilazinha incestuosa onde estamos vivendo agora. Esta pseudofamília que não funciona como família em nenhum aspecto. Graças aos intrusos lá de fora.

Vou ter que dizer a Tallchief e a — como é mesmo o nome? — Morley. Dizer a Tallchief e a Morley e à esposa de Morley — que não é das mais feias — a respeito dos intrusos lá fora, a respeito do edifício que vi... Vi de perto o bastante para ler a inscrição sobre a porta de entrada. Coisa que nenhum dos outros fez. Pelo que eu saiba.

Ele começou a descer o caminho coberto de cascalho que levava ao seu quarto. Quando chegou à varanda de plástico do dormitório, viu quatro pessoas reunidas: Susie Smart, Maggie Walsh, Tallchief e o sr. Morley. Morley estava falando com seu ventre rotundo e proeminente parecendo uma hérnia inguinal. Queria saber do que ele se alimenta, pensou Babble. Batatas, carne assada, com muito ketchup, e cerveja. Sempre dá para reconhecer um bebedor de cerveja. Todos têm aquela pele facial perfurada, perfurada onde os pelos crescem, e as bolsas embaixo dos olhos. Têm a aparência, como esse aí tem, de que há um edema estufando-os. E problemas renais também. E, é claro, a pele corada.

Um homem cheio de autoindulgência que nem Morley, pensou ele, não entende de modo algum — não *consegue* entender — que está derramando veneno dentro do próprio corpo. Pequenas embolias... danos em áreas cruciais do cérebro. E mesmo assim continuam, esses tipos orais. Regressão a um estágio de testes de pré-realidade. Talvez seja um mecanismo deslocado de sobrevivência biológica: para o bem da espécie, esses indivíduos se encarregam de eliminar a si mesmos. Deixando as mulheres para os tipos mais competentes, mais evoluídos.

Ele foi até o grupo e parou com as mãos nos bolsos, escutando. Morley estava narrando minuciosamente uma experiência teológica que ele evidentemente tivera. Ou fingia ter tido.

— ... "meu caro amigo", foi como ele me chamou. Era óbvio que ele me atribuía importância. Ele me ajudou a recarregar a nave. Levou bastante tempo, e nós conversamos. A voz dele era baixa mas eu podia entendê-lo perfeitamente. Ele nunca usava palavras em excesso e se expressava perfeitamente; não havia mistério nenhum em nada daquilo, nada do que às vezes se ouve dizer. De qualquer modo, carregamos as coisas e conversamos. E ele quis me dar a bênção. Por quê? Porque, disse ele, eu era exatamente o tipo de pessoa que tinha importância para ele. Ele foi completamente claro a respeito disso; falou, sem rodeios: "Você é o tipo de pessoa que eu acho que tem importância", ele disse, ou palavras com o mesmo sentido, "estou orgulhoso de você". "Seu grande amor pelos animais, sua compaixão pelas formas de vida inferiores, tudo isso impregna sua mentalidade. A compaixão é a base da pessoa que se ergueu do confinamento da Maldição. Um tipo de personalidade como o seu é justamente o que procuramos." — Morley fez então uma pausa.

— Continue — disse Maggie Walsh, a voz fascinada.

— E então ele disse uma coisa estranha — continuou Morley. — Ele disse: "Assim como salvei você, salvei sua vida, pela minha própria compaixão, eu sei que a sua própria capacidade de compaixão, que é enorme, pode capacitar você a salvar a vida de muitos outros, tanto física quanto espiritualmente". Só podia estar se referindo a Delmak-O.

— Mas ele não disse isso — observou Susie Smart.

— Não foi preciso — disse Morley. — Eu soube o que ele quis dizer; entendi tudo que ele falou. Na verdade, consegui me comunicar muito melhor com ele do que com a maioria das pessoas que conheço. Não me refiro a nenhum de vocês, ora, nem conheço vocês direito ainda, mas sabem o que eu quis dizer. Não houve nenhuma passagem simbólica ou transcendental, nenhum absurdo metafísico como costumavam falar antes de Specktowsky escrever *O Livro*. Specktowsky tinha razão: posso comprovar isso com base nas experiências que tive com ele. Com o Caminhante.

— Então você já o vira antes — disse Maggie Walsh.

— Várias vezes.

O dr. Milton Babble abriu a boca e disse:

— Eu já o vi sete vezes. E já me encontrei com o Mentifaturador uma vez. Somando tudo, já tive oito experiências com a Única e Verdadeira Divindade.

Os quatro o encararam com diferentes expressões. Susie Smart, cética; Maggie Walsh demonstrava absoluta descrença; Tallchief e Morley pareciam relativamente interessados.

— E por duas vezes — continuou Babble — encontrei o Intercessor. Assim, são dez experiências ao todo. Ao longo da minha vida inteira, claro.

— Pelo que o senhor ouviu da experiência do sr. Morley — disse Tallchief —, diria que foi semelhante às suas?

Babble chutou uma pedrinha que saiu ricocheteando pela varanda, bateu na parede do outro lado e ficou em silêncio.

— Em grande medida. Consideravelmente. Sim, acho que podemos de certo modo aceitar o que Morley diz. E no entanto... — ele fez uma hesitação deliberada. — Receio que eu esteja cético a respeito. Era de fato o Caminhante, sr. Morley? Não poderia ser um trabalhador itinerante que quis fazê-lo crer que se tratava do Caminhante? Já pensou nessa possibilidade? Ah, não estou negando que o Caminhante apareça de vez em quando entre nós; minhas próprias experiências confirmam isso.

— Eu sei que era ele — disse Morley, parecendo irritado — por causa do que ele disse sobre o meu gato.

— Ah, o seu gato. — Babble sorriu tanto por fora quanto por dentro; sentiu um prazer profundo e cálido se espalhar pelo seu sistema circulatório. — Então foi daí que veio essa história de "grande compaixão pelas formas de vida inferiores".

Parecendo ferido e ainda mais insultado, Morley disse:

— De que modo um vagabundo que ia passando poderia saber do meu gato? E de qualquer modo não existem vagabundos itinerantes em Tekel Upharsin. Todo mundo lá trabalha. É assim que um kibbutz funciona. — Ele assumira um ar magoado e triste.

A voz de Glen Belsnor os alcançou, vindo da escuridão distante atrás deles.

— Venham! Fiz contato com o maldito satélite! Estou me preparando para reproduzir os áudio-teipes!

Pondo-se a caminho, Babble comentou:

— Não acreditei que ele fosse conseguir.

Como ele se sentia bem, mesmo sem saber por quê! Tinha algo a ver com Morley e seu extraordinário relato do encontro com o Caminhante. Que já não parecia mais tão extraordinário assim, depois de ser escrupulosamente examinado por uma pessoa dotada de discernimento crítico, adulto.

Os cinco entraram juntos na sala de reunião e sentaram-se entre os outros. Os alto-falantes do equipamento de rádio de Belsnor produziam um barulho agudo de estática, com ruídos confusos de vozes. Aquele ruído incomodava os ouvidos de Babble, mas ele não disse nada. Ficou exibindo a atitude formal de atenção que o técnico tinha exigido.

— O que estamos captando agora é um faixa de emissão caótica — avisou Belsnor, por cima do barulho. — O teipe ainda não começou a rodar. Só roda quando eu enviar para o satélite o sinal combinado.

— Comece o teipe — disse Wade Frazer.

— É, Glen, comece o teipe — insistiram vozes de um lado a outro da sala.

— Está bem — respondeu Belsnor.

Estendeu o braço e manipulou alguns botões de controle no painel à sua frente. Luzes piscaram enquanto os sistemas automáticos no satélite entravam em ação.

Dos alto-falantes uma voz falou:

— Saudações à colônia de Delmak-O, do general Treaton, de Interplan West.

— É isso aí — disse Belsnor. — Esse é o teipe.

— Cale a boca, Belsnor. Estamos ouvindo.

— Pode ser reproduzido de novo quantas vezes a gente quiser — disse Belsnor.

— Vocês a esta altura já concluíram a fase de recrutamento

— disse o general Treaton de Interplan West. — A conclusão deste processo foi antecipada por nós da Interplan RAV para que ocorresse até este dia 14 de setembro, tempo oficial da Terra. Em primeiro lugar, gostaria de explicar por que a colônia de Delmak-O foi criada, por quem e com que propósito. Ela é basicamente...

De súbito a voz foi cortada. *"Ooooo..."* emitiram os alto-falantes. E depois *"Uuuuuugh... Akkkkkkkk..."*. Belsnor olhava para a aparelhagem de recepção com um espanto mudo. *"Ubbbbbb..."*, falaram os alto-falantes; veio uma explosão de estática, que diminuiu quando Belsnor usou os botões, e então... silêncio.

Depois de uma pausa, Ignatz Thugg gargalhou.

— O que foi isto, Glen? — perguntou Tony Dunkelwelt.

Belsnor respondeu, sem cortesia:

— Há apenas duas cabeças magnéticas usadas nos transmissores do tipo que está a bordo do satélite. Uma cabeça que apaga, montada em primeiro lugar, e depois uma cabeça que reproduz e que grava. O que aconteceu foi que a cabeça que reproduz e grava foi acionada para gravar e não reproduzir, e por conta disso o aparelho está apagando a fita dois centímetros adiante, automaticamente. Não há como eu desligar isso, estando aqui: a cabeça está gravando e vai continuar assim. Até que toda a fita esteja apagada.

— Mas se as cabeças apagarem a fita — disse Wade Frazer —, isso vai se perder para sempre. Não importa o que você fizer.

— Isso mesmo — disse Glen Belsnor. — O aparelho está apagando o que havia gravado, e em seguida gravando o nada. Não posso, daqui, tirá-lo do "modo gravar". Olhe. — Ele mexeu em vários botões. — Nada. A cabeça está travada nessa posição. E nada se pode fazer. — Ele empurrou com força um relé de volta para o lugar, praguejou, recostou-se na cadeira, tirou os óculos e enxugou a testa. — Jesus — disse. — Bem, é a vida.

Os alto-falantes continuaram produzindo de vez em quando ruídos confusos e depois se calaram terminantemente. Ninguém na sala disse nada. Não havia nada a dizer.

5

— O que a gente pode fazer — disse Glen Belsnor — é uma transmissão para a rede de retransmissão, de modo que nossa mensagem acabe chegando à Terra, e o general Treaton de Interplan West seja informado do que aconteceu, de que a gravação dele com as nossas instruções não pôde ser apresentada. Nessas circunstâncias, eles sem dúvida estarão dispostos, e serão capazes, a mandar um foguete de comunicações para cá. Contendo uma segunda fita que a gente possa reproduzir nos aparelhos que temos aqui embaixo. — Ele apontou para a aparelhagem montada dentro do sistema de rádio.

— Quanto tempo isso vai levar? — perguntou Susie Smart.

— Eu nunca nem tentei acessar a rede de retransmissão daqui — respondeu ele. — Não sei; veremos. Talvez dê para fazer rápido. Mas na pior das hipóteses não deve ser mais do que dois ou três dias. O único problema seria... — Ele esfregou o queixo com a barba já crescendo. — Pode haver um fator de segurança. Treaton pode não querer que essa solicitação seja transmitida pela rede de retransmissão, na qual qualquer um com um receptor classe A poderia captá-la. A reação dele, nesse caso, seria ignorar nosso pedido.

— Se fizerem isso — disse Babble — devemos arrumar nossas coisas e ir embora daqui. Imediatamente.

— Ir embora como? — questionou Ignatz Thugg, com um sorriso.

Nasais, pensou Seth Morley. Não temos aqui nenhum veículo a não ser os nossos Nasais, inertes e sem combustível. E mesmo que pudéssemos juntar combustível, digamos, puxando e recolhendo o resto de combustível de todos os tanques para encher apenas um, eles não têm sistemas de localização para orientar um voo. Teriam que usar Delmak-O como uma das duas coordenadas, e Delmak-O não aparece nos mapas de Interplan West, portanto não tem utilidade para traçar uma rota. Ele pensou: será que foi por isso que insistiram que viéssemos todos em Nasais?

Estão realizando um experimento conosco, sua mente gritou. É isto que está ocorrendo: um experimento. Talvez o teipe do satélite nunca tivesse gravado informação nenhuma. Talvez tudo aquilo estivesse planejado.

— Faça uma primeira tentativa de entrar na retransmissão — disse Tallchief. — Talvez possa fazer contato com eles agora mesmo.

— Por que não? — retrucou Belsnor.

Ele ajustou botões, encaixou um dos fones na orelha, abriu alguns circuitos, fechou outros. Em absoluto silêncio, os outros o observavam e esperavam. Como se a nossa vida, pensou Morley, dependesse daquilo. E talvez dependa.

— Alguma coisa? — perguntou Betty Jo Berm a certa altura.

— Nada. Vou transferir para vídeo. — A pequena tela se iluminou. Linhas, apenas, estática visual. — Esta é a frequência em que opera a rede de retransmissão. Devíamos estar captando.

— Mas não estamos — disse Babble.

— Não, não estamos. — Belsnor continuou mexendo nos botões. — Não é como nos velhos tempos, quando era possível ficar mexendo num capacitor variável até conseguir o sinal desejado. Isto aqui é complexo. — Ele desligou a fonte central de energia; a tela ficou escura e o barulho de estática dos alto-falantes cessou totalmente.

— O que é que há? — perguntou Mary Morley.

— Não estamos no ar — disse Belsnor.

— O quê? — exclamaram, sobressaltados, praticamente todos os presentes.

— Não estamos transmitindo nada. Não podemos captá-los e se não estamos no ar eles certamente também não podem nos captar. — Ele se recostou, o rosto contorcido de desgosto. — É uma armação, uma bela armação.

— Literalmente? — questionou Wade Frazer. — Está dizendo que foi intencional?

— Não fui eu quem montou este transmissor — disse Glen Belsnor. — Não fiz a ligação do nosso equipamento receptor. Durante o último mês, na verdade, desde que cheguei aqui, tenho feito uma porção de testes de amostragem. Captei várias transmissões de operadores deste sistema estelar e consegui transmitir de volta pra eles. Tudo parecia funcionar normalmente. E agora... isto. — Ele ficou de cabeça baixa, contraindo o rosto de várias formas possíveis. De repente, falou, assentindo: — Ah. Sim, já sei o que aconteceu.

— Foi algo grave? — perguntou Ben Tallchief.

— Quando o satélite recebeu o meu sinal para ativar o áudio-teipe e fazer a transmissão para cá, o satélite mandou um sinal de volta. Um sinal para este equipamento aqui. — Ele apontou para o conjunto de transmissor e receptor à sua frente. — Esse sinal desligou tudo. Cancelou minhas instruções. Não podemos mais transmitir nem receber, não importa o comando que eu dê a essa porcaria. Estamos fora do ar, e provavelmente vamos precisar de outro sinal enviado pelo satélite pra que tudo volte a funcionar. — Ele balançou a cabeça. — O que fazer, senão sentir admiração? A gente transmite o sinal inicial para o satélite, e ele manda um sinal de volta. É como no xadrez: um movimento, e a resposta. E fui eu que coloquei a coisa em movimento. Como um rato numa gaiola, tentando descobrir qual é a alavanca que faz cair a comida lá dentro, em vez da que dá choque. — A voz dele estava amarga, carregada de derrota.

— Desmonte o transmissor e o receptor — disse Seth Morley. — Cancele o cancelamento deles, removendo-o.

— Ele tem provavelmente... Cacete, ele tem, sem a menor dúvida, um componente destrutivo. Ou já destruiu elementos vitais do sistema ou vai fazer isso se eu começar a rastreá-lo. E eu não tenho peças sobressalentes. Se ele já tiver destruído um ou outro circuito não tenho como consertar.

— O sinal que guiou meu piloto automático — disse Morley. — O que eu segui para poder chegar aqui. Você pode mandar uma mensagem através dele.

— Sinais de piloto automático funcionam bem por cerca de cento e vinte, cento e cinquenta mil quilômetros, e depois disso começam a se dispersar. Não foi mais ou menos nessa altura que você captou o seu?

— Mais ou menos isso — admitiu ele.

— Estamos totalmente isolados — disse Belsnor. — E isso foi feito em questão de minutos.

— O que temos que fazer — sugeriu Maggie Walsh — é preparar uma prece conjunta. Podemos transmiti-la através de emanação da glândula pineal, se for num tamanho curto.

— Posso ajudar a prepará-la, se o critério for esse — disse Betty Jo Berm. — Já que sou uma linguista profissional.

— Como derradeiro recurso — respondeu Belsnor.

— Não como derradeiro recurso — retrucou Maggie Walsh. — Como um método eficaz e comprovado de pedir ajuda. O sr. Tallchief, por exemplo, está aqui graças a uma prece.

— Mas a prece dele foi enviada pela rede de retransmissão — respondeu Belsnor. — Não temos meios para alcançá-la.

— Vocês não têm fé numa prece? — indagou Wade Frazer, num tom desagradável.

— Não tenho fé numa prece que não seja eletronicamente potencializada — respondeu Belsnor. — Até mesmo Specktowsky admitia isso. Para uma prece produzir efeito, precisa ser eletronicamente transmitida através da rede dos mundos-de-deus, de modo que todas as Manifestações sejam atingidas.

— Eu sugiro — disse Morley — transmitirmos nossa prece conjunta o mais distante que pudermos utilizando o sinal--guia do piloto automático. Se conseguirmos projetar a prece nesse raio de cento e tantos mil quilômetros, deve ser mais fácil para a Divindade captá-la... dado que a gravidade age na proporção inversa do poder da prece, o que quer dizer que se pudermos fazer a prece se distanciar de uma massa planetária, e cento e tantos mil quilômetros é uma distância respeitável, existe uma boa probabilidade matemática de que as várias Manifestações recebam essa prece, e Specktowsky fala disso, embora eu esqueça o local exato. É lá para o final, se não me engano, em algum dos apêndices.

— É contra a lei terrestre duvidar do poder da prece — declarou Wade Frazer. — Uma violação do código civil de todas as propriedades e representações de Interplan West.

— E você fará um relatório — disse Ignatz Thugg.

— Ninguém está duvidando da eficácia da prece — disse Ben Tallchief, encarando Frazer com franca hostilidade. — Estamos apenas discutindo o meio mais eficiente de utilizá--la. — Ele ficou de pé. — Preciso de um drinque. Adeus. — Saiu da sala, cambaleando um pouco ao caminhar.

— Boa ideia — disse Susie Smart a Seth Morley. — Acho que vou fazer o mesmo. — Ela se levantou, sorrindo para ele de modo automático, um sorriso esvaziado de sentimento. — Isso é realmente terrível, não acha? Não posso acreditar que o general Treaton tenha autorizado algo assim deliberadamente. Deve ser um engano. Um curto-circuito eletrônico de natureza desconhecida. Não concorda?

— Por tudo que ouvi — afirmou Morley —, o general Treaton é um homem de reputação intocável.

Na verdade, ele nunca ouvira falar do general Treaton antes de chegar ali, mas lhe pareceu a coisa certa a dizer, para animá-la. Todos precisavam manter o ânimo elevado, e se acreditar na reputação do general Treaton ajudasse, que fosse: ele estava disposto a colaborar. A fé nos assuntos seculares, tanto quanto nas questões teológicas, era uma necessidade vital. Sem ela ninguém poderia prosseguir.

Para Maggie Walsh, o dr. Babble perguntou:

— Para qual aspecto da Divindade deveríamos fazer a nossa prece?

— Se quiser que o tempo volte atrás, digamos, para o momento em que cada um de nós aceitou esta missão — disse Maggie —, devemos rezar para o Mentifaturador. Se quisermos que a Divindade nos dê apoio coletivamente e assuma o nosso lugar nesta situação, deverá ser para o Intercessor. Se cada um quiser encontrar seu próprio caminho de escape...

— Todos os três — respondeu Bert Kosler, a voz abalada. — Deixe que a Divindade decida qual das suas partes quer usar.

— Pode ser que ela não queira usar nenhuma — disse Susie Smart, num tom ácido. — É melhor nós mesmos tomarmos a decisão. Isso faz parte da arte da oração, não?

— Sim — concordou Maggie Walsh.

— Alguém deveria começar a anotar isso tudo por escrito — disse Wade Frazer. — Devemos começar dizendo: "Obrigado por toda a ajuda que nos deu no passado. Hesitamos em incomodá-lo novamente, com todas as coisas que o Senhor precisa fazer o tempo inteiro, mas a nossa situação é a seguinte". — Ele fez uma pausa, refletiu. — Qual é a nossa situação? — indagou a Belsnor. — Queremos somente que o transmissor seja consertado?

— Mais do que isso — disse Babble. — Queremos estar completamente fora daqui, e nunca ver Delmak-O novamente.

— Se o transmissor estiver funcionando — acrescentou Belsnor — podemos fazer tudo isso sozinhos. — Ele mordeu uma junta da mão direita. — Acho que deveríamos pedir peças de substituição para o transmissor, e o restante resolvermos por conta própria. Quanto menos se pedir numa prece, melhor. Não é isso que está no *Livro*? — Ele se virou para Maggie Walsh.

— Na página 158 — disse Maggie —, Specktowsky diz: "A alma da concisão, o curto tempo de vida que temos, é a sabedoria. E no que se refere à arte da prece, a sabedoria é inversamente proporcional à extensão".

— Então vamos dizer apenas: "Caminhante na Terra, ajude-nos a encontrar peças de reposição". — disse Belsnor.

— A coisa certa a fazer — disse Maggie Walsh — é pedir ao sr. Tallchief pra preparar o texto, já que ele foi bem-sucedido na sua última prece. Evidentemente ele sabe a maneira mais apropriada de dizer essas coisas.

— Vão buscar Tallchief — mandou Babble. — Ele deve estar carregando suas coisas do Nasal para o dormitório. Alguém vá chamá-lo.

— Eu vou — disse Seth Morley.

Ele se levantou, deixando para trás a sala de reuniões, e mergulhou na escuridão lá de fora.

— Essa foi uma boa ideia, Maggie — ele ouviu Babble dizendo, e outras vozes se juntaram num coro de aprovação, de todos os que estavam reunidos na sala.

Ele avançou no escuro, achando o caminho com todo o cuidado; seria fácil se perder naquela área ainda quase desconhecida da colônia. Talvez eu devesse ter deixado algum dos outros ir no meu lugar, pensou ele. Uma luz brilhou na construção mais próxima à sua frente. Talvez ele esteja lá, disse Seth Morley a si mesmo, e foi na direção da luz.

Ben Tallchief terminou seu drinque, bocejou, coçou a garganta, bocejou novamente e ficou de pé, com certa dificuldade. Hora de começar a agir, disse a si mesmo. Espero, pensou, ser capaz de achar meu Nasal no escuro.

Saiu para o ar livre, encontrou o caminho coberto de cascalho e começou a andar na direção em que supunha que os Nasais estivessem. Por que não colocavam luzes ali para sinalizar o caminho?, pensou ele, e depois percebeu que os outros colonos tinham estado preocupados demais para se lembrar de acender a iluminação que havia. O defeito no transmissor tinha tomado por completo a atenção de todos eles, e com razão. Por que não fiquei lá com os outros, pensou ele, agindo como parte de um grupo? Se bem que o próprio grupo não funcionava como um grupo de qualquer modo; era sempre um número finito de indivíduos autocentrado disputando entre si. Com uma turma como aquela ele sentia como se não tivesse raízes, nenhuma fonte em comum. Sentia-se nômade, e precisando de exercício: naquele momento exato alguma coisa o chamava, algo que o chamara da sala de reuniões para seu dormitório, e então o arrastava lá para fora, na escuridão, para procurar o Nasal.

Uma área vaga de trevas se moveu um pouco à sua frente, e, de encontro ao céu que era somente um pouco menos escuro, uma figura se destacou.

— Tallchief?

— Sim. Quem é? — Ele apertou os olhos para ver melhor.

— Morley. Eles me mandaram atrás de você. Querem que você componha a prece, já que teve tanta sorte dias atrás.

— Não quero mais saber de preces — disse Tallchief, e cerrou os dentes com amargura. — Veja onde minha última prece acabou me colocando. Encalhado aqui com vocês. Sem querer ofender, claro. Só quis dizer que... — Ele fez um gesto. — Foi um ato cruel e desumano atender aquela prece, considerando nossa situação aqui. E ele devia saber disso.

— Entendo como se sente — disse Morley.

— Por que você não faz a prece? Encontrou o Caminhante há pouco tempo. Seria mais inteligente usar você.

— Não sou muito bom de preces. E não fui eu que invoquei o Caminhante: foi ideia dele vir me procurar.

— Que tal um drinque? — sugeriu Tallchief. — E depois você bem que podia me ajudar com minha carga, trazendo-a para o dormitório, quem sabe.

— Eu ainda preciso descarregar minha própria bagagem.

— Essa é uma atitude excepcionalmente cooperativa.

— Se você tivesse me ajudado...

— Vejo você mais tarde. — Ele prosseguiu, tateando e agitando os braços na escuridão, até que de repente esbarrou num casco, produzindo um ruído metálico. Um Nasal. Tinha encontrado o lugar certo; restava apenas reconhecer a própria nave.

Olhou pra trás. Morley tinha ido embora. Ele estava sozinho.

Por que o cara não pode me ajudar?, perguntou a si mesmo. Preciso de outra pessoa para carregar a maior parte das minhas caixas. Vejamos, ponderou ele. Se eu acender as luzes de pouso do Nasal consigo enxergar em volta. Tateando, ele localizou a roda que abria a escotilha externa da nave, girou-a, puxou e manteve aberta a escotilha. Automaticamente acenderam-se as luzes de segurança, e por fim ele pôde enxergar um pouco. Acho que vou levar só as minhas roupas, artigos de higiene e meu exemplar d'*O Livro*, decidiu. Ficarei lendo até o sono bater. Estou cansado; pilotar esse Nasal consumiu toda a minha energia. Isso, e a pane no transmissor. Uma derrota total.

Por que pedi a ele que me ajudasse?, pensou. Eu não o conheço, e ele mal me conhece também. Carregar minha bagagem é problema meu. Ele já tem os próprios problemas.

Ele ergueu uma caixa de papelão cheia de livros e começou

a carregá-la para longe do Nasal, na direção geral, ou pelo menos assim esperava, do dormitório. Preciso de uma lanterna elétrica, concluiu, enquanto avançava com dificuldade. E, droga, me esqueci de acender as luzes de pouso. Tudo está dando errado, percebeu ele. Eu bem que podia voltar para lá para ficar com os outros. Ou podia levar essa caixa para dentro e depois tomar mais um drinque, vai ver quando eu terminar alguns dos outros já tenham deixado a sala de reuniões e poderão me ajudar. Grunhindo e transpirando, ele subiu o caminho de cascalho na direção das estruturas escuras e inertes onde ficava o dormitório. Nenhuma luz acesa. Todos ainda estavam mergulhados na tarefa de compor uma prece adequada. Pensando naquilo ele teve que dar uma risada. Provavelmente vão ficar nisso a noite toda, ele concluiu, e riu de novo, dessa vez com desagrado e irritação.

Encontrou o próprio dormitório, pelo simples fato de que tinha deixado a porta escancarada. Entrando, largou a caixa de livros no chão, suspirou, endireitou-se, acendeu todas as lâmpadas... e parado ali examinou o quarto por inteiro, com sua cômoda e seu leito. O leito não lhe agradou; pareceu pequeno e duro.

— Meu Deus — murmurou, e sentou-se.

Tirando vários livros de dentro da caixa, ficou remexendo até que achou a garrafa de scotch Peter Dawson; desenroscou a tampa e ficou bebendo carrancudo, na boca da própria garrafa.

Através da porta aberta, ele contemplou o céu noturno; viu como as estrelas faiscavam devido às perturbações atmosféricas, e depois cintilavam firmes por um momento. É de fato bem mais difícil, pensou ele, avistar as estrelas através das refrações de uma atmosfera planetária.

Um grande vulto cinzento se fundiu ao batente da porta, bloqueando as estrelas.

O vulto segurava um tubo e o apontou para ele. Ele viu que

o tubo tinha uma mira telescópica e um mecanismo de gatilho. Quem era? O que era? Fez um esforço para enxergar melhor e depois ouviu um estalo não muito alto. O vulto escuro retrocedeu, e as estrelas apareceram de novo. Mas estavam diferentes. Ele viu duas estrelas colapsando uma para dentro da outra, formando uma nova, que brilhou com um clarão intenso e, enquanto ele olhava, começou a se apagar. Ele viu como ela se transformava, de um anel furiosamente brilhante em um núcleo difuso de ferro, inerte, que esfriou até sumir na escuridão. Outras estrelas foram esfriando junto; ele viu a força da entropia, o método do Destruidor de Formas, reduzir as estrelas a brasas vermelho-escuras e depois a uma poeira silenciosa. Um sudário de energia termal se estendeu uniformemente sobre o mundo, sobre aquele mundo pequenino e estranho que ele não tinha como amar nem como usar.

Está morrendo, percebeu ele. O universo. A neblina térmica se espalhou cada vez mais até se tornar apenas uma perturbação, nada mais; o céu brilhava fracamente através dela, e começou a piscar. Mesmo aquela distribuição térmica uniforme estava expirando. Que coisa mais estranha e mais terrível, pensou ele. Ficou de pé, deu um passo na direção da porta.

E assim, de pé, ele morreu.

Foi encontrado uma hora depois. Seth Morley parou com a esposa no fim do ajuntamento de pessoas amontoadas dentro do pequeno quarto e disse a si mesmo: *Foi para impedi-lo de ajudar a compor a prece.*

— A mesma forma que bloqueou o transmissor — disse Ignatz Thugg. — Eles sabiam. Sabiam que se ele compusesse, a prece chegaria lá. Mesmo sem a aparelhagem.

Ele parecia sem cor e assustado. Todos estavam assim, Seth Morley notou. O rosto deles, na iluminação daquele quarto, tinham um aspecto de chumbo, de pedra. Como se fossem, pensou ele, ídolos com mil anos de idade.

O tempo, pensou ele, está se cerrando sobre nós. É como se o futuro tivesse desaparecido, não só para Tallchief, mas para nós todos.

— Babble, consegue fazer uma autópsia? — perguntou Betty Jo Berm.

— Até certo ponto. — O dr. Babble havia sentado o lado do corpo de Tallchief e o apalpava em alguns pontos. — Não vejo sangue. Nenhum sinal de ferimento. A morte pode ter sido natural, vocês estão vendo: pode ser que ele tivesse algum problema cardíaco. Ou, por exemplo, ele pode ter sido morto por uma pistola de calor disparada bem de perto... mas então, se for isso, eu vou encontrar as marcas da queimadura. — Ele desabotoou o colarinho de Tallchief e começou a explorar a área do tórax. — Um de nós pode ter feito isto. Não descartem essa possibilidade.

— Foram eles que fizeram — disse Maggie Walsh.

— Possivelmente — respondeu Babble. — Vou fazer o que puder. — Ele assentiu para Thugg e Wade Frazer e Glen Belsnor. — Me ajudem a carregá-lo para a clínica. Vou começar a autópsia agora mesmo.

— Nenhum de nós sequer o conhecia — disse Mary.

— Acho que provavelmente fui o último a vê-lo vivo — disse Seth Morley. — Ele queria trazer a bagagem do Nasal para o dormitório. Eu lhe disse que ajudaria mais tarde, quando tivesse tempo. Ele parecia estar de mau humor; tentei dizer-lhe que precisávamos dele para compor uma prece, mas ele não demonstrou interesse. Só pensava em carregar a bagagem.

Morley sentia-se intensamente culpado. Talvez, se eu tivesse parado para ajudar, ele ainda estivesse vivo, pensou. Talvez Babble tenha razão; talvez tenha sido um ataque cardíaco, causado pelo esforço de carregar caixas pesadas. Ele deu um pontapé de leve na caixa de papelão, imaginando se aquela caixa tinha sido a culpada — aquela caixa e a sua recusa em ajudar. Mesmo quando eu mesmo pedi, não aceitei, percebeu ele.

— Não viu nenhum sinal de tendência suicida se manifestando, não? — perguntou o dr. Babble.

— Não.

— Muito estranho — concluiu Babble. Ele sacudiu a cabeça, fatigado. — Muito bem, vamos carregá-lo para a enfermaria.

6

Os quatro homens carregaram o corpo de Tallchief ao longo do grupo de construções cercadas pela escuridão da noite. Um vento frio os fustigava, e eles estremeciam; agruparam-se mais próximos uns aos outros, protegendo-se da presença hostil de Delmak-O, a presença hostil que assassinara Ben Tallchief.

Babble acendeu algumas lâmpadas aqui e ali. Com esforço, conseguiram depositar o corpo de Tallchief na mesa alta, forrada de metal.

— Acho que deveríamos nos recolher em nossos dormitórios e esperar que o dr. Babble termine a autópsia — disse Susie Smart, trêmula.

— Seria melhor ficarmos juntos, pelo menos até que o doutor faça seu relatório — opinou Wade Frazer. — E também acho que diante dessas circunstâncias inesperadas, com esse acontecimento terrível, devemos eleger um líder agora mesmo, um líder forte que possa nos manter juntos como um grupo, coisa que até agora não somos, mas deveríamos ser, precisamos ser. Todos concordam?

Depois de uma pausa, Glen Belsnor disse:

— Tá bem.

— Podemos votar — disse Betty Jo Berm. — De uma maneira democrática. Mas acho que devemos ser cuidadosos. — Ela fazia um esforço pra se expressar com toda a clareza.

— Não devemos dar poder demais a um líder. E devemos ser capazes de substituí-lo quando e se, a qualquer momento, não estivermos satisfeitos; então podemos votar para substituí-lo por outra pessoa. Mas, enquanto ele for líder, devemos obedecer a ele. Também não queremos que ele seja fraco. Se ele for fraco, continuaremos a ser o que somos agora, uma mera reunião de indivíduos que não conseguem agir em conjunto, nem mesmo diante da morte.

— Então devemos voltar à sala de reuniões — disse Tony Dunkelwelt —, e não aos dormitórios. Para começar a votação. Quero dizer: ou isso, ou eles podem nos matar antes mesmo que tenhamos um líder. Não queremos esperar.

Em grupo, eles se encaminharam, de fisionomias fechadas, da enfermaria para a sala de reuniões. O transmissor-receptor ainda estava ligado; cada pessoa, ao entrar, ouvia o zumbido baixo e grave.

— Tão grande — comentou Maggie Walsh, olhando o transmissor — e tão inútil.

— Acha que deveríamos andar armados? — perguntou Bert Kosler, puxando a manga de Morley. — Se tem alguém armado por aí querendo nos matar...

— Vamos esperar Babble com o resultado da autópsia — disse Seth Morley.

Sentando-se, Wade Frazer falou, num tom profissional.

— Para votar vocês deverão erguer a mão. Todos devem se sentar e ficar quietos; eu lerei os nomes e anotarei a contagem. Todos de acordo?

Havia uma entonação sardônica em sua voz, e Seth Morley não gostou de ouvi-la.

— Você não vai ganhar, Frazer — disse Ignatz Thugg. — Não importa o quanto queira. Ninguém nesta sala vai permitir um cara como você ditando regras. — Ele desabou numa cadeira, cruzou as pernas e tirou um cigarro de tabaco do bolso da jaqueta.

À medida que Wade Frazer lia a lista de nomes e anotava os votos de cada um, vários outros fizeram suas próprias anotações. Não confiam na contagem de Frazer, pensou Seth Morley. E não os culpava por isso.

— O maior número de votos — anunciou Frazer depois que todos os nomes foram lidos — foi de Glen Belsnor. — Ele jogou as anotações na mesa, com um sorriso escancarado. Como se, pensou Morley, o psicólogo estivesse dizendo: vão em frente, coloquem a corda no pescoço. A vida é de vocês, joguem fora se quiserem. Mas para ele Belsnor era uma boa escolha; ele próprio, com seu conhecimento ainda limitado, dera seu voto ao técnico em eletrônica. Estava satisfeito, mesmo que Frazer não estivesse. E pela forma como todos os outros relaxaram ao seu redor, imaginou que fosse a sensação geral.

— Enquanto esperamos o relatório do dr. Babble — disse Maggie Walsh —, talvez devêssemos fazer uma prece coletiva pela psique do sr. Tallchief, para que ela seja conduzida imediatamente para a imortalidade.

— Leiam do *Livro* de Specktowsky — sugeriu Betty Jo Berm. Ela enfiou a mão no bolso e pegou seu próprio exemplar para entregar a Maggie Walsh. — Leia o trecho da página 70 sobre o Intercessor. Não é o Intercessor que estamos tentando alcançar?

De cabeça, Maggie Walsh entoou as palavras que eles todos conheciam:

— "Pelo Seu aparecimento na história e na criação, o Intercessor ofereceu a Si mesmo em sacrifício, a fim de que a Maldição pudesse ser parcialmente anulada. Satisfeito com a redenção da Sua criação por esta manifestação d'Ele próprio, este sinal de Sua grande, mas parcial, vitória, a Divindade 'morreu' e depois voltou a manifestar-Se pra indicar que Ele suplantara a Maldição e consequentemente a morte, e, tendo feito isso, ascendeu ao longo dos círculos concêntricos de volta a Deus propriamente dito." Agora vou acrescentar outra parte que acho pertinente. "O próximo e último período é o Dia do Juízo Final, quando os céus rolarão para trás como um rolo de pergaminho e cada ser vivo, e consequentemente todas as criaturas, desde os homens sencientes até os organismos não terrestres semelhantes ao homem, se reconciliará com a Divindade original, de cuja unidade do ser todas as coisas decorrem, com a possível exceção do Destruidor de Formas. — Ela fez uma pausa por um instante e depois disse: — Repitam o que vou dizer, vocês todos, seja em voz alta ou em pensamento.

Eles ergueram o rosto e olharam para o alto, da maneira recomendada. Para que a Divindade pudesse escutá-los com mais presteza.

— Nós não conhecíamos muito bem o sr. Tallchief.

— Nós não conhecíamos muito bem o sr. Tallchief.

— Mas ele parecia ser um homem bom.

— Mas ele parecia ser um homem bom.

Maggie hesitou, refletiu, e falou:

— Pedimos que ele seja removido do tempo e assim se torne imortal.

— Pedimos que ele seja removido do tempo e assim se torne imortal.

— Que ele seja restaurado com a forma que tinha antes do Destruidor de Formas exercer sobre ele a sua ação.

— Que ele seja restaurado com a forma que tinha...

Foram interrompidos pela entrada do dr. Milton Babble, que parecia perturbado.

— Temos que concluir a prece — disse Maggie.

— Podem concluí-la depois — disse o dr. Babble. — Consegui determinar a causa da morte dele. — Ele consultou várias folhas de papel que trouxera consigo. — Causa da morte: inflamação generalizada das passagens bronquiais, devido a um aumento antinatural de histamina no sangue, e que resultou num estreitamento da traqueia; a causa exata da morte foi sufocação em consequência de uma reação contra um alérgeno heterogênico. Ele deve ter sido picado por um inseto ou arranhado por uma planta quando descarregava o Nasal. Um inseto ou planta contendo uma substância à qual ele tinha uma violenta alergia. Lembram como Susie Smart ficou doente em sua primeira semana aqui, depois de roçar numa daquelas moitas que parecem urtigas? E Kosler. — Ele apontou para o idoso zelador. — Se não tivesse me procurado tão depressa quanto o fez, estaria morto também. No caso de Tallchief, a situação não nos foi favorável; ele saiu sozinho durante a noite, e não havia ninguém por perto para ajudá-lo na hora do aperto. Ele morreu sozinho, mas se estivéssemos por perto ele poderia ter sido salvo.

Depois de uma pausa, Roberta Rockingham, sentada, com uma pesada manta sobre as pernas, disse:

— Bem, acho que essa resposta é muito mais encorajadora do que nossa especulação anterior. Ao que parece, então, ninguém estava tentando nos matar... o que é maravilhoso, não acham? — Ela olhou o grupo, procurando alguma resposta.

— Evidentemente — disse Wade Frazer, com a cabeça longe, fazendo uma careta para si mesmo.

— Babble — chamou Ignatz Thugg —, nós votamos sem você.

— Puxa vida — disse Betty Jo Berm. — É verdade. Vamos ter que refazer a votação.

— Então já escolheram um de vocês como líder? — perguntou Babble. — Sem deixar que eu exercesse minha participação pessoal? E quem foi eleito?

— Fui eu — disse Glen Belsnor.

Babble pareceu consultar a própria opinião por algum tempo e então disse:

— Por mim tudo bem, que seja Glen o nosso líder.

— Ele ganhou por três votos — disse Susie Smart.

— Estou satisfeito, de qualquer maneira — assentiu Babble.

Seth Morley foi até Babble, encarou-o de perto e perguntou:

— Tem mesmo certeza quanto à causa da morte?

— Sem a menor dúvida. Tenho equipamento capaz de determinar...

— Encontrou alguma picada de inseto no corpo dele?

— Na verdade, não.

— Algum ponto específico onde uma planta pode tê-lo arranhado?

— Não. Mas isso não quer dizer muito nesses casos. Alguns insetos são tão minúsculos que qualquer sinal de picada ou mordida não seria visível sem um exame de microscópio, e isso pode levar dias.

— Mas você está satisfeito — disse Belsnor, que também chegara mais perto e estava de braços cruzados, balançando o corpo para a frente e para trás.

— Totalmente. — Babble assentiu com convicção.

— Você sabe o risco que isso implica, caso esteja errado.

— Qual risco? Explique-se.

— Ah, Deus, Babble — disse Susie Smart. — É óbvio. Se alguém ou alguma coisa o matou deliberadamente, é possível que estejamos todos correndo tanto perigo quanto ele. Mas se foi um inseto...

— Foi exatamente isso — insistiu Babble. — Picada de inseto. — As orelhas dele tinham ficado carmesim de raiva e obstinação.— Acha que essa foi a primeira autópsia que fiz? Acha que não sou capaz de lidar com um relatório patológico através de um exame que venho praticando durante toda minha vida adulta? — Ele encarou Susie Smart, irritado. — Senhorita boba.

— Ei, que é isso, Babble — disse Tony Dunkelwelt.

— Para você eu sou *dr*. Babble, meu filho — retrucou Babble.

Nada mudou, pensou Seth Morley. Não passamos de uma aglomeração de doze pessoas. E isso pode nos destruir. Acabar para sempre com nossas existências individuais.

— Eu sinto um alívio enorme — disse Susie Smart, postando-se entre Seth e Mary Morley. — Acho que estamos ficando paranoicos, pensando que todo mundo está contra nós, querendo nos matar.

Relembrando-se de Ben Tallchief, e do último encontro dos dois, Morley não sentiu nenhuma ressonância de simpatia diante da nova atitude dela.

— Um homem morreu — disse ele.

— Nós mal o conhecíamos. Na verdade, não chegamos a conhecê-lo nem um pouco.

— É verdade — disse Morley. Talvez seja porque sinto tanta culpa. — Talvez eu o tenha matado — disse em voz alta.

— Um inseto o matou — corrigiu Mary.

— Podemos terminar nossa prece agora? — perguntou Maggie Walsh.

Seth Morley falou, dirigindo-se a ela:

— Por que precisamos enviar uma prece-petição a mais de cem mil quilômetros de distância da superfície de um planeta, mas este tipo de prece pode ser feito sem nenhum auxílio da eletrônica? — Eu sei a resposta, pensou ele. Esta prece de agora... Na verdade, não faz tanta diferença para nós se é ouvida ou não. É uma mera cerimônia, esta prece. Com a outra, é diferente. Na outra, precisávamos de algo para nós mesmos, não para Tallchief. Pensar nisso deixou Morley ainda mais abatido do que antes. — Vejo você depois — disse ele em voz alta pra Mary. — Vou desempacotar aquelas caixas que eu trouxe do Nasal.

— Mas não chegue perto dos Nasais — advertiu Mary. — Até amanhã pelo menos, até que a gente tenha conseguido rastrear que tipo de planta ou de inseto...

— Não vou ficar lá fora — concordou Morley. — Vou direto para o nosso dormitório. — Ele saiu da sala e dirigiu-se para as construções. Um instante depois estava subindo os degraus da varanda do dormitório deles.

* * *

Vou perguntar ao *Livro*, disse Seth Morley para si mesmo. Ele remexeu em diversas caixas de papelão até encontrar seu exemplar de *Como eu me ergui dentre os mortos em minhas horas vagas e você pode fazer o mesmo*. Sentando-se, ele pôs o livro no colo, fechado. Colocou ambas as mãos sobre ele, fechou os olhos, voltou o rosto pra cima e disse:

— Quem matou Ben Tallchief?

E então, de olhos fechados, abriu o livro numa página ao acaso, pôs o dedo num lugar qualquer, com firmeza, e abriu os olhos.

O lugar que o dedo indicava dizia: o Destruidor de Formas.

Isso não diz muita coisa, refletiu ele. Todas as mortes são resultado de uma deterioração da forma, devido à atividade do Destruidor de Formas.

E no entanto aquilo o amedrontou.

Isso aí não parece coisa de inseto ou planta, pensou ele, tenso. Soa como alguma coisa completamente diferente.

Uma batidinha soou na porta.

Erguendo-se cautelosamente, ele foi se chegando à porta de pouquinho em pouquinho; deixando-a fechada ele afastou a cortina da pequena janela e espiou lá fora, na escuridão da noite. Alguém estava na varanda, uma figura pequena, com cabelo longo, suéter justo, sutiã olhou-agarrou, saia justa e curtinha, pés descalços. Susie Smart veio me fazer uma visita, pensou ele, destrancando a porta.

— Oi — disse ela, jovialmente, sorrindo pra ele. — Posso entrar e conversar um pouquinho?

Ele a levou até *O Livro*.

— Eu perguntei o que ou quem matou Tallchief.

— E o que ele disse? — Ela sentou-se, cruzou as pernas não escondidas pela saia curta e se debruçou para olhar o ponto onde ele pousou o dedo, no mesmo lugar de antes. —

"O Destruidor de Formas" — leu ela, séria. — Mas é sempre o Destruidor de Formas.

— Mesmo assim, acho que ele quer dizer alguma coisa.

— Que não foi um inseto?

Ele assentiu.

— Você tem algo pra comer ou beber? — perguntou Susie. — Algum doce?

— O Destruidor de Formas está à solta lá fora.

— Você está me assustando.

— Sim — disse ele. — É isso mesmo que eu quero. Nós temos que conseguir transmitir uma prece deste planeta para a rede de retransmissão. Não vamos sobreviver se não recebermos socorro.

— O Caminhante aparece sem necessidade de preces — disse Susie.

— Eu tenho um barra de chocolate Baby Ruth. Pode ficar para você. — Ele remexeu numa das malas de Mary, achou o chocolate e o entregou a ela.

— Obrigada — disse Susie, rasgando a ponta da embalagem.

— Acho que estamos condenados.

— Nós sempre estivemos condenados. É a essência da vida.

— Condenados a curto prazo. Não em termos abstratos. Condenados como Mary e eu estávamos quando coloquei nossa bagagem no *Mórbida Galinha*. Como se diz: *Mors certa, hora incerta*. Há uma diferença muito grande entre saber que vai morrer um dia e saber que vai morrer no próximo mês.

— Sua esposa é muito atraente.

Ele deu um suspiro.

— Há quanto tempo vocês estão casados? — perguntou Susie, observando-o atentamente.

— Oito anos.

Susie Smart levantou-se depressa.

— Vamos no meu quarto, quero mostrar como um lugar assim pode ficar legal quando a gente sabe arrumá-lo. Vamos, aqui está muito deprimente. — Ela o puxou pela mão feito uma garotinha curiosa, e ele se viu seguindo-a.

Seguiram pela varanda, passaram por várias portas e chegaram por fim à de Susie. Estava destrancada; ela a abriu, convidando-o a entrar para a luz e o calor do cômodo. Ela havia falado a verdade: o ambiente estava bem legal. Será que poderemos deixar o nosso tão legal assim?, perguntou a si mesmo olhando ao redor, os quadros nas paredes, a textura dos tecidos, e as muitas, inúmeras latas e caixas de plantas, de onde brotavam formas multicores que encantavam os olhos.

— Legal — disse ele.

Susie bateu a porta.

— Isso é tudo o que tem a dizer? Levei um mês para deixá-lo assim.

— "Legal" foi a palavra que você usou, eu só repeti.

Ela riu.

— Eu posso chamar meu quarto de "legal", mas já que você é um visitante tem que ser um pouco mais entusiasmado.

— Está bem. É maravilhoso.

— Melhorou. — Ela se sentou de frente pra ele, numa cadeira forrada de lona preta, recostou-se, esfregou as mãos com força, depois o encarou com determinação. — Estou esperando.

— Esperando o quê?

— Você me dar uma cantada.

— E por que eu faria isso?

— Eu sou a puta do assentamento. Você tem que morrer de priapismo por minha causa. Não ouviu falar?

— Eu cheguei aqui hoje — lembrou ele.

— Mas alguém deve ter dito.

— Quando alguém vem me dizer algo assim — disse ele —, leva um soco na cara.

— Mas é verdade.

— Por quê?

— O dr. Babble me explicou que é um distúrbio diencefálico no meu cérebro.

— Esse Babble. Sabe o que ele disse sobre a visita que eu recebi do Caminhante? Disse que a maior parte do que falei era mentira.

— O dr. Babble é dono de uma malícia muito afiada. Ele adora derrubar tudo e todos.

— Se você sabe disso — disse Seth Morley —, já sabe o suficiente para não dar muita atenção a ele.

— Ele apenas explicou *por que* eu sou assim. Eu sou assim. Já fui para a cama com todos os homens do assentamento, menos aquele Wade Frazer. — Ela balançou a cabeça, fazendo uma careta. — Ele é horroroso.

Cheio de curiosidade, ele disse:

— E o que diz Frazer sobre você? Afinal, ele é psicólogo. Ou alega ser.

— Ele diz que... — Ela refletiu um pouco, olhando o teto, pensativa, mordendo abstraidamente o lábio. — Que é uma busca pelo grande arquétipo do pai-mundo. É o que Jung teria dito. Você conhece algo de Jung?

— Sim — disse ele, embora na verdade soubesse pouco além do nome. Jung, pelo que ouvira, tinha de muitas maneiras diferentes estabelecido as bases para um *rapprochement* entre os intelectuais e a religião — mas ao chegar neste ponto o conhecimento de Seth Morley se esgotava. — Entendi.

— Jung acredita que as nossas atitudes com relação aos nossos pais e mães verdadeiros se devem ao fato de que eles encarnam certos arquétipos masculinos e femininos. Por exemplo, existe o pai-mundo grande e cruel, e o pai-mundo bom e o pai-mundo destruidor e assim por diante... e o mesmo se dá com as mulheres. Minha mãe era a mãe-mundo ruim, então toda a minha energia psíquica foi direcionada para o meu pai.

— Hmmm... — disse ele. De um instante para outro, tinha

começado a pensar em Mary. Não que estivesse com medo dela, mas o que a esposa seria capaz de pensar quando chegasse ao dormitório e não o encontrasse lá? E em seguida, que Deus não permitisse, viesse a encontrá-lo ali com Susie Boba, a autoproclamada puta do assentamento?

— Você acha que o ato sexual torna uma pessoa impura? — perguntou Susie.

— Às vezes — respondeu ele de reflexo, ainda pensando na esposa. Seu coração batia forte, e ele sentia o pulso latejando. — Specktowsky não é muito claro a esse respeito no *Livro* — murmurou.

— Você vai dar um passeio comigo — disse Susie.

— Agora? Vou? Aonde? Por quê?

— Agora, não. Amanhã, à luz do dia. Vou lhe levar lá fora do assentamento, para lhe mostrar o verdadeiro Delmak-O. Onde estão as coisas estranhas, os movimentos que você capta com o canto do olho... e o Edifício.

— Eu gostaria de ver o Edifício — disse ele, com sinceridade.

Ela se levantou abruptamente.

— É melhor voltar para o seu quarto, sr. Seth Morley.

— Por quê? — perguntou ele, confuso, levantando-se também.

— Porque se continuar aqui a sua atraente esposa vai nos descobrir, vai criar o maior caos, e com isso vai abrir caminho para o Destruidor de Formas, que, segundo você, está à solta lá fora, esperando para pegar nós todos. — Ela riu, mostrando dentes perfeitos e brancos.

— Mary pode vir também no nosso passeio? — perguntou ele.

— Não. — Ela balançou a cabeça. — Só você. Certo?

Ele hesitou, um enxame de pensamentos diferentes invadindo sua mente; eles o puxavam numa direção, depois noutra, e depois desapareceram, deixando-o livre para responder:

— Se eu conseguir dar um jeito.

— Tente. Por favor. Posso lhe mostrar todos os lugares e as formas de vida e as coisas que eu descobri.

— São bonitas?

— A-algumas. Por que está me olhando tão intensamente? Está me deixando nervosa.

— Acho que você é maluca.

— Sou apenas franca. Eu digo: "Um homem é apenas um meio encontrado por um espermatozoide para produzir outro espermatozoide". É uma questão prática, nada mais que isso.

— Eu não entendo muito de análise junguiana, mas com certeza não me lembro de... — Ele se interrompeu.

Alguma coisa havia se movido na sua visão periférica.

— O que houve? — perguntou Susie Smart.

Ele se virou depressa, e dessa vez viu com clareza. Na cômoda, um objeto quadrado, pequeno e cinzento estava se arrastando para a frente, e então, aparentemente assustado com ele, parou de se mexer.

Em dois passos ele chegou lá, agarrou o objeto, e o apertou com força na mão.

— Não o machuque — disse Susie. — É inofensivo. Venha cá, me dê. — Ela estendeu a mão e, relutantemente, ele abriu os dedos.

O objeto parecia um edifício minúsculo.

— Sim — disse Susie, vendo a expressão dele. — Isso vem do Edifício. É algo que ele produz, suponho. De qualquer modo, é exatamente como o Edifício, só que menor. — Ela pegou o objeto da mão dele, olhou-o por algum tempo, depois colocou-o de volta na cômoda. — Está vivo.

— Eu sei — disse ele.

Enquanto o segurava, ele havia sentido que aquilo era animado, que pressionava seus dedos, querendo sair.

— Estão por toda parte — explicou Susie. — Lá fora. — Ela fez um gesto vago. — Talvez amanhã a gente ache um pra você.

— Eu não quero.

— Vai querer, quando estiver aqui há bastante tempo.

— Por quê?

— Acho que eles servem de companhia. Uma forma de quebrar a monotonia. Lembro-me de quando era criança, encontrando um sapo de Ganimedes em nosso jardim. Era tão lindo, com sua chama brilhante e aquela cabeleira longa, lisa...

— Talvez tenha sido uma dessas coisas que matou Tallchief.

— Glen Belsnor desmontou um por inteiro, há alguns dias — disse Susie. — Ele disse... — Ela pensou um pouco. — Enfim, disse que é inofensivo. E mais um monte de jargão eletrônico, nem dava para entender.

— E ele tem como saber?

— Sim.

— Vocês, quero dizer, nós temos um bom líder. — Mas não creio que seja bom o bastante, pensou ele.

— E aí, vamos pra cama? — perguntou Susie.

— O quê? — retrucou ele.

— Eu tenho interesse em ir para a cama com você. Não posso avaliar um homem a menos que tenha ido para a cama com ele.

— E o que me diz das mulheres?

— Eu não consigo avaliar mulheres. Acha que vou para a cama com elas também? Isso é depravação. Parece coisa que Maggie Walsh faria. Ela é lésbica, sabia? Ou não sabia?

— Não sei que importância tem isso. Nem se é da nossa conta. — Ele se sentia abalado, pouco à vontade. — Susie, você precisa de ajuda psiquiátrica. — Ele lembrou, de repente, o que o Caminhante na Terra lhe dissera, lá em Tekel Upharsin. Talvez todos nós precisemos de ajuda psiquiátrica, pensou. Mas não de Wade Frazer. Isso está totalmente, inteiramente fora de questão.

— Não quer ir para a cama comigo? Você vai gostar, apesar

do seu pudor e de suas reservas no início. Sou muito boa de cama. Sei um monte de coisa, algumas que você provavelmente nunca imaginou. Eu mesma que inventei.

— Com anos de experiência — disse ele.

— Sim. Comecei aos doze.

— Não — disse ele.

— Sim — disse Susie, e agarrou a mão dele.

No rosto dela, ele viu uma expressão de desespero, como se ela estivesse lutando pela própria vida. Ela o puxou, com todas as forças, mas ele resistiu e ela se esforçou em vão.

Susie Smart sentiu que o homem se recusava a se aproximar dela. Ele é muito forte, pensou.

— Como pode ser tão forte? — perguntou, ofegante; quase sem conseguir respirar.

— Carregando pedras — disse ele com um sorriso.

Eu o quero, pensou ela. Grande, mau, poderoso... Ele poderia fazer picadinho de mim, pensou. O desejo por ele ficou maior.

— Eu vou pegar você — disse ela, ainda ofegando. — Porque eu quero.

Preciso ter você, ela disse a si mesma. Me cobrindo como uma sombra enorme, me protegendo do sol e dos olhos alheios. Não quero mais olhar para nada, disse a si mesma. Ponha seu peso sobre mim, pensou. Me mostre o que existe em você, me mostre o seu verdadeiro ser, sem o atenuante das roupas. Tateando as próprias costas ela soltou o fecho do sutiã olhou- -agarrou. Com habilidade, tirou-o por baixo do suéter, puxou, forçou e finalmente conseguiu jogá-lo em uma cadeira. Vendo aquilo, o homem deu uma risada.

— Do que está rindo? — perguntou ela.

— Do quanto você é organizada — disse ele. — Jogando isso numa cadeira, em vez de largar no chão.

— Dane-se — disse ela, sabendo que ele, como todos os demais, estava rindo às custas dela. — Eu vou pegar você — rosnou, e o puxou com toda a força; dessa vez conseguiu fazer com que ele desse alguns passos cambaleantes na direção da cama.

— Ei, que saco — protestou ele. Mas de novo ela conseguiu trazê-lo mais para perto. — Pare! — disse ele.

E então ela o derrubou na cama. Manteve-o deitado usando o joelho e rapidamente, com grande prática, desabotoou a saia e a jogou no chão, longe da cama.

— Está vendo? Eu não preciso ser organizada. — Mergulhou em cima dele, sujeitando-o com os joelhos. — E não sou obsessiva — disse, tirando o resto da roupa e começando a desabotoar a camisa dele.

Um botão, arrancado com força, rolou como uma rodinha pela cama e caiu no chão. Ela achou graça. Sentia-se muito bem. Essa parte sempre a deixava excitada: era como o estágio final de uma caçada, nesse caso a caçada a um grande animal que cheirava a suor, fumaça de cigarro e agitação do medo. Como é que ele pode ter medo de mim?, ela se perguntou, mas era assim todas as vezes, e ela já aceitava sem problemas. Na verdade, tinha passado a gostar até.

— De... deixe... sair — disse ele, ofegando, empurrando-a para longe. — Você é muito... escorregadia — conseguiu falar, enquanto ela prendia sua cabeça entre os joelhos.

— Eu posso te fazer tão feliz sexualmente — disse ela. Sempre dizia isso, e às vezes funcionava, às vezes o homem cedia quando ela lhe acenava diante dessa possibilidade. — Venha — disse ela, implorando, com grunhidos rápidos.

A porta do quarto se escancarou com um estrondo. Imediatamente, instintivamente, ela saltou de cima do homem, pra longe da cama, ficou de pé, arquejando ruidosamente, olhando a figura que surgira na porta. Era a mulher dele, Mary Morley. No mesmo instante, Susie pegou suas roupas;

essa era a parte de que gostava menos, e sentiu um ódio incontido por Mary Morley.

— Cai fora daqui — disse, ofegando. — Este é meu quarto.

— Seth! — gritou Mary Morley, a voz estridente. — Pelo amor de Deus, o que deu em você? *Como pôde fazer uma coisa dessas?!* — Com passos duros e pálida, ela foi que nem um robô até a cama.

— Meu Deus — disse Morley sentando-se na cama e passando os dedos pelos cabelos assanhados. — Essa garota é doida — choramingou ele para a esposa, com a voz lamentosa. — Não tive nada com isso, eu estava tentando me livrar. Você viu, não viu? Não percebeu que eu estava tentando sair? Você não viu?

Mary continuou com a voz estridente, acelerada:

— Se você tivesse tentado, tinha saído.

— Não! — implorou ele. — É verdade, Deus sabe que é. Ela se ajoelhou em cima de mim, mas eu estava conseguindo me soltar. Se você não tivesse chegado eu teria conseguido me soltar sozinho.

— Vou te matar — disse Mary Morley, deu meia-volta e começou a andar num círculo que abrangia o quarto inteiro, à procura de alguma coisa que pudesse pegar para bater nele.

Susie conhecia aquele movimento, aquela busca, aquela expressão vidrada, feroz e incrédula no rosto da outra mulher. Mary Morley encontrou um vaso, agarrou-o e parou do lado da cômoda, o peito subindo e descendo, enquanto confrontava Seth Morley. Ela ergueu o vaso, num movimento abrupto...

Em cima da cômoda, o edifício em miniatura fez deslizar para o lado um pequeno painel. Um minúsculo canhão se projetou para fora. Mary não o viu, mas Susie e Seth Morley sim.

— Cuidado! — exclamou Seth, tentando pegar a mão da esposa e deu um puxão nela.

O vaso se espatifou no chão. O canhão girou, tentando fazer uma nova mira. No mesmo instante um raio se projetou dele, na direção de Mary Morley. Susie deu uma risada, recuou, abrindo distância entre ela e o raio.

O raio por pouco não acertou Mary Morley. Na parede do lado oposto do quarto surgiu um buraco por onde entrou uma lufada do ar da noite escura, um ar frio e cortante. Mary cambaleou, dando um passo para trás.

Correndo pra o banheiro, Seth Morley desapareceu e surgiu de novo um instante depois segurando um copo de água. Correu até a cômoda e derramou água no prédio em miniatura. O canhão parou de se mover.

— Acho que o peguei — disse Seth Morley, a respiração chiando como se tivesse asma.

Da pequenina estrutura subiu um penacho de fumaça cinzenta. O objeto zumbiu durante algum tempo e em seguida deixou vazar algo pegajoso, parecido com graxa, que se misturou com a água ao redor e formou uma poça. A estrutura estremeceu, girou e bruscamente pifou, inanimada. Seth tinha razão: a coisa estava morta.

— Você o matou — acusou Susie.

— Foi essa coisa que matou Tallchief — respondeu ele.

— Ele tentou me matar? — perguntou Mary Morley com voz fraca. Ela olhou em volta, vacilante, e aquela fúria fanática a essa altura tinha sumido por completo do seu rosto. Ela sentou-se devagar, com todo o cuidado, olhando para o objeto morto. Muito pálida e inexpressiva, ela disse ao marido: — Vamos embora daqui.

Seth virou-se para Susie e disse:

— Vou ter que contar isso tudo a Glen Belsnor. — Com cautela, ele pegou o pequeno bloco inanimado, colocou na palma da mão e ficou olhando por um bom tempo.

— Levei três semanas para domesticar esse aí — disse Susie. — Agora vou ter que encontrar outro, trazê-lo para cá sem ser morta e domesticá-lo como fiz com esse aí. — Ela sentia ondas cada vez maiores de acusação se erguendo dentro dela. — Veja o que você fez — disse, e começou a recolher a roupa espalhada.

Seth e Mary Morley se encaminharam para a porta, Seth com a mão apoiada às costas da esposa, guiando-a.

— Que se danem vocês dois! — gritou Susie, ainda meio vestida, indo atrás deles. — E amanhã, o que diz? — perguntou ela a Seth. — Vamos fazer a caminhada? Quero lhe mostrar alguns dos...

— Não — disse ele, ríspido, e virou-se para encará-la com uma expressão sombria. — Você não entende *mesmo* o que aconteceu, não é?

— Eu sei o que *quase* aconteceu.

— Alguém vai ter que morrer para que você possa acordar? — perguntou ele.

— Não — disse ela, sentindo-se desconfortável; não estava gostando da expressão dos olhos severos e chatos dele. — Está bem, se é tão importante para você esse brinquedinho...

— Brinquedinho — disse ele, com ironia.

— Brinquedinho — repetiu ela. — Se é assim, você vai se interessar pelo que existe por lá. Não compreendeu? Isso aí é apenas um modelo do Edifício real. Não quer ver? Eu vi bem de perto. Sei até o que está escrito no letreiro acima da entrada principal. Não a entrada por onde os caminhões entram e saem, mas a entrada...

— O que diz o letreiro? — perguntou ele.

— Você vai lá comigo? — E para Mary, com o máximo de gentileza que conseguiu imprimir à voz: — Você também. Os dois deveriam ir.

— Eu vou sozinho — disse Seth Morley. E para a esposa: — É muito perigoso. Não quero que você vá junto.

— Você não quer que eu vá junto — disse Mary — por motivos bastante óbvios. — Mas a voz dela soava inerte e amedrontada, como se ter escapado por um triz daquele raio de energia tivesse varrido todas as suas emoções a não ser um medo puro, paralisante.

— O que está escrito sobre a entrada do Edifício? — perguntou ele, de novo.

Depois de um pausa, Susie respondeu:

— "Esporraria".

— E o que significa isso?

— Não sei ao certo. Mas é fascinante. Talvez dessa vez a gente consiga entrar. Eu cheguei muito perto, quase na parede. Mas não encontrei uma porta lateral, e estava com medo, não sei por quê, de entrar pela porta da frente.

Sem dizer mais uma palavra, Seth Morley, conduzindo a esposa ainda atordoada, afastou-se pela noite escura. Susie ficou parada no meio do quarto, sozinha e seminua.

— Puta! — gritou para eles. Referindo-se a Mary.

Os dois continuaram andando até desaparecer de vista.

7

— Não se iluda — disse Glen Belsnor. — Se essa coisa atirou na sua esposa é porque aquela maluca, Susie Dumb ou Susie Smart, seja lá o que for, a fez atirar. Foi ela quem a ensinou. Sabe, essas coisas podem ser treinadas. — Ele estava sentado, segurando a pequena estrutura, olhando para ela, o rosto longo e fino cada vez mais concentrado.

— Se eu não a tivesse puxado, teríamos duas mortes esta noite.

— Talvez sim, talvez não. Considerando a capacidade de uma coisa tão pequena, talvez pudesse apenas desacordá-la.

— O raio abriu um buraco na parede.

— Essas paredes são de plástico barato. Uma camada apenas. Se você der um soco, seu punho abre um buraco.

— Quer dizer então que nada disto o preocupa.

Belsnor contorceu o lábio, pensativo.

— Estou preocupado com a situação como um todo. O que diabo você e Susie estavam fazendo no quarto dela? — Ele ergueu a mão. — Não me diga. Eu sei. Ela é sexualmente descontrolada. Não, não precisa me dar os detalhes. — Ele brincou distraidamente com a réplica do Edifício. — Pena que não tenha acertado Susie — murmurou ele, quase que para si mesmo.

— Tem alguma coisa errada com vocês todos — disse Seth.

Belsnor ergueu a cabeça desgrenhada para encará-lo.

— Em que sentido?

— Não tenho certeza. Uma espécie de idiotice. Cada um de vocês parece estar vivendo num mundo particular. Sem ligar para ninguém mais. É como se... — Ele pensou um pouco. — Como se tudo que quisessem, cada um de vocês, fosse ser deixado a sós.

— Não — respondeu Belsnor. — Nós queremos é ir embora daqui. Podemos não ter nada mais em comum, mas pelo menos isso nós compartilhamos. — Ele devolveu a estrutura danificada a Seth. — Fique com ela. Como um souvenir.

Seth atirou o objeto no chão.

— Então você e Susie vão sair amanhã, para explorar a área? — perguntou Belsnor.

— Sim.

— Ela provavelmente vai atacar você de novo.

— Não estou interessado nisso. Nem estou preocupado. Acho que temos um inimigo em atividade aqui no planeta, agindo do lado de fora do assentamento. Acho que essa coisa, ou essas coisas, matou Tallchief. A despeito do que Babble descobriu.

— Você é novo aqui. Tallchief era novo aqui. Tallchief está morto. Acho que existe uma ligação. Acho que a morte dele teve a ver com a falta de familiaridade com as condições do planeta. Portanto, você também está em perigo. Mas o restante de nós...

— Você acha então que eu não devo ir.

— Vá, sim. Mas tenha cuidado. Não toque em nada, não pegue nada, fique de olhos abertos. Tente andar apenas por onde ela já andou. Não explore território desconhecido.

— Por que não vem junto conosco?

Olhando-o com intensidade, Belsnor perguntou:

— Quer mesmo que eu vá?

— Você é o líder do assentamento agora. Sim, acho que deveria vir junto. E armado.

— Eu... — Belsnor ponderou durante algum tempo. — Posso argumentar que meu dever principal é continuar aqui, trabalhando no transmissor. Posso argumentar que você também deveria estar trabalhando, compondo a prece, em vez de sair vagando à toa pelo mato. Tenho que considerar cada aspecto desta situação. Posso argumentar que...

— Eu posso argumentar que seus "posso argumentar" vão acabar matando todos nós — disse Seth Morley.

— O seu "posso argumentar" talvez esteja correto — disse Belsnor, sorrindo como se contemplasse uma realidade privada, secreta.

Aquele sorriso, sem qualquer traço de divertimento, ficou no seu rosto mais tempo do que deveria e adquiriu um viés sarcástico.

— Me diga o que você sabe sobre a ecologia lá de fora — pediu Seth Morley.

— Há um organismo que chamamos de o Tenc. Existem por aí, pelo que descobrimos, uns cinco ou seis deles. Muito velhos.

— E o que eles fazem? Fabricam artefatos?

— Alguns, os mais enfraquecidos, não fazem nada. Só ficam parados por aí, no meio da paisagem. Os que têm mais forças, no entanto, imprimem.

— Imprimem?

— Eles duplicam coisas que você levar para eles. Pequenas coisas, como um relógio de pulso, uma xícara, um barbeador elétrico.

— E as duplicatas funcionam?

Belsnor deu um tapinha no bolso do casaco.

— A caneta que estou usando é uma dessas duplicatas. Mas... — Ele ergueu a caneta e a estendeu para Seth Morley. — Vê a decomposição? — A superfície da caneta tinha uma textura granulosa que lembrava a areia. — Elas se decompõem muito depressa. Esta aqui vai me servir durante mais alguns dias, e então farei outra duplicata da caneta original.

— Por quê?

— Porque temos poucas canetas. E as que temos estão começando a ficar sem tinta.

— E quanto à escrita dessas canetas copiadas? A tinta não se apaga depois de alguns dias?

— Não — disse Belsnor, mas pareceu meio desconfortável.

— Você não tem certeza.

Ficando de pé, Belsnor enfiou a mão no bolso traseiro da calça e tirou a carteira. Tirou e examinou alguns pedaços de papel dobrados e colocou um deles diante de Seth. As palavras manuscritas eram claras e nítidas.

Maggie Walsh entrou na sala de reuniões, viu os dois e aproximou-se.

— Posso ficar aqui com vocês?

— Claro — disse Belsnor, com ar distante. — Pegue uma cadeira. — Ele deu uma olhadela rápida para Seth Morley e depois falou dirigindo-se a ela numa voz tranquila mas firme: — O edifício em miniatura de Susie Smart tentou atirar na esposa de Morley, ainda há pouco. Errou, e Morley derramou um copo de água em cima dele.

— Eu avisei a ela — disse Maggie — que essas coisas não são seguras.

— A coisa era bastante segura — corrigiu Belsnor. — Quem não é segura é Susie. Era isso que eu estava explicando a Morley.

— Deveríamos rezar por ela — disse Maggie.

— Está vendo? — comentou Belsnor a Seth Morley. — Nós nos preocupamos uns com os outros, sim. Maggie quer salvar a alma imortal de Susie Smart.

— Então reze — disse Seth Morley — para que ela não capture outra réplica e comece a lhe dar lições também.

— Morley — disse Belsnor —, estive pensando a respeito da imagem que você formou sobre nosso grupo. Num certo sentido você tem razão: há algo de esquisito com cada um de nós. Mas não é o que você pensa. O que temos em comum é que todos somos pessoas que fracassaram. Veja o caso de Tallchief. Você não notou que ele era um alcoólatra? E Susie: só pensa nas conquistas sexuais. Posso arriscar um palpite sobre você também. Você está acima do peso: obviamente come demais. Você vive para comer, Morley? Ou será que nunca se fez essa pergunta? Babble é hipocondríaco. Betty Jo Berm é uma consumidora compulsiva de pílulas: toda a vida dela está naqueles frascos de plástico. Aquele garoto, Tony Dunkelwelt, vive em função de suas iluminações místicas, de seus transes esquizofrênicos... o que tanto Babble quanto Frazer chamam de estupor catatônico. E a Maggie aqui... — Ele apontou para ela. — Vive num mundo ilusório de orações e jejum, prestando serviços a uma Divindade que não se interessa por ela. — E disse para ela: — Você já viu o Intercessor, Maggie?

Ela fez que não.

— Ou o Caminhante na Terra?

— Não — disse ela.

— Tampouco o Mentifaturador — acrescentou Belsnor. — Agora, veja o caso de Wade Frazer. O mundo dele...

— E quanto a você? — perguntou Seth.

Belsnor deu de ombros.

— Eu tenho meu próprio mundo.

— Ele inventa — disse Maggie Walsh.

— Mas eu nunca inventei nada — disse Belsnor. — Tudo que foi criado nos dois últimos séculos saiu de um laboratório coletivo, onde trabalhavam centenas, às vezes milhares de pesquisadores. Não existe isso de inventor individual neste século. Talvez eu goste apenas de jogar meus joguinhos particulares com componentes eletrônicos. De qualquer modo, eu me divirto. Eu extraio a maior parte do meu prazer neste mundo, se não todo, da criação de circuitos que em última análise não fazem coisa alguma.

— Um sonho de fama — disse Maggie.

— Não — disse Belsnor, balançando a cabeça. — Eu quero contribuir com alguma coisa; não quero ser apenas um consumidor, como o restante de vocês. — O tom de sua voz era firme, e severo, e honesto. — Nós vivemos num mundo criado e manufaturado pelo resultado do trabalho de milhões de homens, a maior parte deles já morreu sem receber praticamente nenhum crédito. Minha preocupação não é ficar conhecido pelas minhas criações, eu só quero criar coisas que valham a pena, que sejam úteis. Quero que as pessoas contem com as minhas invenções como algo imprescindível para a vida delas. Como o broche de segurança. Quem sabe quem criou aquilo? Mas todo mundo na maldita galáxia usa broches de segurança, e o inventor...

— Os broches de segurança foram inventados em Creta — disse Seth Morley. — No quarto ou quinto século antes de Cristo.

Belsnor o olhou com irritação e disse:

— Cerca de mil anos antes de Cristo.

— Isso quer dizer que você se preocupa, sim, em saber quem inventou alguma coisa e quando — afirmou Seth Morley.

— Eu estive perto de concluir uma invenção, certa vez — contou Belsnor. — Um circuito silenciador. Ele seria capaz de interromper o fluxo de elétrons em qualquer aparelho condutor num raio de quinze metros. Como arma de defesa, seria muito valioso. Mas nunca consegui ampliar esse raio até os quinze metros. O máximo que consegui foi projetá-lo até meio metro de distância. E ficou por isso mesmo. — Ele mergulhou em silêncio então. Um silêncio concentrado, ressentido. Mergulhou em si mesmo.

— Nós amamos você mesmo assim — disse Maggie.

Belsnor ergueu a cabeça e a encarou com raiva.

— A Divindade aceita até isso — continuou Maggie. — Mesmo uma tentativa que não chega a lugar algum. A Divindade conhece suas intenções, e intenção é tudo.

— Não faria diferença alguma — disse Belsnor — se esta colônia e todo mundo dentro dela morressem. Nenhum de nós soma coisa alguma. Não somos mais do que parasitas vivendo às custas da galáxia. "O mundo não percebe nem um pouco nem recorda por muito tempo o que fazemos aqui."

Seth Morley disse para Maggie:

— Nosso líder. O homem que vai nos manter vivos.

— Manterei vocês vivos — disse Belsnor. — Farei o melhor que puder. Esta seria minha contribuição: inventar um aparelho feito de circuitos de estado fluido capaz de nos salvar. Capaz de inutilizar os canhões de brinquedo.

— Não acho muito inteligente de sua parte chamar alguma coisa de brinquedo só por ser pequeno — observou Maggie Walsh. — Seria o mesmo que dizer que o Toxilax, o rim artificial, é um brinquedo.

— Você teria que chamar de brinquedos oitenta por cento dos circuitos de uma nave Interplan — disse Seth Morley.

— Talvez seja esse o meu problema — retrucou Belsnor, com azedume. — Não sei distinguir o que é um brinquedo e o que não é. O que implica dizer que não sei distinguir o que é e o que não é real. Uma nave de brinquedo não é uma nave real. Um canhão de brinquedo não é um canhão real. Mas acho que se é capaz de matar... — Ele ponderou um pouco. — Talvez amanhã eu determine que todos vocês saiam pelo assentamento recolhendo todos os edifícios de brinquedo, e na verdade todas as coisas que foram recolhidas lá do lado de fora, e vamos empilhar e tocar fogo em tudo, e acabou-se.

— Que outras coisas há no assentamento que vieram lá de fora? — perguntou Seth Morley.

— Moscas artificiais — respondeu Belsnor. — Para dar um exemplo.

— Elas tiram fotos? — perguntou Seth.

— Não. Essas são as abelhas artificiais. As moscas artificiais voam e cantam.

— "Cantam"? — Ele achou que tinha ouvido errado.

— Tenho uma aqui — disse Belsnor, remexendo nos bolsos e tirando de lá uma caixinha de plástico. — Segure perto da orelha. Tem uma aí dentro.

— Que tipo de coisa elas cantam? — perguntou Seth Morley.

Ele pôs a caixinha perto do ouvido e escutou. Ouviu então um som distante e muito doce, como o de naipes de cordas. E como o barulho de asas distantes, pensou ele.

— Eu conheço essa música, mas não estou identificando. — Uma música obscura mas que era uma das minhas favoritas, percebeu. De uma época muito distante.

— Elas tocam o que você gosta — disse Maggie Walsh.

Ele reconheceu a música então: "Granada".

— Puta que pariu — disse ele. — Tem certeza de que é uma mosca que está tocando isso?

— Olhe dentro da caixa — respondeu Belsnor. — Mas cuidado, não deixe ela fugir. São muito raras, e difíceis de pegar.

Com todo o cuidado Seth Morley deslizou a tampa da caixinha. Viu lá dentro uma mosca escura, parecida com as de Proxima 6, grande e peluda, com asas vibrantes e olhos protuberantes, multifacetados como os olhos das moscas verdadeiras. Fechou a caixa, convencido.

— Espantoso. Ela age como um receptor? Captando sinais de um transmissor central que fica em algum ponto do planeta? É uma espécie de rádio, é isso?

— Eu desmontei uma dessas — disse Belsnor. — Não é um receptor. A música é emitida por um alto-falante mas emana de dentro da própria mosca. O sinal é produzido por um gerador em miniatura, sob a forma de um impulso elétrico, não muito diferente de um impulso nervoso numa criatura orgânica viva. Há um elemento úmido à frente do gerador que

103

altera um padrão de condutividade muito complexo, de modo que um sinal muito complexo pode ser criado assim. O que é que ela está cantando para você?

— "Granada" — respondeu Seth Morley. Ele desejou poder ficar com aquela mosca. Ela lhe faria companhia. — Quer vender?

— Pegue uma pra você. — Belsnor tomou a caixa de volta e a guardou no bolso.

— Há mais alguma coisa que seja de fora do assentamento? — perguntou Seth Morley. — Além das abelhas, das moscas, das impressoras e dos prédios em miniatura?

— Há uma espécie de impressora que é do tamanho de uma mosca. Mas só imprime uma coisa. Imprime vezes seguidas, sem parar, produzindo um fluxo que parece interminável — respondeu Maggie.

— Imprime o quê?

— O *Livro* de Specktowsky — disse Maggie Walsh.

— E mais nada?

— Nada que a gente saiba — explicou Maggie. — Pode haver outras coisas. — Ela lançou a Belsnor um olhar intenso.

Belsnor não disse nada; tinha se retraído de volta para seu mundo privado, por alguns instantes, alheio à presença dos outros.

Seth Morley pegou a miniatura danificada do Edifício e disse:

— Se os Tencs só são capazes de imprimir duplicatas de objetos, não foram eles que fizeram isto aqui. Algo com habilidades técnicas altamente sofisticadas o fabricou.

— Pode ter sido feito séculos atrás — disse Belsnor, parecendo despertar de súbito. — Por uma raça que não está mais aqui.

— E ficou sendo impresso continuamente desde então?

— Sim. Ou impresso depois que chegamos aqui. Destinado a nós.

— Quanto tempo duram essas miniaturas de edifício? Mais do que sua caneta?

— Sei o que está pensando — disse Belsnor. — Não, elas não parecem se decompor muito depressa. Talvez não sejam réplicas. Acho que não faz muita diferença; podem ter sido deixadas de reserva durante todo este tempo. Ficaram guardadas até que fossem necessárias, até que algo semelhante à nossa colônia se manifestasse neste planeta.

— Aqui no assentamento vocês têm microscópio?

— Claro — assentiu Belsnor. — Babble tem.

— Vou falar com Babble então. — Seth Morley foi na direção da porta da sala. — Boa noite — disse ele, virando-se para trás.

Nenhum dos outros dois respondeu; pareceram indiferentes à saída dele, e ao que havia dito. Será que eu vou estar assim daqui a duas semanas?, ele se perguntou. Era uma boa pergunta, e dentro de pouco tempo ela seria respondida.

— Sim — disse Babble. — Pode usar meu microscópio. — Ele estava trajando pijama e chinelos, e um roupão de banho de algodão sintético listrado. — Já estava indo me deitar. — Ele observou Seth Morley tirar do bolso o edifício em miniatura. — Ah, um daqueles. Estão por toda parte.

Sentando diante do microscópio, Seth Morley abriu a pequena estrutura, removendo a carapaça e expondo o interior cheio de minúsculos e complexos componentes à platina do microscópio. Usou uma baixa resolução, obtendo uma ampliação de 600x.

Fiação intrincada... circuitos impressos, é claro, numa série de módulos. Resistências, condensadores, válvulas. Uma fonte de energia: uma bateria de hélio superminiaturizada. Distinguiu o suporte giratório do pequenino canhão, e o que parecia o arco de germânio que servia como fonte do raio de energia. Não pode ser muito forte, percebeu ele. Belsnor tinha razão, de certo modo: a potência do raio, em ergs, devia ser extremamente pequena.

Ele focalizou o motor que fazia o canhão girar de um lado a outro. Havia palavras gravadas no ferrolho que o mantinha no lugar; Seth apertou os olhos para conseguir ler e viu, quando ajustou o foco do microscópio, uma confirmação daquilo que mais temia.

MADE IN TERRA 35082R

Aquele artefato tinha vindo da Terra. Não fora inventado por nenhuma raça superterrestre; não emanava das formas de vida nativas de Delmak-O. Caso encerrado.

General Treaton, disse a si mesmo, emburrado. É o senhor, afinal de contas, que está nos destruindo. Nosso transmissor, nosso receptor, e a exigência de que todos viéssemos a este planeta de Nasal. Foram vocês então que mataram Ben Tallchief? Isso era óbvio.

— Está descobrindo alguma coisa? — perguntou Babble.

— Estou descobrindo — disse ele — que o general Treaton é o nosso inimigo, e que não temos a menor chance contra ele. — Ele se levantou, afastando-se do microscópio. — Dê uma olhada nisso.

Babble posicionou o olho no visor do microscópio.

— Ninguém teve essa ideia — disse ele depois de alguns instantes. — Poderíamos ter examinado uma dessas coisas a qualquer momento durante os últimos dois meses, mas nunca nos ocorreu. — Ele afastou o rosto do microscópio, encarando Seth Morley com olhar hesitante. — O que fazemos?

— A primeira providência é reunir todas essas coisas que foram trazidas lá de fora para o assentamento e destruí-las.

— Isto aqui sugere que o Edifício foi construído na Terra.

— Sim — assentiu Seth Morley. Tudo indica que sim, pensou. — Somos parte de um experimento.

— Temos que sair deste planeta — disse Babble.

— Nunca vamos sair daqui — retrucou Seth Morley.

— Tudo isso deve estar vindo do Edifício. Temos que descobrir uma maneira de destruí-lo. Mas não sei como seria possível.

— O senhor estaria disposto a reformular o resultado da sua autópsia de Tallchief?

— Eu não teria nada em que me apoiar pra isso. A esta altura, o máximo que poderia dizer é que ele provavelmente foi morto por alguma arma que desconhecemos totalmente. Alguma coisa capaz de gerar uma quantidade fatal de histamina na corrente sanguínea. Isso sugere o que parece ser o envolvimento de um aparelho respiratório natural. Há outra coisa que você devia levar em conta. Essa coisa aí pode ser uma falsificação. Afinal, a Terra hoje não passa de um gigantesco manicômio.

— Existem laboratórios militares de pesquisa lá. Altamente secretos. A população em geral não tem conhecimento deles.

— E como você sabe disso?

— Lá em Tekel Upharsin, como biólogo marinho do kibbutz, eu tinha acesso a essas informações. E também quando comprávamos armas.

Para ser mais preciso, não era verdade: ele tinha apenas escutado boatos. Mas os boatos o tinham convencido.

— Me diga uma coisa — disse Babble —, você viu mesmo o Caminhante na Terra?

— Sim. E eu tenho informação de primeira mão sobre os laboratórios militares de pesquisa na Terra. Por exemplo...

— Você encontrou com alguém. Isso eu acredito. Alguém, que você não conhecia, chegou e falou algo que deveria ter sido óbvio pra você: ou seja, o Nasal que você escolhera não aguentaria uma viagem pelo espaço. Mas você já tinha noção, que lhe foi ensinada na infância, de que se um estranho chega e oferece ajuda sem ser solicitado, esse estranho só pode, necessariamente, ser uma Manifestação da Divindade. Mas, olhe, você viu apenas o que esperava ver. Você concluiu que ele era o Caminhante na Terra porque *O Livro* de Specktowsky é aceito por praticamente todo mundo. Mas eu, por exemplo, não o aceito.

— Não aceita? — comentou Morley, surpreso.

— Nem um pouco. Estranhos, estou falando de estranhos de verdade, pessoas comuns, aparecem o tempo todo dando conselhos. A maior parte dos seres humanos é bem-intencionada. Se eu estivesse passando por lá também interviria. Eu comentaria com você que aquela nave não estava em condições de viajar.

— Nesse caso o senhor estaria sob a posse do Caminhante na Terra; você se tornaria ele, temporariamente. Pode acontecer com qualquer pessoa. É parte do milagre.

— Milagres não existem. Espinosa já provou isso há séculos. Um milagre seria sinal de fraqueza de Deus, por ser uma quebra das leis naturais. Isso se Deus existir.

— O senhor nos disse, hoje à noite, que viu o Caminhante na Terra sete vezes. — Ele se encheu de suspeitas; tinha descoberto uma inconsistência. — E o Intercessor também.

— O que eu quis dizer com aquilo — disse Babble, sem se alterar — foi que me encontrei em situações de vida em que seres humanos *agiram* como o Caminhante na Terra teria agido, caso existisse. Você tem o mesmo problema que uma porção de gente: vem do fato de termos encontrado no espaço raças sencientes não humanoides, algumas das quais, aquelas que chamamos de "deuses", naqueles planetas que chamamos de "os mundos-de-deus", são tão superiores a nós que nos colocam na posição, por exemplo, que gatos ou cachorros têm em relação a nós humanos. Para um cão ou um gato um ser humano parece um deus: pode fazer coisas divinas. Mas essas formas ultrassencientes e quase-biológicas nos mundos-de-

-deus... são apenas produtos da evolução biológica, tal como nós somos. Com o tempo, talvez nossa raça chegue a evoluir tanto quanto a deles... ou até mais. Não estou dizendo que faremos isso, digo apenas que é possível. — Apontou o dedo com firmeza para Seth Morley. — Eles não criaram o universo. Eles não são Manifestações do Mentifaturador. Tudo que temos é a afirmação verbal deles de que são Manifestações da Divindade. Por que razão deveríamos crer neles? Naturalmente, se perguntamos a eles: "Vocês são Deus? Vocês criaram o universo?", eles darão uma resposta afirmativa. Nós faríamos a mesma coisa; os homens brancos, nos séculos XVI e XVII, disseram aos nativos da América do Norte e do Sul exatamente a mesma coisa.

— Mas os espanhóis, os ingleses e os franceses eram colonizadores. Eles tinham um motivo para se fingirem de deuses. Veja o caso de Cortez. Ele...

— As formas de vida nos chamados mundos-de-deus têm um motivo semelhante.

— Que motivo? — Ele sentiu uma raiva cega brotando dentro de si. — Eles são como santos. Eles contemplam, escutam as nossas preces, quando conseguem captá-las, e fazem o que podem para atendê-las. Como fizeram, por exemplo, com Ben Tallchief.

— Mandaram Tallchief pra cá apenas para morrer. Isso é certo?

Aquela ideia acertava num ponto muito incômodo para ele, desde o momento em que vira o corpo morto e inerte de Tallchief.

— Talvez eles não soubessem — disse ele, pouco confortável. — Afinal, Specktowsky lembra que a Divindade não sabe de tudo. Por exemplo, Ele não sabia que o Destruidor de Formas existia, ou que Ele seria despertado pelos círculos concêntricos de emanação que constituem o universo. Ou que o Destruidor de Formas penetraria no universo, e portanto no tempo, para corromper o universo que o Mentifaturador havia criado em sua própria imagem, de modo que já não era mais a sua imagem.

— Igualzinho a Maggie Walsh. Ela fala exatamente assim.

— O dr. Babble soltou uma risada curta e seca.

— Nunca conheci um ateu antes. — Na verdade, havia conhecido, sim, mas fora anos antes. — Parece muito estranho nesta época, quando temos prova concreta da existência da Divindade. Posso aceitar que existisse um ateísmo bem disseminado em outras eras, quando a religião era baseada na fé em coisas não vistas... mas agora tudo está às claras, como Specktowsky demonstrou.

— O Caminhante na Terra — disse Babble, sarcasticamente — é uma espécie de antipessoa-de-Porlock. Em vez de interferir num processo positivo, ele... — Babble parou de falar.

A porta da enfermaria tinha sido aberta. Um homem estava parado ali, vestindo um casaco de operário de plástico fino, calças de semicouro e botas. Cabelo escuro, na casa dos trinta, com feições bem marcadas: seus malares eram protuberantes e os olhos grandes e brilhantes. Tinha na mão uma lanterna elétrica que acabara de desligar. Ficou parado ali, olhando ora para Seth Morley, ora para o dr. Babble, sem dizer nada. Simplesmente ficou parado em silêncio e à espera. Seth Morley pensou: *Este é um residente do assentamento que eu ainda não tinha visto. E, depois, notando a expressão no rosto de Babble, percebeu que Babble também não.*

— Quem é você? — perguntou Babble, a voz rouca.

O homem respondeu numa voz baixa e tranquila:

— Acabei de chegar no meu Nasal. Meu nome é Ned Russell. Sou economista. — Ele estendeu a mão para Babble, que a apertou num gesto automático.

— Pensei que já estivesse todo mundo aqui — disse Babble. — Temos treze pessoas; pensei que o grupo já estava completo.

— Fiz um pedido de transferência, e me indicaram este destino. Delmak-O. — Russell virou-se para Seth Morley e estendeu de novo a mão. Os dois se cumprimentaram.

— Vamos dar uma olhada na sua ordem de transferência — disse Babble.

Russell remexeu no bolso do casaco.

— É um lugar estranho, este onde vocês estão operando. Quase não tem luzes, o sinal do piloto automático está desligado... Tive que pousar sozinho, e não sou tão acostumado assim a pilotar um Nasal. Pousei junto dos outros, no campo de pouso que fica ao lado do assentamento.

— Então temos duas questões importantes para levar a Belsnor — disse Seth Morley. — A inscrição "Made In Terra" no prédio em miniatura... e ele.

Ele imaginou qual dos dois acabaria se revelando mais importante. No momento, não conseguia enxergar à frente com clareza o bastante para chutar qual seria. Algo para nos salvar, pensou; ou algo para nos condenar. A equação final poderia pender para um lado... ou para outro.

Na escuridão da noite, Susie Smart avançava pouco a pouco na direção do dormitório de Tony Dunkelwelt. Estava usando uma calcinha preta e saltos altos, sabendo que o rapaz apreciava.

Duas batidas de leve.

— Quem é? — resmungou uma voz lá de dentro.

— Susie. — Ela experimentou a maçaneta. A porta estava destrancada, então ela entrou.

No centro do quarto estava Tony Dunkelwelt, de pernas cruzadas, sentado no chão, diante de uma vela solitária acesa. Seus olhos, na luz mortiça, estavam fechados; era evidente que estava em transe. Não deu sinais de tê-la visto ou reconhecido, mas afinal tinha perguntado quem era.

— Posso entrar?

Aqueles estados de transe dele a preocupavam. Naqueles momentos ele se isolava por completo do mundo exterior. Às vezes ficava sentado assim durante horas, e quando lhe perguntavam o que tinha visto ele não dava nenhuma resposta.

— Não quero atrapalhar — disse ela, quando ele não deu resposta.

Numa voz bem modulada, distante, Tony disse:

— Bem-vinda.

— Obrigada — disse ela, com alívio.

Sentando-se numa cadeira, pegou o maço de cigarros, acendeu um e se acomodou para o que prometia ser uma longa espera. Mas não estava muito a fim de esperar.

Com muita cautela, esticou a perna e cutucou o rapaz com o bico do sapato de salto alto.

— Tony? Tony?

— Sim — disse ele.

— Tony, me diga: o que é que você vê? Outro mundo? Consegue ver os deuses, tão ocupados, correndo de um lado para outro, praticando boas ações? Você vê o Destruidor de Formas em ação? Como ele é?

Ninguém via o Destruidor de Formas, a não ser Tony Dunkelwelt. Ele tinha o princípio do mal à sua disposição. E era esse aspecto amedrontador dos transes do rapaz que a impedia de interferir; quando ele estava em transe ela procurava deixá-lo em paz, a fim de que regressasse sozinho da sua visão da malignidade pura para o mundo das responsabilidades normais e cotidianas.

— Não fale comigo — murmurou Tony.

Os olhos dele estavam apertados com força, o rosto contraído, vermelho.

— Desligue isso por um instante — disse ela. — Você deveria estar na cama. Quer ir pra cama, Tony? Comigo, por exemplo? — Ela pôs a mão no ombro dele; ele foi se afastando aos pouquinhos até que, logo depois, a mão dela já não o tocava mais. — Lembra aquilo que você me disse sobre eu gostar de você porque você ainda não era um homem de verdade? Você é um homem de verdade. Será que eu não saberia? Deixe que eu mesma decida. Eu lhe direi quando você estiver sendo um homem e quando não estiver, se isso acontecer um dia. Mas pelo menos até agora você tem sido mais do que um homem. Sabia que um rapaz de dezoito anos é capaz de ter sete orgasmos num período de vinte e quatro horas? — Ela esperou, mas ele não respondeu nada. — Isso é muito bom.

Tony disse, com a voz em êxtase:

— Existe uma divindade acima da Divindade. Uma que abrange todas as quatro.

— Que quatro? Quatro o quê?

— As quatro Manifestações. O Mentifaturador, o...

— Quem é a quarta?

— O Destruidor de Formas.

— Você está dizendo que consegue entrar em comunhão com um deus que é capaz de combinar o Destruidor de Formas com os outros três? Mas não é possível, Tony. Eles são deuses bons, e o Destruidor de Formas é mau.

— Eu sei disso — disse ele, num tom taciturno. — É por isso que o que eu vi é tão vívido. Um deus acima dos deuses, que ninguém é capaz de enxergar, somente eu. — E mais uma vez, aos pouquinhos, ele voltou a mergulhar no transe e parou de falar com ela.

— Como é possível que você consiga ver algo que ninguém mais consegue e ainda considera que é real? — perguntou Susie. — Specktowsky não diz nada a respeito de uma superdivindade como essa. Acho que isso é tudo coisa da sua cabeça. — Ela estava irritada e com frio, e o cigarro ardia seu nariz; ela tinha, como sempre, fumado demais. — Vamos para a cama, Tony — disse ela energicamente, e amassou a ponta do cigarro. — Vamos.

Abaixando-se, agarrou o braço dele, que permaneceu inerte. Como uma pedra.

O tempo foi passando. Ele mergulhou mais e mais em seu processo de comunhão.

— Jesus! — exclamou ela, com raiva. — Bem, que vá pro inferno; vou embora. Boa noite. — Erguendo-se, ela caminhou depressa para a porta, abriu-a e ficou com metade do corpo para o lado de fora. — A gente podia se divertir tanto se fosse para a cama — disse, em tom queixoso. — Tem algo em mim que não agrada você? Se tiver, posso mudar. E eu andei lendo algumas coisas. Achei várias posições que não conhecia. Me deixe ensinar a você. Parecem muito divertidas.

Tony Dunkelwelt abriu os olhos e, sem piscar, olhou para ela. Ela não pôde decifrar a expressão dele, e isso a deixou inquieta; começou a esfregar os braços e as pernas nuas.

— O Destruidor de Formas — disse Tony — é absolutamente não Deus.

— Eu sei disso — disse ela.

— Mas "absolutamente não Deus" é uma categoria do ser.

— Se você diz...

— E Deus contém todas as categorias do ser. Portanto, Deus pode ser absolutamente não Deus, o que transcende a lógica e a razão humanas. Mas intuitivamente nós sabemos que é assim mesmo. Não é? Você não preferiria um monismo que fosse capaz de transcender o nosso pobre dualismo? Specktowsky era um grande homem, mas existe uma estrutura monista mais elevada por sobre o dualismo que ele anteviu. *Existe um Deus mais alto.* — Ele a encarou. — O que acha disso? — perguntou, um pouco tímido.

— Acho maravilhoso — disse Susie, com entusiasmo. — Deve ser incrível poder entrar em transe e perceber as coisas que você percebe. Você devia escrever um livro dizendo que o que Specktowsky diz está errado.

— Não está errado. Apenas é transcendido pelo que eu vejo.

Quando se chega até aquele nível, duas coisas opostas podem ser iguais. É isso que estou tentando revelar.

— Não podia deixar para revelar amanhã? — perguntou ela, ainda tremendo e massageando os braços descobertos. — Estou com tanto frio e tão cansada e já tive uma discussão tremenda com aquela maldita Mary Morley esta noite, então, poxa, por favor, vamos para a cama.

— Eu sou um profeta — afirmou Tony. — Como Cristo ou Moisés ou Specktowsky. Nunca vou ser esquecido. — Ele fechou os olhos novamente. A pequena vela tremulou e quase se apagou de vez. Ele não percebeu.

— Se você é um profeta — disse Susie —, faça um milagre. — Ela havia lido no *Livro* de Specktowsky a respeito disso, a respeito dos profetas terem poderes miraculosos. — Me prove.

Ele abriu apenas um olho.

— Por que você precisa de um sinal?

— Eu não quero um sinal. Quero um milagre.

— Um milagre — disse ele — é um sinal. Vou fazer alguma coisa para lhe mostrar. — Ele olhou o quarto ao redor, o rosto carregado de um ressentimento profundamente arraigado.

Ela percebeu que enfim o tinha despertado por completo, e que ele não ficara nada contente.

— Seu rosto está ficando preto — disse ela.

Ele tocou a testa, inseguro.

— Está ficando vermelho. Mas a chama da vela não contém um espectro luminoso completo, então parece preto. — Ele ficou de pé e deu uns passos firmes pelo aposento, esfregando a base do pescoço.

— Quanto tempo você ficou sentado aí? — perguntou ela.

— Não sei.

— Está certo. A pessoa perde a noção do tempo. — Ela já o ouvira dizer isso. Esse detalhe a deixava admirada. — Está bem — disse ela. — Transforme isto em pedra. — Ela havia encontrado um pedaço de pão, um pote de manteiga de amendoim e uma faca; segurando o pão foi até o rapaz, com ar malicioso. — Consegue?

Com solenidade, ele disse:

— O oposto do milagre de Cristo.

— Consegue fazer?

Ele pegou o pão, segurou-o com ambas as mãos; abaixou os olhos para olhar, os lábios se movendo. O rosto inteiro começou a se contorcer, como se ele estivesse fazendo um esforço tremendo. O tom escuro se acentuou; seus olhos sumiram, substituídos por botões impenetráveis de escuridão.

O pedaço de pão escapou dos seus dedos, flutuou até mais alto do que ele... então se contorceu, ficou embaçado e então, como uma pedra, caiu no piso. *Como* uma pedra? Ela se ajoelhou para olhar de perto, imaginando se a iluminação do quarto a estava induzindo a um transe hipnótico. Não havia mais pão. O que estava ali no chão parecia ser uma pedra grande, lisa, um desses seixos que rolavam na água, com a parte lateral esbranquiçada.

— Meu bom Deus — disse ela, quase num sussurro. — Posso pegar? É seguro?

Tony, cujos olhos estavam novamente cheios de vida, também se ajoelhou para ver.

— O poder de Deus estava em mim — disse ele. — Eu não fiz isso. Foi feito *através* de mim.

Apanhando a pedra, que era pesada, Susie percebeu que era quente, quase um corpo vivo. Uma rocha com vida, pensou ela. Como se fosse orgânica. Talvez não seja uma rocha de verdade. Ela bateu com a pedra no chão: parecia dura o bastante, e fez barulho de pedra. É uma pedra, pensou ela. É mesmo!

— Posso ficar com ela? — pediu.

Seu deslumbramento era total agora; ela o olhou esperançosa, disposta a fazer exatamente o que ele lhe dissesse.

— Pode ficar, sim, Suzanne — disse Tony, com voz calma.

— Mas levante-se e volte para o seu quarto. Estou cansado. — Ele soava mesmo cansado, o corpo mal se mantendo em pé. — Vejo você de manhã, na hora do café. Boa noite.

— Boa noite — disse ela. — Mas posso despir você e colocá-lo na cama. Eu gostaria.

— Não — disse ele. Foi até a porta e a segurou aberta para ela.

— Um beijo — disse ela, inclinando-se e beijando os lábios dele. — Obrigada — disse, sentindo-se humilde. — Boa noite, Tony. E obrigada pelo milagre. — A porta começou a se fechar por trás dela, mas, esperta, ela a barrou com o pé, impedindo que se fechasse. — Posso contar isso para todo mundo? Quero dizer, não foi este o primeiro milagre que você fez? Não era bom que eles soubessem? Mas se não quiser que saibam, não contarei a ninguém.

— Me deixe dormir — disse ele, e fechou a porta.

O trinco deu um estalido próximo ao seu rosto, que sentiu um terror animal. Aquele era o ruído que ela mais temia na vida: o da porta de um homem se fechando na sua cara. No mesmo instante, ela ergueu a mão para bater e percebeu que ainda estava segurando a pedra. Bateu com ela, mas não muito forte: o bastante para ele saber o quanto ela estava desesperada para entrar, mas não a ponto de incomodá-lo caso ele não quisesse mesmo abrir.

Ele não abriu. Nenhum som, nenhum movimento da porta. Nada a não ser o vazio.

— Tony? — chamou ela, num arquejo, grudando a orelha na porta. Silêncio. — Está bem — murmurou, e, apertando a pedra, caminhou com passos vacilantes pela varanda até seu dormitório.

A pedra desapareceu. Seus dedos não seguravam mais nada.

— Que diabo — disse ela, sem saber como reagir.

Para onde tinha ido? Sumiu no ar. Mas então devia ter sido

uma ilusão, pensou. Ele me pôs em estado hipnótico e me fez acreditar. Eu deveria saber que não era verdade.

Um milhão de estrelas explodiram em rodas de luz, uma luz gelada e lancinante que a encharcou. Veio por trás, e ela sentiu quando aquele impacto a acertou em cheio. *Tony*, ainda murmurou, e caiu no vácuo que a esperava. Não pensou nada, não sentiu nada. Via, apenas: via o vazio que a absorveu, esperando lá embaixo enquanto ela se precipitava numa queda de muitos quilômetros.

Caída de quatro, ela morreu. Sozinha na varanda. Ainda tentando segurar algo que não existia.

Glen Belsnor dormia e sonhava. Nas trevas da noite, ele sonhava consigo mesmo e se enxergava como era de verdade: a fonte de sabedoria e benefícios. Cheio de felicidade, ele pensou: eu posso, sim. Posso tomar conta deles todos, posso ajudá-los e protegê-los. Eles precisam ser protegidos a todo custo, era o que ele pensava no sonho.

No sonho, ele plugava um cabo, aparafusava uma placa de circuitos, experimentava uma unidade servo-assistida.

O elaborado mecanismo começava a soltar um zumbido. Um campo fora gerado e se erguia a quilômetros de altura em todas as direções. Ninguém pode passar por isso, disse ele a si mesmo com satisfação, e um pouco do seu medo começou a se dissipar. A colônia está em segurança, e fui eu quem cuidou disso.

Na colônia as pessoas se moviam de um lado para outro, usando longas túnicas vermelhas. Deu meio-dia, e depois esse meio-dia se prolongou por mil anos. Ele viu, de uma vez só, que todos tinham envelhecido. Cambaleando, com barbas desgrenhadas, inclusive as mulheres, arrastavam os corpos fracos, feito insetos. E ele viu que muitos estavam cegos.

Então não estamos seguros, percebeu ele. Mesmo com o campo em operação. Estavam se extinguindo de dentro para fora. Vão todos morrer de qualquer maneira.

— Belsnor!

Ele abriu os olhos e soube o que era.

A luz cinzenta do amanhecer se filtrava por entre as persianas do quarto. Eram sete da manhã, ele conferiu no relógio de pulso de corda automática. Sentou-se na cama, empurrando as cobertas para um lado. Tomado pelo ar frio da manhã, ele teve um calafrio.

— Quem? — perguntou aos homens e às mulheres que apareciam no seu quarto.

Fechou os olhos, fez uma careta, e sentiu, apesar da emergência, um resto desagradável de sono recusando-se a deixá-lo.

Ignatz Thugg, de pijama vistosamente enfeitado, disse alto:

— Susie Smart.

Vestindo o roupão, Belsnor caminhou sonolento até a porta.

— Sabe o que significa isso? — perguntou Wade Frazer.

— Sim — disse ele. — Sei exatamente o que significa.

Roberta Rockingham, tocando o canto do olho com a ponta de um lenço de linho, disse:

— Ela era um espírito tão luminoso, sempre alegrando as coisas com a sua presença. Como pôde alguém fazer isso com ela? — Uma linha de lágrimas se materializou em sua face enrugada.

Belsnor cruzou o assentamento, os outros o seguindo, todos calados.

Lá estava ela, caída na varanda. A poucos passos da porta do próprio quarto. Ele se agachou junto do corpo, tocou sua nuca. Absolutamente fria. Nenhum sinal de vida.

— O senhor a examinou, doutor? — perguntou ele a Babble. — Está mesmo morta? Nenhuma dúvida?

— Olhe sua mão — disse Wade Frazer.

Belsnor afastou a mão da nuca da garota. A mão gotejava sangue. E então ele viu a massa de sangue no cabelo dela, perto do topo do crânio. A cabeça tinha sido esmagada.

— Disposto a rever sua autópsia? — perguntou ele sarcasticamente para Babble. — Sua opinião sobre Tallchief: talvez queira mudar de ideia agora?

Ninguém falou.

Belsnor olhou ao redor e viu um pedaço de pão, caído um pouco mais adiante.

— Ela devia vir segurando isso.

— Ela o pegou de mim — disse Tony Dunkelwelt. O rosto dele estava pálido de choque e suas palavras mal eram audíveis. — Ela esteve no meu quarto ontem à noite, e quando saiu fui para a cama. Eu não a matei. Eu nem sabia o que tinha acontecido até que ouvi o dr. Babble e os outros gritando.

— Ninguém está dizendo que você a matou — retrucou Belsnor.

Sim, ela costumava ficar pulando de um quarto para outro à noite, pensou ele. Ríamos dela, que era um pouco perturbada... mas nunca fez mal a ninguém. Era tão inocente quanto um ser humano poderia ser. Era inocente até dos erros que cometia.

O recém-chegado, Russell, aproximou-se. A expressão no seu rosto mostrava que ele, mesmo sem tê-la conhecido, entendia a coisa terrível que acontecera, e que aquele era um momento sinistro para todo o grupo.

— Está vendo só o que veio ver aqui? — indagou Belsnor para ele, com aspereza na voz.

— Andei pensando se o transmissor do meu Nasal poderia ajudar vocês a conseguir ajuda — respondeu Russell.

— Não servem — disse Belsnor. — Os transmissores de rádio dessas coisas. Nenhum deles serve para nada. — Ele voltou a ficar de pé, o corpo ainda meio entrevado, os ossos estalando.

E é a Terra que está fazendo isso tudo, pensou ele, lembrando o que Seth Morley e Babble tinham lhe contado na noite anterior, quando vieram apresentar Russell. Nosso próprio governo. Como se fôssemos ratos num labirinto fugindo da morte; roedores confinados como seu mais terrível predador, para morrer aos poucos até não ficar nenhum.

Seth Morley fez um gesto chamando-o para conversar a sós.

— Tem certeza de que não quer contar a eles? Eles têm o direito de saber quem é o inimigo.

— Não quero dizer nada porque, como já expliquei ontem, o moral deles já está muito baixo. Se eles souberem que essas coisas vieram da Terra, não conseguirão sobreviver. Vão ficar malucos. Todos — respondeu Belsnor.

— Deixo isso a seu critério — disse Seth Morley. — Você foi eleito líder do grupo. — Mas seu tom de voz deixava bem claro que discordava, e muito. Como já fizera na noite da véspera.

— Temos tempo — disse Belsnor, agarrando o braço de Seth com seus dedos longos e hábeis. — Quando chegar o momento certo...

— Não vai chegar nunca — disse Seth Morley, dando um passo para trás. — Eles vão morrer sem ficar sabendo.

Talvez, pensou Belsnor, fosse melhor assim. Melhor se todos os homens, onde quer que estivessem, morressem sem saber quem os matou, ou por quê.

Agachando-se, Russell virou o corpo de Susie Smart; olhando-a no rosto, comentou:

— Ela era mesmo uma bela garota.

— Bela — disse Belsnor, seco — mas tola. Tinha um impulso sexual hiperativo; precisava ir para a cama com todos os homens que conhecia. Podemos passar sem ela.

— Seu maldito — disse Seth Morley, num tom feroz.

Belsnor ergueu as mãos e disse:

— Mas o que quer que eu diga? Que não podemos viver sem ela? Que agora acabou tudo?

Morley não respondeu.

Para Maggie Walsh, Belsnor acrescentou:

— Faça uma prece. — Estava na hora da cerimônia da morte, os rituais tão firmemente associados àquele momento que nem mesmo ele podia imaginar uma morte que não os incluísse.

— Me dê alguns minutos — disse Maggie Walsh, a voz embargada. — Eu... não consigo falar agora. — Ela se afastou, dando as costas ao grupo, e ele a ouviu soluçar.

— Eu farei, então — disse Belsnor, furioso.

— Eu gostaria de permissão para fazer uma caminhada exploratória do lado de fora do assentamento — afirmou Seth Morley. — Russell quer vir junto.

— Por quê? — perguntou Belsnor.

Morley respondeu baixinho e firme:

— Eu vi a versão em miniatura do Edifício. Acho que está na hora de confrontar a coisa propriamente dita.

— Levem alguém com vocês — disse Belsnor. — Alguém que conheça os caminhos lá de fora.

— Eu vou — disse Betty Jo Berm.

— Devia haver mais um homem com eles — respondeu Belsnor. Mas pensou: é um erro não ficarmos juntos. A morte acontece quando um de nós fica sozinho. — Levem Frazer e Thugg, os dois, com vocês — decidiu ele. — E B.J. também. — Isso iria dividir o grupo, mas nem Roberta Rockingham nem Bert Kosler eram fisicamente capazes de empreender uma jornada assim. Nenhum dos dois tinha jamais abandonado o assentamento. — Eu ficarei aqui com os outros.

— Acho que deveríamos ir armados — disse Wade Frazer.

— Ninguém vai pegar em armas aqui — ordenou Belsnor. — Já estamos numa situação bastante ruim. Se estiverem armados, vocês vão acabar se matando, seja por acidente, seja intencionalmente.

Ele não sabia por que pensava assim, mas sua intuição lhe dizia que estava certo. Susie Smart, pensou. Talvez você tenha sido morta por um de nós... alguém que é agente da Terra e do general Treaton.

Como no meu sonho, pensou. O inimigo está aqui dentro. Idade, deterioração e morte. Apesar do campo de força cercando o assentamento. Era isso que o sonho estava querendo me dizer.

Esfregando os olhos vermelhos de choro, Maggie Walsh disse:

— Eu gostaria de ir também com eles.

— Por quê? — perguntou Belsnor. — Por que será que todo mundo está querendo sair do assentamento? Aqui dentro estamos mais seguros. — Mas a sua sabedoria, sua consciência do que havia de falso nessas palavras acabou se revelando em sua voz; ele próprio percebeu essa insinceridade. — Tudo bem então. E boa sorte. — Para Seth Morley, ele falou: — Tente trazer uma daquelas moscas que cantam. A não ser que ache alguma coisa melhor.

— Farei o melhor possível — disse Seth Morley.

Dando meia-volta, afastou-se de Belsnor, e os que iriam com ele o acompanharam.

Eles nunca vão voltar, pensou Belsnor. Ficou olhando enquanto eles se afastavam e, dentro dele, seu coração batia pancadas pesadas, surdas, como se o pêndulo do relógio cósmico estivesse indo e voltando, indo e voltando, dentro do seu peito oco.

O pêndulo da morte.

Os sete caminharam ao longo da borda de uma serra, com a atenção voltada para cada objeto que viam. Poucas palavras foram trocadas.

Havia muitas colinas desconhecidas, envoltas em névoa, perdendo-se na poeira. Líquens verdes cresciam por toda parte; o chão era um tapete de plantas crescendo emaranhadas. O cheiro do ar revelava a intrincada vida orgânica dali. Um odor forte e complexo, que não se parecia com nada que eles tivessem experimentado antes. Lá bem distante erguiam-se colunas de vapor, gêiseres de água fervente que forçavam o caminho por entre as rochas até explodir na superfície. Um oceano surgia muito ao longe, agitando-se invisivelmente por entre cortinas incessantes de poeira e neblina.

Chegaram a um local encharcado. Um lodo morno, composto de água, minerais dissolvidos e uma polpa de fungos, chapinhando seus sapatos. Os resíduos dos líquens e dos protozoários coloriam e tornavam mais espessa aquela escuma de umidade que gotejava por toda parte, sobre as pedras molhadas e sobre arbustos com textura de esponjas.

Curvando-se, Wade Frazer pegou um pequeno organismo de uma só perna, semelhante a um caracol.

— Isto aqui não é falsificado — disse ele. — Está vivo. É genuíno.

Thugg estava segurando uma esponja que tinha pescado de uma pequena poça de água quente.

— Esta aqui é artificial. Mas existem esponjas verdadeiras iguais a esta aqui em Delmak-O. E estas outras aqui também são de mentira.

Enfiando a mão na água, Thugg tirou de lá uma criatura semelhante a uma serpente, que se contorcia, agitando furiosamente uma porção de perninhas curtas e grossas. Com destreza, ele removeu a cabeça, que saiu com facilidade: a criatura parou de se mexer.

— Uma geringonça totalmente mecânica. Dá para ver a fiação no lado de dentro.

Ele encaixou a cabeça de volta, e a criatura voltou a se agitar. Thugg a jogou na água e ela saiu nadando satisfeita.

— Onde fica o Edifício? — perguntou Mary Morley.

Maggie Walsh respondeu:

— Ele... parece que muda de localização. Na última vez em que alguém o encontrou ele estava a certa altura desta serra, para lá de onde ficam os gêiseres. Mas provavelmente não deve estar mais na próxima vez.

— Podemos usar esse local então como ponto de partida

— disse Betty Jo Berm. — Vamos até o lugar onde ele foi visto por último, e de lá podemos nos espalhar em diferentes direções. É uma vergonha não termos intercomunicadores conosco. Ajudariam muito.

— A culpa é de Belsnor — disse Thugg. — Ele foi eleito nosso líder. Deveria pensar em detalhes técnicos como esse.

Virando-se para Seth Morley, Betty Jo Berm disse:

— Está gostando daqui de fora?

— Ainda não sei.

Talvez por causa da morte de Susie Smart ele sentia certa repulsa diante de tudo que via. Não gostava da mistura de formas de vida artificiais com as naturais. A mistura das duas lhe dava a sensação de que toda aquela paisagem era falsa. Como se, pensou ele, aquelas colinas lá no horizonte e aquele vasto platô que se avistava à direita fossem um cenário pintado. Como se tudo isto aqui, e nós mesmos, e o assentamento, tudo estivesse contido dentro de uma cúpula geodésica. E lá no alto estivessem os pesquisadores do general Treaton, feito cientistas loucos de uma história de *pulp fiction*, espiando a gente caminhar, como se fôssemos criaturinhas minúsculas, em nossa modesta exploração.

— Vamos parar e descansar um pouco — disse Maggie Walsh, o rosto soturno e comprido imóvel; o choque da morte de Susie ainda não tinha se dissipado nem um pouco. — Estou cansada, não tomei café da manhã, e não trouxemos nenhuma comida. Esta caminhada deveria ter sido mais bem planejada, com antecedência.

— Nenhum de nós estava pensando com clareza — disse Betty Jo Berm, simpática a ela.

Tirou um frasco do bolso da saia, abriu-o, e mexeu algum tempo nas pílulas até achar uma que fosse satisfatória.

— Consegue engolir isso sem água? — perguntou Russell.

— Sim — disse ela, e sorriu. — Uma viciada em comprimidos consegue tomar pílulas em qualquer circunstância.

Seth Morley disse para Russell:

— A fraqueza de B.J. são as pílulas. — Olhou Russell de esguelha, imaginando qual seria a dele.

Tal como os demais, este novo membro do grupo também tinha uma falha de caráter? E se tinha, qual era?

— Acho que sei qual é o fraco do sr. Russell — disse Wade Frazer naquela voz maldosa, desagradável que lhe era característica. — Acho que ele tem, pelo que observei até agora, um fetiche de limpeza.

— É mesmo? — perguntou Mary Morley.

— Receio que sim — disse Russell e sorriu, mostrando dentes brancos e perfeitos, o sorriso de um ator.

Continuaram avançando e por fim chegaram a um rio, que parecia largo demais para atravessar andando, e eles pararam ali.

— Agora temos que acompanhar o curso do rio — disse Thugg. Fez uma careta. — Eu já estive nesta área, mas não vi nenhum rio antes.

Frazer deu uma risadinha e disse:

— Esta é para você, Morley. Porque você é um biólogo marinho.

— Mas que comentário estranho. Está dizendo que a paisagem se altera de acordo com as nossas expectativas? — indagou Maggie Walsh.

— Estava brincando — disse Frazer, em tom ofensivo.

— Mesmo assim é uma ideia muito estranha — disse Maggie Walsh. — Sabe, Specktowsky fala que somos "prisioneiros de nossas próprias pré-concepções e expectativas". E que uma das condições da Maldição é vivermos empacados na quase--realidade dessas nossas tendências. Sem jamais podermos ver a realidade como ela é de fato.

— Ninguém vê a realidade como ela é — disse Frazer. — Como Kant provou, o espaço e o tempo são modos de percepção, por exemplo. Sabia disso? — Ele cutucou Seth Morley. — Sabia disso, senhor biólogo marinho?

— Sim — respondeu Seth, embora na verdade nunca tivesse ouvido falar em Kant, quanto mais lido alguma coisa dele.

— Specktowsky diz que em última análise vamos ver a realidade como ela é — disse Maggie Walsh. — Quando o Intercessor nos libertar do nosso mundo e da nossa condição. Quando a Maldição for retirada de nós, através dele.

— E às vezes, mesmo durante o tempo da nossa vida física, temos vislumbres momentâneos dela — acrescentou Russell.

— Somente se o Intercessor erguer o véu pra nós — disse Maggie Walsh.

— É verdade — admitiu Russell.

— De onde você vem? — perguntou Seth Morley a Russell.

— De Alpha Centauri 8.

— É bem longe daqui — comentou Wade Frazer.

— Eu sei — concordou Russell. — Foi por isso que demorei a chegar. Estou viajando há quase três meses.

— Então foi um dos primeiros a obter sua transferência — disse Seth Morley. — Bem antes de mim.

— Bem antes de qualquer um de nós — observou Wade Frazer, encarando Russell, que era bem mais alto do que ele. — Imagino por que necessitariam de um economista aqui. Não existe economia neste planeta.

— Pelo visto, neste planeta não há utilidade para *nenhuma* de nossas habilidades. Nossos talentos, nosso treinamento... parecem não fazer diferença. Duvido que tenham nos escolhido em função deles.

— Evidentemente — disse Thugg com irritação.

— Isso é assim tão evidente pra você? — questionou Betty Jo. — Então você acha que a seleção foi baseada em quê?

— No que disse Belsnor. Somos todos desajustados.

— Ele não disse que somos desajustados — corrigiu Seth Morley. — Disse que somos fracassados.

— É a mesma coisa — insistiu Thugg. — Somos o lixo da galáxia. Belsnor tem razão, para variar um pouco.

— Fale por você — disse Betty Jo. — Não estou disposta a admitir que faço parte do "lixo do universo" por enquanto. Quem sabe amanhã.

— Quando morremos — disse Maggie Walsh, meio que para si mesma —, mergulhamos no limbo. Um limbo no qual já existimos... e do qual somente a Divindade pode nos resgatar.

— Então temos a Divindade tentando nos salvar — concluiu Seth Morley. — E o general Treaton tentando... — Ele parou a tempo. Tinha falado demais. Mas ninguém percebeu nada.

— Essa, de qualquer maneira, é a condição básica da vida — disse Russell, em seu tom neutro e tranquilo. — A dialética do universo. Uma força nos puxando para baixo na direção da morte; o Destruidor de Formas, em todas as suas Manifestações. E temos a Divindade, em suas três Manifestações. Teoricamente, sempre bem pertinho de nós. Correto, srta. Walsh?

— Teoricamente, não. — Ela balançou a cabeça. — Na realidade.

— Lá está o Edifício. — Betty Jo Berm disse mansamente.

E finalmente ele podia vê-lo. Seth Morley protegeu os olhos contra o sol forte do meio-dia e espiou. Grande e cinza, ele se erguia no limite do seu campo de visão. Era quase um cubo. Com uns torreões esquisitos, provavelmente escoadores de ar quente. Do ar das máquinas e da atividade interna. Havia um manto de fumaça pairando sobre ele, e Seth pensou: é uma fábrica.

— Vamos lá — disse Thugg, indo naquela direção.

Foram abrindo caminho no mesmo rumo, formando uma fileira irregular.

— Ele não está chegando mais perto — disse Wade Frazer a certa altura, num motejo sem graça.

— Ande mais depressa então — respondeu Thugg com um sorriso.

— Não vai fazer diferença. — Maggie Walsh parou, ofegante. Círculos escuros de suor eram visíveis em suas axilas. — É sempre assim. Você anda e anda e ele recua e recua.

— E você nunca chega perto de verdade — disse Wade Frazer.

Ele também tinha parado de caminhar; estava ocupado tentando acender um cachimbo de madeira bem desgastado... no qual usava, como Seth Morley reparou, uma das piores e mais fortes misturas possíveis de fumo. O cheiro dela, quando o cachimbo começou a queimar e a soltar baforadas irregulares, empestou o ar puro.

— E agora, fazemos o quê? — perguntou Russell.

— Talvez você possa pensar em algo — sugeriu Thugg. — Talvez, se fecharmos os olhos e começarmos a andar em círculos em volta dele, a gente descubra de repente que já está lá.

— Enquanto estamos parados aqui — disse Seth Morley, sempre protegendo os olhos e espiando —, ele já está mais perto.

Tinha certeza disso. Já era capaz de enxergar todas as torres, e o manto de fumaça por cima do prédio parecia ter se dissipado. Talvez não fosse uma fábrica, afinal. *Se o prédio chegar mais perto talvez eu descubra.* Ficou espiando, cada vez mais concentrado, e os outros, aos poucos, foram fazendo o mesmo.

Russell disse, num tom de reflexão:

— É um fantasma. Uma espécie de projeção. De um transmissor localizado numa área de uns dois quilômetros quadrados ao nosso redor, provavelmente. Um videotransmissor muito moderno e eficiente... mas mesmo assim é possível ver a imagem tremendo.

— E o que sugere, então? — perguntou Seth Morley. — Se você estiver correto, não faz sentido tentar chegar mais perto, já que ele não está lá.

— Ele está em algum lugar — corrigiu Russell. — Mas não naquele ponto. O que estamos vendo é uma ilusão. Mas existe um Edifício real, e provavelmente não deve estar muito longe.

— Como pode saber disso? — perguntou Seth Morley.

— Eu conheço bem o método de composição-despiste da Interplan West. Essa transmissão ilusória existe para enganar aqueles que têm conhecimento da existência de um Edifício. Aqueles que esperam encontrá-lo. E quando avistam isso eles pensam que conseguiram. Isso não se destina a quem não sabe que existe um Edifício em algum lugar. Isso funcionou muito bem durante a guerra entre Interplan West e os cultos guerreiros de Rigel 10. Os mísseis rigelianos eram disparados repetidamente contra complexos industriais ilusórios. Sabe, esse tipo de projeção é registrado nas telas de radar e nos detetores de varredura computadorizada. Ele tem uma base semimaterial; rigorosamente falando, não se trata de uma miragem.

— Bem, nesse caso você saberia — disse Betty Jo Berm. — Você é economista. Teria conhecimento do que acontece em complexos industriais durante uma guerra. — Mas sua voz não soava convencida.

— É por isso que ele recua? — perguntou Seth Morley. — À medida que nos aproximamos?

— Foi justamente por isso que deduzi do que se tratava — disse Russell.

— Então diga-nos o que fazer agora — pediu Maggie Walsh.

— Vejamos — disse Russell, e ficou pensativo. Os outros esperaram. — O verdadeiro Edifício pode estar em qualquer lugar. Não há como usar o fantasma para deduzir a localização dele; se isso fosse possível, o método inteiro não funcionaria. Eu acho... — Ele apontou numa direção. — Minha intuição diz que aquele platô ali é ilusório. É algo que está superposto sobre outra coisa, resultando numa alucinação negativa para qualquer pessoa que olhe naquela direção. — Ele explicou: — Uma alucinação negativa é quando você não vê alguma coisa que está realmente ali.

— Está bem — concordou Thugg. — Vamos lá no platô.

— Pra isso vai ser preciso cruzar o rio — disse Mary Morley.

Frazer perguntou para Maggie Walsh:

— Specktowsky fala alguma coisa a respeito de caminhar sobre as águas? Isso seria útil, neste momento. Aquele rio me parece muito profundo, e nós já decidimos que não podemos nos arriscar a cruzá-lo.

— Pode ser que o rio também não esteja ali — disse Seth Morley.

— Está, sim — retrucou Russell. Ele caminhou até a beira, curvou-se e ergueu no ar um punhado temporário de água.

— Falando sério — disse Betty Jo Berm. — Specktowsky fala alguma coisa a respeito de caminhar sobre as águas?

— É possível fazer isso — respondeu Maggie Walsh —, mas somente se a pessoa ou as pessoas estiverem na presença da Divindade. A Divindade precisaria guiá-la, ou guiá-las, na travessia, senão elas afundariam e morreriam afogadas.

— Talvez o sr. Russell seja a Divindade — disse Thugg, e depois para Russell: — O senhor é uma Manifestação da Divindade? Que veio aqui pra nos ajudar? O senhor seria, especificamente, o Caminhante na Terra?

— Receio que não — respondeu Russell, em seu tom sensato e neutro.

— Conduza-nos na travessia da água — disse Seth Morley a ele.

— Eu não posso — respondeu Russell. — Sou um homem que nem você.

— Tente — insistiu Seth Morley.

— É estranho — disse Russell — vocês imaginarem que eu sou o Caminhante na Terra. Isso já aconteceu antes. Provavelmente por causa da vida nômade que levo. Estou sempre chegando nos lugares como um forasteiro, e quando faço alguma coisa certa, o que é raro, alguém presume brilhantemente que sou a terceira Manifestação da Divindade.

— Talvez você seja — disse Seth Morley, examinando-o com atenção.

Tentou lembrar qual tinha sido a aparência do Caminhante na Terra quando este se revelara a ele em Tekel Upharsin. Havia pouquíssima semelhança. E no entanto aquela intuição esquisita, até certo ponto, permanecia viva nele. Viera sem aviso: num instante ele encarava Russell como um homem comum e então de repente tivera a sensação de estar na presença da Divindade. E isso permanecia, não tinha desaparecido por completo.

— Eu saberia se fosse — argumentou Russell.

— Talvez você não saiba — disse Maggie Walsh. — Talvez o sr. Morley tenha razão. — Ela, também, examinou Russell, mesmo ele demonstrando estar um tanto constrangido. — Se for, ficará sabendo, mais cedo ou mais tarde.

— Já viu o Caminhante alguma vez? — perguntou-lhe Russell.

— Não.

— Eu não sou ele — disse Russell.

— Vamos logo entrar andando nessa maldita água e ver se conseguimos sair do outro lado — disse Thugg, impaciente. — Se for fundo demais, dane-se, voltamos para a margem. Lá vou eu. — Ele foi até o rio e pisou no leito.

As pernas desapareceram na água cinza-azulada e opaca. Ele continuou a avançar e, de um em um, os outros o seguiram.

Chegaram ao lado oposto sem nenhum problema. Ao longo de toda a travessia o rio continuou bastante raso. Meio decepcionados, os seis, e Russell, ficaram agrupados, batendo nas roupas para tirar o excesso de água. A correnteza não passara da altura da cintura deles.

— Ignatz Thugg — disse Frazer. — Manifestação da Divindade. Capaz de vadear rios e de enfrentar tufões. Eu jamais imaginaria.

— Cala a boca — disse Thugg, com um gesto.

Russell falou de repente para Maggie Walsh:

— Reze.

— Rezar para quê?

— Para que o véu da ilusão seja erguido e revele a realidade que existe por trás.

— Posso fazer isso em silêncio? — perguntou ela. Russell assentiu. — Obrigada — disse Maggie, e virou-se de costas para o grupo; ficou assim por algum tempo, as mãos cruzadas, a cabeça baixa, e depois voltou-se. — Fiz o melhor que pude.

Parecia mais feliz, pelo que Seth Morley observou. Talvez tivesse conseguido esquecer por algum tempo Susie Smart.

Uma tremenda pulsação reverberou nas proximidades.

— Eu ouvi isso — disse Seth Morley, e teve medo.

Um medo enorme e instintivo.

A cem metros dali um muro cinzento se ergueu por entre a neblina, de encontro ao céu do meio-dia. Pulsando, vibrando, o muro rangia como se tivesse vida... e enquanto isso, por cima dele, torres expulsavam nuvens escuras de resíduos no ar. Mais e mais resíduos, brotando de enormes tubulações, gorgolejavam derramando-se nas águas do rio, sempre gorgolejando ruidosamente, sem cessar.

Eles tinham encontrado o Edifício.

9

— Então, agora podemos vê-lo — disse Seth Morley.

Finalmente. E ele faz um barulho, pensou, como o de mil bebês cósmicos deixando cair um número incontável de enormes tampas de lata em um piso gigantesco de concreto. O que estarão construindo aqui?, perguntou a si mesmo, e foi para a parte da frente da estrutura, para ver a inscrição por cima da entrada.

— Barulhento, hem? — gritou Wade Frazer.

— Sim — disse ele, e não conseguia ouvir a própria voz por cima do estridor do Edifício.

Caminhou ao longo de uma estrada pavimentada que acompanhava um dos lados da estrutura; os outros vinham em fila atrás dele, e alguns tapavam os ouvidos. Quando chegou à parte da frente, ele protegeu os olhos com a mão e ergueu o rosto, focando a superfície em relevo por cima das portas corrediças que estavam fechadas.

ESPUMANTERIA

Tanto barulho assim para uma vinícola?, ele se perguntou. Isso não faz sentido.

Uma porta menor ostentava uma placa dizendo: *Entrada de clientes — Sala de degustação de queijos e vinhos*. Que diabos, pensou ele, com a ideia do queijo percorrendo sua mente e lustrando todas as partes luzidias de sua atenção consciente. Eu deveria entrar, pensou ele. Ao que parece é grátis, embora eles esperem que você ao sair compre uma ou duas garrafas. Mas não é obrigatório.

É uma pena, pensou, que Ben Tallchief não esteja aqui. Com o interesse que tinha por bebida alcoólica, isso aqui seria para ele um descoberta sensacional.

— Espere! — gritou Maggie Walsh lá atrás. — Não entre!

Com a mão pousada na maçaneta da porta de clientes, ele se voltou, imaginando qual seria o problema.

Maggie Walsh olhou para o alto por entre o esplendor do sol e viu, misturado com aqueles raios tão fortes, um brilho de palavras. Ela traçou as letras com o dedo, tentando estabilizá-las. O que dizem?, pensou ela. Qual a mensagem que têm para nós, que tanto queremos saber?

ESPIRITERIA

— Espere! — gritou ela para Seth Morley, que estava parado diante de uma pequena porta com a placa: *Entrada de clientes.* — Não entre!

— Por que não? — gritou ele de volta.

— Não sabemos o que é isso! — Ela chegou correndo, ofegante, junto dele.

A enorme estrutura cintilava à luz movediça do sol que transbordava e respingava na superfície. Era como se alguém fosse capaz de caminhar por cima de um único grão de poeira, pensou ela, nostálgica. Um conduto rumo ao eu universal: pertencente em parte a este mundo, e em parte ao próximo. *Espiriteria.* Um lugar que acumula sabedoria espiritual? Mas aquilo fazia barulho demais para ser apenas um depósito de livros e fitas e microfilmes. Um lugar onde aconteciam conversas espirituosas? Talvez ali dentro estivesse sendo destilada a essência da alma humana; talvez ali ela pudesse se impregnar do espírito do dr. Johnson, de Voltaire.

Mas espírito não queria dizer humor. Queria dizer perspicácia. Queria dizer a forma mais fundamental de inteligência, combinada com certa graça. Mas, acima de tudo, significava a capacidade humana de obter conhecimento absoluto.

Se eu entrar aí, pensou ela, poderei aprender tudo de que o ser humano é capaz neste interstício de dimensões. Eu tenho que entrar. Ela foi correndo até Seth Morley, assentindo com vigor e dizendo:

— Abra a porta. Temos que entrar na espiriteria. Temos que aprender o que existe aí dentro.

Caminhando com passos incertos atrás deles, e vendo a agitação dos dois com ironia crescente, Wade Frazer percebeu a inscrição gravada por cima das enormes portas fechadas do Edifício.

De início ficou perplexo. Podia distinguir as letras e assim formar a palavra. Mas não tinha a mais remota ideia do significado.

— Eu não entendo — disse ele a Seth Morley e à fanática religiosa da colônia, "Mag, a Maga".

Forçou mais uma vez a vista, pensando que talvez a dificuldade viesse de algum tipo de ambivalência psicológica: em algum nível mais profundo ele podia não querer de fato saber o que aquelas letras diziam. Então havia misturado tudo, prejudicando o próprio entendimento.

ESTANCARIA

Espere, pensou. Acho que sei o que *estancaria* quer dizer. Vem do celta, creio. Um termo em dialeto que só é acessível a quem tem uma bagagem rica e variada de informações liberais e humanistas. Outras pessoas passariam direto, sem perceber.

Este aqui, pensou ele, é um local onde pessoas perturbadas são detidas e têm suas atividades estancadas. Num certo sentido é um sanatório, mas vai muito além disso. Seu objetivo não é curar os doentes e depois devolvê-los para a sociedade — provavelmente ainda tão doentes quanto antes —, mas fechar a derradeira porta sobre a ignorância e a leviandade do homem. Aqui, neste ponto, as preocupações desvairadas dos doentes mentais chegam ao fim: elas *estancam*, como promete o letreiro. Eles — os doentes mentais que vêm para cá — não são devolvidos à sociedade: são mergulhados num sono pacífico e indolor. O que, em última análise, deveria ser o destino de todos aqueles que sofrem de doenças incuráveis. O veneno que trazem em si não deve continuar contaminando a galáxia, disse ele a si mesmo. Graças a Deus existe um lugar como este: eu me pergunto por que não fui informado disso nas publicações profissionais.

Preciso entrar, concluiu. Tenho que saber como eles trabalham. E preciso descobrir também qual é a base legal em que eles se apoiam; afinal, continua de pé a questão de termos autoridades (se é que merecem esse termo) não médicas interferindo e travando o processo de estancaria.

— Não entrem! — gritou ele para Seth Morley e a maluca religiosa Maggie Baggie. — Isto não é pra vocês, e provavelmente é secreto! Isso mesmo! Olhem! — Ele apontou a placa por cima da pequena porta de alumínio, que dizia: *Entrada apenas para técnicos capacitados.* — Eu posso entrar, vocês não! — gritou, com a voz se sobrepondo ao ruído. — Vocês não são capacitados! — Tanto Seth Morley quanto Maggie Baggie Haggie o olharam espantados, mas se detiveram. Ele passou direto pelos dois.

Sem muita dificuldade, Mary Morley avistou o letreiro acima da porta de entrada do Edifício enorme e cinzento.

ENCANTARIA

Eu sei o que é, pensou ela, mas eles não. Uma encantaria é um lugar onde o controle sobre as pessoas é exercido através de fórmulas e encantamentos. Os que governam são os senhores de tudo, por causa do contato com a encantaria e suas poções, suas drogas.

— Vou entrar aí — disse ela ao marido.

— Espere um instante. Dê um tempo — respondeu Seth.

— Eu posso entrar — disse ela —, mas você não pode. Ele está aí para mim. Eu sei disso. Não quero que você me impeça. Saia da frente.

Ela parou diante da pequena porta, lendo as letras douradas grudadas no vidro. *Câmara introdutória aberta a todos os visitantes capacitados*, dizia o letreiro. Bem, isso se aplica a mim, pensou ela. Está falando diretamente comigo. É isso que significa "capacitado".

— Eu vou com você — disse Seth.

Mary Morley deu uma gargalhada. Entrar ali com ela? Muito engraçado, ela pensou; ele acha que vai ser bem-vindo na encantaria. Um homem! Isso é só para mulheres, pensou ela: não existem bruxos homens.

Depois que eu tiver estado aí dentro, percebeu ela, ficarei sabendo de coisas que me darão controle sobre ele; posso transformá-lo no que ele precisa ser, e não no que ele é. Assim, num certo sentido, estarei fazendo isso pelo bem dele.

Ela estendeu a mão para a maçaneta da porta.

Ignatz Thugg manteve certa distância, dando risadinhas diante dos trejeitos dos demais. Uivavam e berravam feito porcos.

Sentia impulsos de avançar alguns passos e espancá-los com uma vara, mas, pra quê? Aposto que, de perto, eles fedem, pensou ele. Parecem tão limpinhos, mas no fundo todos fedem. Que lugar merda é esse? Ele apertou os olhos, tentando ler as letras que pareciam tremer.

ESCROTERIA

Ei, disse ele para si mesmo. Legal. É o lugar onde eles juntam uma pessoa e um animal para fazerem você-sabe-o-quê. Eu sempre tive vontade de ver um cavalo e uma mulher fazendo aquilo. Aposto que acontece isso aí dentro. Sim, quero mesmo ver isso, com todo mundo olhando. Eles mostram coisas muito boas aí dentro, do jeito que são de verdade.

E deve haver pessoas de verdade olhando, e eu vou poder falar com elas. Não pessoas como Morley e Walsh e Frazer, que usam palavras tão longas e metidas a besta que soam como um peido. Usam essas palavras para dar a impressão de que a merda deles não fede. Mas não são diferentes de mim.

Talvez, ele pensou, tenham bundas grandes, sejam pessoas do tipo físico de Babble, trepando com cachorros também grandes. Eu gostaria de ver alguma dessas pessoas da bunda grande lá dentro, metendo pra valer. Gostaria de ver essa Walsh sendo enrabada por um dogue alemão, pelo menos uma vez na vida. Ela provavelmente ia adorar. Deve ser tudo que ela quer na vida; provavelmente tem sonhos com isso.

— Saiam da frente — disse ele a Morley e Walsh e Frazer. — Vocês não podem entrar aí. Vejam o que está escrito. — Ele apontou as palavras em letras elegantes e douradas na vidraça da pequena porta. *Membros do clube apenas.* — Eu posso — disse, e estendeu a mão para a maçaneta.

Adiantando-se com rapidez, Ned Russell se interpôs entre eles e a porta. Erguendo os olhos para a sofisticada estrutura do Edifício, avistou em suas várias faces desejos profundos e intenso, e disse:

— Acho que seria melhor ninguém entrar aí.

— Por quê? — indagou Seth Morley, visivelmente desapontado. — Qual o problema de ir na sala de degustação de uma vinícola?

— Isto não é uma vinícola — disse Ignatz Thugg, dando uma risadinha satisfeita. — Você leu errado. Está com medo de admitir o que tem aí. — Riu de novo. — Mas *eu* sei.

— Vinícola? — exclamou Maggie Walsh. — Não é uma vinícola, é um simpósio sobre as conquistas do mais alto conhecimento humano. Se entrarmos aí seremos purificados pelo amor de Deus pelos homens, e pelo amor dos homens por Deus.

— É um clube especial, para um grupo seleto de pessoas — disse Ignatz Thugg.

Frazer disse, com um sorriso de desdém:

— É mesmo uma coisa espantosa, até onde as pessoas chegam nesse esforço inconsciente para não encarar a realidade. Não é mesmo, Russell?

— Aí dentro não é seguro. Para nenhum de nós — afirmou Russell. Agora sei o que é, disse para si mesmo, e estou certo. Preciso levar todos, inclusive eu mesmo, para longe daqui. — Vamos, andem — disse a todos, severo, com veemência. E continuou onde estava, sem arredar o pé.

Um pouco da energia dos outros pareceu arrefecer.

— Acha isso, de verdade? — perguntou Seth Morley.

— Sim — disse ele. — Acho.

Para os outros, Seth Morley disse:

— Talvez ele tenha razão.

— Pensa mesmo assim, sr. Russell? — perguntou Maggie Walsh, vacilante.

Eles começaram a recuar diante da porta. Aos pouquinhos. Mas bastava.

Abatido, Ignatz Thugg disse:

— Eu sabia que iam fechar o local. Eles não querem que ninguém tenha um pouco de movimentação na vida. É sempre assim.

Russell não disse nada. Continuou parado, bloqueando o acesso à porta. E esperando, muito paciente.

E de repente Seth Morley disse:

— Onde está Betty Jo Berm?

Deus misericordioso, pensou Russell. Esqueci-me dela. Esqueci-me de vigiá-la. Ele virou-se depressa e, protegendo os olhos, olhou na direção de onde tinham vindo. Até que seus olhos alcançaram o rio, banhado pelo sol do meio-dia.

Ela tinha visto novamente o que já tinha visto antes. Cada vez que avistava o Edifício via, claramente, a enorme placa de bronze postada com arrogância acima da entrada principal.

MEQUINARIA

Sendo linguista, fora capaz de traduzir o nome logo de cara. *Mekkis*, a palavra hitita que significava "poder"; palavra que passou para o sânscrito, depois para o grego, o latim, e finalmente para o inglês moderno, no qual se preservava em termos como *máquina* e *mecânico*. Este era o lugar que lhe era negado; ela não podia entrar ali, como podiam todos os demais.

Eu preferia estar morta, pensou ela.

Ali estava a fonte do universo... pelo menos como ela a entendia. Ela aceitava como uma verdade literal a teoria de Specktowsky sobre os círculos concêntricos de uma emanação que se expande. Mas para ela aquilo não dizia respeito a uma Divindade: ela o compreendia como a afirmação de um fato da matéria, sem aspectos transcendentais. Quando ela tomava uma pílula ela se elevava, por um breve momento, até um círculo menor e mais elevado de maior intensidade e maior concentração de poder. Seu corpo pesava menos; sua habilidade, seus movimentos, sua animação — tudo passava a funcionar como se movido por um combustível superior. Eu queimo melhor, pensou ela, dando meia-volta e afastando-se do Edifício, de volta ao rio. Consigo pensar melhor; não fico tão nublada quanto estou agora, esmorecendo sob um sol estrangeiro.

A água vai me ajudar, pensou ela. Porque dentro da água não é preciso carregar um corpo tão pesado; não se eleva até um *mekkis* superior mas também não se incomoda com isso; a água apaga tudo. Você não é mais pesado; você não é mais leve. Você nem sequer está lá.

Não posso continuar arrastando por toda parte um corpo pesado como este, disse ela a si mesma. Pesa demais. Não suporto mais ser puxada para baixo o tempo todo. Preciso ser livre.

Ela pisou na água rasa. E continuou caminhando, rumo ao meio do rio. Sem olhar para trás.

A água, pensou, a esta altura já dissolveu todas as pílulas que estão comigo; elas já eram para sempre. Mas não preciso mais. Se ao menos eu pudesse entrar na mequinaria... talvez eu possa, se não tiver mais corpo, pensou. Para ser reconstruída. Para ser apagada, e recomeçar tudo de novo. Mas recomeçar de um ponto diferente. Não quero passar de novo por tudo que passei, disse para si.

Ela ouvia o estrondo contínuo da mequinaria atrás de si. Os outros a esta altura já estão lá dentro, pensou ela. E por que, ela se perguntou, tem que ser desse modo? *Por que eles podem entrar onde eu não posso?* Ela não sabia.

E não se importava mais.

— Lá está ela — disse Maggie Walsh, apontando. Sua mão tremia. — Não estão vendo? — Ela começou a correr, rompendo a paralisação, e disparou na direção do rio, mas logo foi ultrapassada por Russell e Seth Morley antes de chegar lá. Começou a chorar e parou de correr, e ficou olhando por entre os cristais fragmentados das lágrimas enquanto Thugg e Wade Frazer alcançavam Seth Morley e Russell; os quatro homens, com Mary Morley acompanhando-os de perto, entraram às pressas no rio, na direção do vulto escuro que boiava à deriva na correnteza na direção da margem oposta.

Parada ali, ela os viu carregarem de volta o corpo de Betty Jo até a margem. Está morta, percebeu. Enquanto discutíamos se deveríamos ou não entrar na espiriteria. Dane-se tudo, pensou ela, derrotada. Conteve-se e então foi até os cinco, que se ajoelhavam ao redor de B.J., fazendo um revezamento na respiração boca a boca.

Chegou perto deles e parou.

— Alguma chance?

— Não — disse Wade Frazer.

— Droga — disse ela, e sua voz soou rachada, sem vida. — Por que ela fez isso? Você sabe, Frazer?

— Alguma pressão que foi se acumulando durante um longo período — disse ele.

Seth Morley voltou-se para ele com o olhar chamejante de fúria.

— Seu idiota. Seu estúpido idiota filho da puta.

— Não é minha culpa que ela esteja morta — disse Frazer, ansioso. — Eu não tinha aparelhagem suficiente para realizar testes e fazer um exame completo de cada um. Se eu tivesse aqui o que queria, poderia ter descoberto as tendências suicidas dela, e tratado de alguma forma.

— Será que podemos levá-la de volta para o assentamento? — perguntou Maggie Walsh, chorosa. Ela se sentia quase incapaz de falar. — Se vocês, os quatro homens, a segurassem...

— Podemos conduzi-la pelo rio — disse Ignatz Thugg. — Daria muito menos trabalho. Indo pelo rio pouparemos metade do tempo.

— Mas não temos onde colocá-la para conduzi-la pelo rio — disse Mary Morley.

— Quando cruzamos o rio eu vi o que me pareceu ser uma balsa improvisada — disse Russell. — Vou lhes mostrar. — Ele fez um gesto, conduzindo os demais até a margem.

Lá estava, presa e parada num pequeno braço lateral do rio. Ondulava levemente com o balanço das águas, e Maggie Walsh pensou: parece até que está ali de propósito, para carregar de volta um de nós que tivesse morrido aqui fora.

— A balsa de Belsnor — disse Ignatz Thugg.

— Isso mesmo — respondeu Frazer, coçando a orelha direita. — Ele disse que estava construindo uma balsa em algum local por aqui. Sim, dá para ver que os troncos foram amarrados com fios elétricos. Fico pensando se ela será firme o bastante.

— Se Glen Belsnor a construiu — disse Maggie Walsh, firme —, é segura. Podem colocá-la. — E, pelo amor de Deus, sejam cuidadosos, pensou ela. Muito respeito. O que vocês estão carregando é sagrado.

Os quatro homens, grunhindo, dando instruções uns aos outros sobre o que fazer e como fazer, conseguiram finalmente colocar o corpo de Betty Jo Berm na balsa de Belsnor.

Ela ficou ali, rosto para cima, mãos pousadas no ventre. Os olhos ligeiramente vidrados no céu ofuscante do meio-dia. A água ainda escorria do seu corpo, e o cabelo pareceu, aos olhos de Maggie, um enxame de vespas negras amontoadas sobre um inimigo, para nunca mais deixá-lo em paz.

Foi atacada pela morte, pensou Maggie. As vespas da morte. E o resto de nós, pensou: quando será nossa vez? Quem será o próximo? Talvez seja eu, pensou. Sim, é possível que seja eu.

— Podemos ir todos na balsa com ela — disse Russell. E para Maggie: — Sabe em que altura devemos sair do rio?

— Eu sei — disse Frazer, antes que ela pudesse responder.

— Está bem — disse Russell, com naturalidade. — Vamos então.

Ele conduziu Maggie e Mary Morley pela margem do rio até subirem na balsa; tocou-as de maneira gentil, numa atitude cavalheiresca que Maggie não encontrava já havia algum tempo.

— Obrigada — disse ela.

— Olhe só para aquilo — disse Seth Morley, contemplando o Edifício, lá atrás.

A paisagem artificial ao fundo começava a tornar-se novamente visível; a imagem do Edifício pareceu tremular, mesmo sendo real. Enquanto eles impeliam a balsa para as águas do rio, empurrada pelos quatro homens, Maggie viu a parede lateral cinza do Edifício se fundir ao tom de bronze do platô artificial.

A balsa foi pegando velocidade à medida que eles entravam na correnteza central do rio. Maggie, sentada ao lado do corpo molhado de Betty Jo, tremia de frio sob o sol e fechava os olhos com força. Ah, meu Deus, pensou ela, ajude-nos a chegar de volta ao assentamento. Para onde esse rio está nos levando?, perguntou-se. Eu nunca o vi antes. Pelo que sei, nem passa perto do nosso assentamento. Não o seguimos para chegar até aqui. Em voz alta, ela falou:

— Por que vocês acham que este rio vai nos levar de volta? Acho que estão todos ficando malucos.

— Não podemos carregá-la nos braços — disse Frazer. — É longe demais.

— Mas este rio está nos levando para mais longe ainda — argumentou Maggie. Ela tinha certeza do que falava. — Quero sair! — exclamou, e tentou ficar de pé, em pânico. A balsa deslizava com muita velocidade, e ela sentiu-se aprisionada ali, ao ver os barrancos das margens passando em rápida sucessão.

— Não pule na água — disse Russell, segurando-a pelo braço. — Você vai ficar bem, todos vamos ficar bem.

A balsa continuava ganhando cada vez mais velocidade. Ninguém conversava; todos viajavam em silêncio, sentindo o sol, observando as águas... todos assustados e tensos pelo acontecido. E também, pensou Maggie Walsh, pelo que os esperava mais adiante.

— Como é que você sabia da balsa? — perguntou Seth Morley a Russell.

— Conforme eu disse, eu vi quando a gente...

— Ninguém mais viu — interrompeu Seth Morley.

Russell não disse nada.

— Você é um homem ou uma Manifestação? — perguntou Seth Morley.

— Se eu fosse uma Manifestação da Divindade eu teria impedido que ela morresse afogada — respondeu Russell com acidez. Para Maggie Walsh, ele acrescentou: — Você acha que eu sou uma Manifestação?

— Não — disse ela.

Gostaria tanto que fosse, pensou ela. Estamos muito necessitados de intercessões.

Curvando-se, Russell tocou os cabelos negros, mortos e encharcados de Betty Jo Berm. Todos continuaram em silêncio.

Tony Dunkelwelt, trancado no calor do seu quarto, estava sentado de pernas cruzadas no chão, e sabia que havia matado Susie.

Foi o meu milagre, pensou ele. Deve ter sido o Destruidor de Formas que veio quando fiz a invocação. Ele transformou o pão em pedra e depois tomou a pedra da mão dela e a matou.

Com a pedra que eu criei. Não importa por que ângulo se olhe, tudo aponta para mim.

Escutando com atenção, ele não ouviu som algum. Metade do grupo tinha se afastado; a outra metade mergulhara no limbo. Talvez tenham todos ido embora a esta altura, pensou ele. Estou sozinho... fui deixado aqui para cair nas garras terríveis do Destruidor de Formas.

— Eu tomarei a Espada de Chemosh — disse ele em voz alta. — E com ela matarei o Destruidor de Formas. — Ele ergueu a mão tateando em busca da Espada. Já a vira antes durante suas meditações, mas nunca conseguira tocá-la. — Dê-me a Espada de Chemosh, e eu cumprirei sua missão. Eu procurarei o Tenebroso e o destruirei para sempre. Ele nunca voltará a se erguer.

Ele esperou, mas nada aconteceu.

— Por favor — disse ele. E então pensou: eu preciso me misturar mais profundamente ao Eu universal. Ainda estou separado. Ele fechou os olhos e obrigou o corpo a relaxar. Receba, pensou; eu devo estar desimpedido e vazio o bastante para que ele se derrame dentro de mim. Mais uma vez terei que ser um vaso vazio. Como o fui tantas vezes antes.

Mas não conseguia fazê-lo agora.

Estou impuro, percebeu ele. E por isso eles não me enviam nada. Por causa do que fiz estou incapacitado de receber, e até mesmo de ver. Será que nunca mais serei capaz de ver o Deus-Sobre-Deus?, ele se perguntou. Tudo acabou, então?

É meu castigo, pensou ele.

Mas eu não o mereço. Susie não era assim tão importante. Era uma pessoa insana; aquela pedra a deixou desorientada. Foi isso: a pedra era pura, e ela era impura. Mas mesmo assim, pensou ele, é horrível que ela esteja morta. Brilho, mobilidade e luz — Susie tinha essas três coisas. Mas a luz que ela emitia era uma luz partida, estilhaçada. Uma luz que chamuscava e feria... a mim, por exemplo. Era algo errado para mim. Tudo que eu fiz foi em legítima defesa. Isso é óbvio.

— A Espada — disse ele. — A Espada-da-ira de Chemosh. Que ela venha às minhas mãos! — Ele se balançou para a frente e para trás e estendeu a mão novamente para o abismo espantoso acima de si. Sua mão tateou ali, desapareceu; ele olhava quando ela sumiu. Seus dedos se agitaram num espaço vazio, um milhão de quilômetros de vazio, o nada sobre a espécie humana... E continuou a tatear mais e mais, até que, abruptamente, seus dedos tocaram alguma coisa.

Tocaram — mas não conseguiram pegar.

Eu juro, disse ele a si mesmo, que se eu receber a Espada vou usá-la. Eu vingarei a morte dela.

Mais uma vez ele a tocou, sem conseguir segurá-la. Sei que ela está aí, pensou ele; posso senti-la com meus dedos.

— Me deem a Espada! — gritou ele. — Eu juro que a usarei!

Esperou, e, então, na sua mão vazia, foi colocado algo duro, pesado e frio.

A Espada. Ele a agarrou.

Puxou a Espada para baixo, cuidadosamente. Como algo divino, ela reluzia de luz e calor; preenchia o quarto com sua autoridade. Ele deu um pulo, quase deixando a Espada cair. Ela é minha agora, disse a si mesmo cheio de alegria. Correu para a porta do quarto, com a Espada bambeando na mão pequena. Abrindo a porta, ele emergiu na luz do meio-dia; olhando em torno, falou:

— Onde está você, ó poderoso Destruidor de Formas, arruinador de vidas? Venha lutar comigo!

Um vulto se moveu, desajeitadamente, devagar, pela varanda. Um vulto encurvado que rastejava às cegas, como se acostumado à escuridão do interior da Terra. Aquilo olhou para ele com olhos acinzentados cobertos por uma película; ele viu e percebeu a camada de poeira que o cobria... E a poeira caía silenciosamente do corpo recurvo e se espalhava pelo ar. O vulto deixava um rastro de poeira fina ao se mover.

Estava em avançada decomposição. Uma pele amarelada

e cheia de rugas cobria seus ossos quebradiços. Suas faces estavam encovadas, e ele não tinha dentes. Ao avistar Tony, o Destruidor de Formas cambaleou para a frente; ao cambalear, ofegava e guinchava algumas palavras horríveis para si mesmo. Sua mão ressequida se ergueu procurando o rapaz, e a voz áspera falou:

— Oi, Tony. Ei, você. Como vai?

— Está vindo à minha procura? — perguntou Tony.

— Sim — disse o vulto, ofegante, e deu mais um passo.

Tony podia sentir seu cheiro: uma mistura de odor de fungos e uma podridão de séculos. Não tinha muito tempo de vida. Estendendo o braço na direção de Tony, ele rangeu; a saliva escorreu pelo queixo e pingou no chão. Ele tentou limpá-la com as costas da mão cobertas de crostas, mas não conseguiu. Começou a dizer: "Eu quero que..." e nesse instante Tony enterrou a Espada de Chemosh no meio do seu torso flácido e barrigudo.

Um bando de vermes roliços, esbranquiçados, escorreram quando ele puxou a Espada. Mais uma vez o vulto deu aquela risada rangida; ficou ali de pé, oscilando, o braço e a mão estendidos na direção dele... Ele deu um passo para trás e virou o rosto para não ver os vermes se amontoando no solo. Não tinha sangue: era um saco de putrefação e nada mais.

O vulto desabou sobre um joelho, ainda rindo. Então, com uma espécie de convulsão, ergueu os dedos até os cabelos. Entre os dedos encurvados viam-se as compridas madeixas de cabelos sem brilho; ele arrancou os fios, e depois os estendeu na direção de Tony, como se estivesse lhe oferecendo algo precioso.

Tony enterrou-lhe a Espada novamente. O vulto tombou, cego, os olhos grudados e a boca aberta.

Daquela boca emergiu um organismo vivo, peludo, como uma aranha anormalmente grande, andando. Tony pisou nela e a esmagou, caindo no limbo.

Eu matei o Destruidor de Formas, pensou ele.

Lá ao longe, do outro lado do conjunto de construções, uma voz chegou até ele. "Tony!..." Um vulto vinha correndo. A princípio ele não pôde distinguir o que era ou quem era, mas protegeu os olhos da luz do sol e esforçou-se para ver.

Glen Belsnor. Correndo o mais rápido que podia.

— Eu matei o Destruidor de Formas — disse Tony quando Belsnor chegou à varanda, ofegante. — Veja. — Ele apontou com a Espada para o vulto mutilado que jazia entre os dois: tinha, no momento da morte, encolhido as pernas sob o corpo e regredido à posição fetal.

— Este é Bert Kosler! — gritou Belsnor, sem fôlego. — Você matou um idoso!

— Não! — disse ele, e olhou para baixo. Viu Bert Kosler, o zelador do assentamento, caído aos seus pés. — Ele foi possuído pelo Destruidor de Formas — alegou. Mas já não acreditava no que dizia. Ele viu o que tinha feito, entendeu o que tinha feito. — Lamento muito. Vou pedir ao Deus-Sobre-Deus que o traga de volta.

Deu meia-volta e correu para o quarto, onde se trancou e ficou, tremendo. Uma onda de náusea subiu até a garganta; ele engasgou-se, piscou... sentiu uma dor aguda no estômago e se curvou, gemendo. A Espada caiu com um baque de sua mão, no chão. Aquele ruído o assustou e ele recuou alguns passos, deixando a arma lá.

— Abra a porta! — berrou Glen Belsnor.

— Não — respondeu ele, os dentes batendo; um frio terrível subia por seus braços e pernas, e se enroscava no nó do estômago, e a dor era cada vez maior.

Na porta, soou um estrondo terrível. Esta rachou e depois outro choque a abriu.

Glen Belsnor parou ali, grisalho e sombrio, empunhando uma pistola militar apontada para o quarto. Para Tony Dunkelwelt.

Curvando-se, Tony se abaixou para pegar a Espada.

— Não faça isso — disse Glen Belsnor —, senão eu te mato.

A mão do garoto se fechou na empunhadura da Espada. Glen Belsnor disparou. À queima-roupa.

10

Enquanto a balsa descia a correnteza, Ned Russell ficou de pé, olhando ao longe, mergulhado nos próprios pensamentos.

— O que está olhando? — perguntou Seth Morley.

Russell apontou.

— Olhe ali, estou vendo um. — Virou-se para Maggie. — Não é um deles?

— Sim — disse ela. — O Grande Tenc. Ou pelo menos quase tão grande quanto.

— Que tipo de perguntas vocês fazem a eles? — perguntou Russell.

Surpresa, Maggie disse:

— Não perguntamos nada. Não temos meios de nos comunicar com eles. Eles não têm linguagem, nem órgãos vocais, até onde sabemos.

— E telepaticamente? — perguntou Russell.

— Eles não são telepatas — disse Wade Frazer. — E nós também não. Tudo que fazem é imprimir duplicatas de objetos... que se esfarelam poucos dias depois.

— Eles podem ser contatados — afirmou Russell. — Vamos desviar a balsa até aquela parte mais rasa. Quero ter uma consulta com o Tenc de vocês. — Ele se arrastou da balsa para dentro da água. — Vocês todos, desçam também e me ajudem a guiar a balsa. — Ele parecia decidido, e seu rosto tinha uma expressão firme, então, de um em um, todos desceram para a água, deixando apenas o corpo silencioso de B.J. na balsa.

Em minutos conseguiram levar a balsa para um barranco coberto de mato. Prenderam-na com firmeza, enfiando-a com força na lama escura, e depois engatinharam para a margem.

O cubo de massa gelatinosa elevava-se adiante conforme eles se aproximavam. A luz dançava multiplicando reflexos, como se aprisionada dentro dele. O interior do organismo brilhava de atividade.

É maior do que eu esperava, pensou Seth Morley. Parece... sem idade. Quanto tempo uma coisa assim é capaz de viver?, pensou.

— Você põe um objeto diante dele — disse Ignatz Thugg —, e ele cospe um pedaço de si mesmo, que se transforma numa duplicata. Olhe aqui, vou mostrar. — Ele tirou o relógio ensopado e o atirou no chão diante do Tenc. — Faça uma cópia disso, ó geleia.

A gelatina ondulou, e dentro de pouco tempo, como Thugg havia predito, um pedaço dela foi expelido e rolou até ficar ao lado do relógio. A cor desse pequeno bloco mudou, tornando-se prateada. Depois ele se achatou. Uma silhueta foi se formando sobre aquela superfície cor de prata. Vários minutos se passaram, como se o Tenc estivesse descansando, e então de repente aquele bloco que fora expelido assumiu a forma de um disco metálico preso a uma correia de couro. Exatamente igual ao relógio verdadeiro que estava ao lado... ou melhor, quase, como Seth Morley percebeu. Não era tão reluzente quanto o outro; tinha um aspecto meio fosco. Mas de um modo geral aquilo era uma façanha.

Russell sentou-se na grama e começou a remexer nos bolsos.

— Preciso de um pedaço de papel que esteja seco.

— Na minha bolsa eu tenho — disse Maggie Walsh. Ela abriu a bolsinha, mexeu lá dentro e lhe estendeu um bloquinho de folhas. — Precisa de caneta?

— Caneta eu tenho — disse ele, e escreveu com tinta escura na primeira folha do bloco. — Estou formulando perguntas. — Acabou de escrever, ergueu o papel diante do rosto e leu:
— Quantos de nós morrerão aqui em Delmak-O?

Dobrou o papel e o colocou diante do Tenc, perto dos dois relógios de pulso.

Um novo pedaço da geleia do Tenc foi expelido e rolou até ficar num montículo informe ao lado do pedaço de papel.

— Ele não vai simplesmente copiar a pergunta? — perguntou Seth Morley.

— Não sei — disse Russell. — Veremos.

— Eu acho que você é biruta — comentou Thugg.

Encarando-o, Russell disse:

— Você tem um conceito estranho de "biruta", Thugg.

— Está tentando me insultar? — perguntou Thugg, vermelho de raiva.

— Olhem. A outra folha de papel está se formando — interveio Maggie Walsh.

Havia então duas folhas de papel dobradas diante do Tenc. Russell esperou um momento e depois, evidentemente concluindo que o processo de duplicação terminara, pegou os dois papéis, desdobrou-os e os examinou por um bom tempo.

— Ele respondeu? — perguntou Seth Morley. — Ou só fez repetir a pergunta?

— Respondeu — disse Russell, e entregou-lhe uma das folhas de papel.

A anotação era curta e simples. E mais clara impossível. *Vocês voltarão para seu assentamento e não encontrarão mais o seu povo.*

— Pergunte a ele quem é o nosso inimigo — disse Seth Morley.

— Está bem. — Russell escreveu de novo, colocou o novo papel dobrado diante do Tenc. — Quem é o nosso inimigo? Esta, por assim dizer, é a derradeira pergunta.

O Tenc produziu uma nova folha de resposta, que Russell rapidamente pegou. Ele a examinou, concentrado, depois leu em voz alta:

— *Círculos influentes.*

— Isso não diz muita coisa — observou Maggie Walsh.

— Evidentemente é tudo que ele sabe — retrucou Russell.

— Pergunte a ele o que devemos fazer — disse Seth Morley.

Russell escreveu isso e mais uma vez colocou a pergunta diante do Tenc. Logo obteve a resposta e mais uma vez se preparou para ler em voz alta.

— Esta aqui é um pouco longa — disse, meio que se desculpando.

— Isso é bom — disse Wade Frazer. — Considerando a natureza da pergunta.

— *Existem forças secretas em ação, conduzindo em conjunto aqueles que estão juntos. Devemos obedecer a essa atração, e assim não cometeremos enganos.* — Russell terminou de ler e refletiu um pouco. — Não deveríamos ter nos separado. Nós sete não deveríamos ter deixado o assentamento. Se tivéssemos ficado lá a srta. Berm ainda estaria viva. É óbvio que de agora em diante devemos ter todos os demais sob a nossa vista...

Ele parou de falar. Mais um pedaço de gelatina havia se desprendido do Tenc. Como os anteriores, ele gradualmente adquiriu a forma de um pedaço de papel. Russell pegou, abriu e leu.

— Este aqui é endereçado a você — disse, entregando o papel para Seth Morley.

— *Muitas vezes um homem sente o impulso de se unir a outros, mas os indivíduos à sua volta já formaram um grupo, e ele permanece isolado. Ele deverá então se aliar ao homem que está mais próximo ao centro do grupo, e que pode ajudá-lo a ser aceito no círculo fechado.* — Seth Morley amassou o pedaço de papel e o jogou no chão. — Isso quer dizer Belsnor — disse ele. — O homem que está mais próximo ao centro. — É isso mesmo, pensou. Eu estou de fora, isolado. Mas de certa forma todos nós estamos. Inclusive Belsnor.

— Talvez se refira a mim — disse Russell.

— Não — disse Seth Morley. — É Glen Belsnor.

— Eu tenho uma pergunta — disse Wade Frazer, estendendo a mão, e Russell lhe entregou a caneta e o papel. Frazer escreveu com rapidez e ao terminar leu a pergunta em voz alta.

— Quem ou o que é o homem que diz se chamar Ned Russell?

Deu alguns passos e colocou a pergunta diante do Tenc.

Quando a resposta apareceu, foi Russell quem a pegou. Rapidamente e sem esforço: num instante o papel estava lá e no seguinte estava na mão dele. Com calma, ele o leu em silêncio. Depois, por fim, ele o repassou para Seth Morley e disse:

— Leia em voz alta.

Seth Morley obedeceu.

— *Cada passo, para a frente ou para trás, conduz ao perigo. A fuga está fora de cogitação. O perigo surge porque alguém se torna muito ambicioso.* — Ele estendeu o papel para Wade Frazer.

— Não disse coisa alguma — falou Ignatz Thugg.

— Disse que Russell está criando uma situação na qual cada passo é um passo em falso — observou Wade Frazer. — O perigo está por toda parte e não há como fugir. E a causa disso é a ambição de Russell. — Ele encarou Russell por muito tempo, com olhar inquisidor. — Que ambição é essa? E por que está nos conduzindo deliberadamente para o perigo?

— Aí não diz que estou conduzindo vocês para o perigo. Diz apenas que o perigo existe.

— E quanto a sua ambição? É muito claro que se refere a você.

— A única ambição que eu tenho — disse Russell — é me tornar um economista competente e fazer um trabalho que seja útil. Foi por isso que pedi minha transferência para outro emprego: o trabalho que eu estava executando era, não por minha culpa, insípido e descartável. Foi por isso que fiquei tão feliz quando me transferiram para Delmak-O. — E completou: — Minha opinião mudou um pouco depois que cheguei aqui.

— A nossa também — disse Seth Morley.

— Está bem — concluiu Frazer, ainda intrigado. — Descobrimos alguma coisa com esse Tenc, mas não muita. Todos nós vamos acabar sendo mortos. — Ele deu um sorriso amargo, sem alegria. — Nosso inimigos são "círculos influentes". Devemos ficar bem próximos uns dos outros, senão alguém vai nos abater, um por um. — Ele ponderou um pouco. — E estamos em perigo, em todas as direções; nada que possamos fazer vai mudar isso. E Russell representa um risco para nós, devido a sua ambição. — Ele se virou para Seth Morley e disse: — Notou como ele já assumiu a liderança deste grupo de seis pessoas? Como se fosse algo natural para ele?

— É natural para mim — interveio Russell.

— Então o Tenc está falando a verdade — disse Frazer.

Depois de uma pausa, Russell assentiu e disse:

— Imagino que sim. Mas alguém tem que liderar.

— Quando voltarmos — disse Seth Morley — você renuncia e aceita Glen Belsnor como líder do grupo?

— Se ele for competente.

— Nós elegemos Glen Belsnor — disse Frazer. — Ele é nosso líder, quer você goste disso, quer não.

— Mas eu não tive oportunidade de votar. — Russell sorriu. — Então não me considero preso a esse compromisso.

— Eu gostaria de fazer uma ou duas perguntas ao Tenc — disse Maggie Walsh. Ela pegou o papel e a caneta e escreveu meticulosamente. — Estou perguntando: por que estamos vivos?

Ela colocou o papel diante do Tenc e esperou.

A resposta, quando veio, dizia:

Estar em plena posse de si e no auge do poder.

— Críptico — disse Wade Frazer. — "Plena posse de si e no auge do poder."

Interessante. É esse o significado da vida?

Maggie escreveu novamente.

— Agora estou perguntando: existe um Deus? — Ela colocou o papel diante do Tenc, e todos eles, inclusive Ignatz Thugg, esperaram com certa tensão.

A resposta veio.

Você não me acreditaria.

— O que quer dizer isso? — indagou Thugg, irritado. — Não significa nada, é isso. Não diz nada.

— Mas é a verdade — comentou Russell. — Se ele dissesse que não, você não acreditaria nele. Acreditaria? — questionou ele, virando-se para Maggie.

— Tem razão — disse ela.

— E se dissesse que sim?

— Eu já acredito nisso.

Satisfeito, Russell comentou:

— Então, o Tenc está correto. Não faz diferença, para nenhum de nós, a resposta que ele dê a uma pergunta como essa.

— Mas se ele dissesse que sim — disse Maggie —, eu teria certeza.

— Você já tem certeza — reafirmou Seth Morley.

— Meu Deus do céu! — exclamou Thugg. — A balsa está queimando.

Deram um pulo quando viram as chamas se erguendo e rodopiando; ouviram então o estralar da madeira no fogo, queimando e virando cinzas ardentes. Correram todos os seis na direção do rio... mas Seth Morley percebeu que era tarde demais.

Parados no alto do barranco eles olharam, impotentes: a balsa em chamas havia se soltado e derivava na direção da corrente central do rio. Ao chegar lá, ainda envolta em chamas, foi se afastando correnteza abaixo, tornando-se cada vez menor, até ser apenas uma centelha de fogo ao longe. E depois não a avistaram mais.

Depois de algum tempo Ned Russell disse:

— Não devemos nos sentir mal. É o velho estilo nórdico de celebrar a morte. O viking morto era colocado sobre seu escudo, em seu barco, e o barco era incendiado e empurrado ao mar.

Meditando sobre aquilo, Seth Morley pensou: *Vikings*. Um rio, e para além dele um misterioso edifício. O rio seria o Reno e aquele edifício, Valhala. Isso explicava por que a balsa, com o corpo de Betty Jo, teria se incendiado e vogado à deriva. Que coisa estranha, pensou ele, e estremeceu.

— O que foi? — perguntou Russell, vendo a expressão dele.

— Por um instante, achei que tinha compreendido. — Mas não podia ser: tinha que haver outra explicação.

O Tenc, respondendo a perguntas, seria... a princípio ele não conseguia lembrar o nome, mas logo ele lhe veio: Erda. A deusa da Terra que sabia o futuro. Que respondia às perguntas trazidas por Odin.

E Odin, pensou ele, caminhava disfarçado por entre os mortais. Reconhecível apenas pelo fato de que tinha apenas um olho. O Vagante, como era chamado.

— Como é a sua visão? — perguntou ele a Russell. — Cem por cento em cada olho?

Surpreso, Russell teve um sobressalto e disse:

— Não, na verdade não, para falar a verdade. Por que pergunta?

— Um dos olhos dele é falso — disse Wade Frazer. — Já reparei nisso. O olho direito é artificial, não vê nada, mas os músculos o movimentam como se ele fosse verdadeiro.

— Isso é verdade? — perguntou Seth Morley.

— Sim — disse Russell. — Mas isso não é da sua conta.

E Odin, lembrou Seth Morley, destruiu os deuses, e desencadeou o *Götterdämmerung*, devido a sua ambição. Qual era sua ambição? Construir o castelo dos deuses, o Valhala. Bem, o Valhala havia sido construído, tudo bem: e trazia o nome Espumanteria. Mas aquilo não era uma espumanteria.

E, no final de tudo, pensou Morley, ele vai mergulhar no Reno e desaparecer. E o Ouro do Reno vai voltar para as Donzelas do Reno.

Mas isso não aconteceu ainda, refletiu ele.

Specktowsky não mencionava *isso* no livro!

Tremendo, Glen Belsnor pousou a pistola em uma cômoda que havia do seu lado direito. Diante dele, caído no chão, ainda segurando a grande espada dourada, estava Tony Dunkelwelt. Um filete de sangue escorria da boca e gotejava no tapete artesanal que cobria o piso de plástico.

Tendo escutado o tiro, o dr. Babble foi correndo até lá. Bufando e respirando com dificuldade, ele parou diante do corpo de Bert Kosler caído na varanda, virou de lado o encarquilhado cadáver, examinou o ferimento feito à espada... e depois, avistando Glen Belsnor, correu para o quarto de Tony. Juntos, os dois homens olharam o corpo caído.

— Atirei nele — disse Glen Belsnor. Seus ouvidos ainda vibravam com o estrondo do disparo; ele tinha usado uma pistola antiga com balas de chumbo, parte da coleção de objetos estranhos que ele levava para todo lugar. Ele apontou para a varanda: — O senhor viu o que ele fez com o velho Bert.

— E ele ia atacar você também? — perguntou Babble.

— Sim. — Glen Belsnor tirou o lenço e assoou o nariz; sua mão tremia e ele se sentia satanicamente miserável. — Que coisa dos infernos — disse ele, ouvindo sua voz vacilar de dor. — Matar um garoto. Mas, meu Deus, ele teria acabado comigo, e depois com o senhor, e depois com a sra. Rockingham. — A ideia de alguém assassinando aquela senhora... isso, mais do que qualquer outra coisa, o tinha forçado a agir. *Ele* podia fugir; Babble também. Mas não a sra. Rockingham.

— Obviamente, foi a morte de Susie Smart que o tornou psicótico, que causou sua ruptura com a realidade. Sem dúvida alguma ele se considerava culpado pelo que aconteceu com ela. — Ele se curvou e pegou a espada. — Fico me perguntando onde ele terá conseguido esta coisa. Nunca vi isso antes.

— Ele estava sempre à beira de um colapso — disse Glen Belsnor. — Com aqueles malditos "transes" em que vivia mergulhado. Provavelmente ouviu a voz de Deus dizendo que matasse Bert.

— Ele disse alguma coisa? Antes de você atirar nele?

— "Eu matei o Destruidor de Formas." Foi isso que disse. E depois apontou para o corpo de Bert e disse: "Está vendo?". Algo assim. — Ele deu de ombros, sem forças. — Bem, Bert era muito velho. Muito debilitado. A ação do Destruidor de Formas sobre ele era muito visível. Sabe Deus. Tony pareceu me reconhecer. Mas de qualquer modo estava completamente insano. Só dizia doidices, e então me ameaçou com a espada.

Os dois ficaram em silêncio por algum tempo.

— Quatro mortos até agora — disse Babble. — Talvez mais.

— Por que diz "talvez mais"?

— Estou pensando no grupo longe do assentamento desde de manhã. Maggie, esse cara novo, o Russell, Seth e Mary Morley...

— Provavelmente estão bem. — Mas ele não acreditava nas próprias palavras. — Não — disse, furioso —, provavelmente estão todos mortos. Talvez todos os sete.

— Tente se acalmar — disse Babble, parecia um pouco amedrontado. — Essa sua arma ainda está carregada?

— Sim. — Glen Belsnor pegou a pistola, esvaziou-a e entregou as cápsulas a Babble. — Pode ficar. Não importa o que aconteça, não vou mais atirar em ninguém. Nem mesmo para salvar um de nós, ou o grupo inteiro. — Foi até uma poltrona, sentou-se, pegou um cigarro, meio sem jeito, e o acendeu.

— Se houver um inquérito no tribunal — disse Babble — testemunharei com prazer que Tony Dunkelwelt estava clinicamente insano. Mas não posso testemunhar a respeito do assassinato do velho Bert ou de ter tentado assassinar você. Quero dizer, sobre isso tenho apenas o seu depoimento. — Apressou-se a acrescentar: — Claro que acredito na sua palavra.

— Não vai haver inquérito algum. — Ele sabia disso com certeza absoluta; não havia em sua mente nenhuma dúvida a esse respeito. — Exceto uma investigação póstuma. Que para nós não vai fazer diferença.

— Está mantendo algum tipo de relatório? — perguntou Babble.

— Não.

— Deveria.

— Está bem — disse ele com um rosnado. — Vou fazer. Mas me deixe sozinho um pouco, que diabo. — Ele ergueu o rosto raivoso para Babble, ofegante. — Caia fora.

— Desculpe — disse Babble, baixinho, e encolheu-se um pouco.

— Você, eu e a sra. Rockingham podemos ser os únicos sobreviventes. — Ele sentiu isso intuitivamente, num golpe de consciência.

— Talvez a gente devesse procurar ela, ficar perto. Para que nada lhe aconteça — disse Babble, a caminho da porta.

— Está bem — concordou Belsnor, ainda irritado. — Sabe o que vou fazer? Você vá ficar com a sra. Rockingham. Eu vou fazer uma revista na bagagem de Russell e no Nasal dele. Desde que você e Morley apareceram com ele ontem à noite estou pensando nesse cara. Ele me parece estranho. Teve essa impressão também?

— É só porque ele é novo aqui.

— Eu não senti isso em relação a Tallchief. Ou aos Morley. — Ele ficou de pé, abruptamente. — Sabe o que me ocorreu agora? *Talvez ele tenha captado o sinal abortado do satélite.* Quero dar uma boa olhada no transmissor-receptor dele.

Voltar ao terreno que conheço bem, pensou ele. Onde não me sinto tão só.

163

Deixando Babble, ele foi para o espaço onde os Nasais estavam pousados. E não olhou para trás.

O sinal do satélite, pensou ele, mesmo tendo sido breve, pode tê-lo guiado para cá. Talvez ele já estivesse nos arredores, não a caminho daqui, mas fazendo um voo de aproximação. E no entanto tinha seus documentos de transferência para cá. Ora, que se dane, pensou Belsnor, e começou a desmontar o equipamento de rádio do Nasal de Russell.

Quinze minutos depois ele tinha achado a resposta. Era um transmissor-receptor padrão, exatamente como os que os outros tinham em seus Nasais. Russell não teve como captar o sinal do satélite, que era de outra frequência. Só o grande aparelho receptor em Delmak-O podia ter monitorado aquele sinal. Russell chegara ali no piloto automático, como todos os demais. E nas mesmas circunstâncias de todos.

Caso encerrado, pensou ele.

A maior parte dos pertences de Russell continuava a bordo do Nasal; ele tinha descarregado no dormitório apenas alguns poucos objetos de uso pessoal. Uma grande caixa de livros. Todos ali tinham livros. Glen Belsnor pôs os livros distraidamente de lado, tentando examinar melhor o fundo da caixa. Vários manuais sobre economia; isso fazia sentido. Microteipes de muitos autores clássicos, incluindo Tolkien, Milton, Virgílio, Homero. Todos os grandes épicos, percebeu ele. Mais *Guerra e paz*, bem como teipes de *U.S.A.* de John Dos Passos. Sempre tive vontade de ler isto, pensou ele.

Nada fora do comum nos livros e nos teipes, exceto...

Não havia nenhum exemplar do *Livro* de Specktowsky.

Talvez Russell, tal como Maggie Walsh, o tivesse memorizado.

Talvez não.

Havia apenas uma classe de pessoas que não carregavam

um exemplar do *Livro* de Specktowsky: as que não eram autorizadas a lê-lo. Os "avestruzes" trancafiados no aviário de dimensões planetárias em que a Terra se convertera: aqueles que viviam "com a cabeça enterrada na areia" por terem sucumbido à pressão psicológica gigantesca da emigração. Uma vez que todos os demais planetas em torno do Sol eram inabitáveis, emigrar significava transferir-se para outro sistema estelar... e com isso o começo insidioso, para muitos, da doença típica do espaço: a solidão e o desenraizamento.

Talvez ele tenha se recuperado, refletiu Glen Belsnor, e eles o libertaram. Mas nesse caso eles o teriam feito levar um exemplar do *Livro* de Specktowsky; esse seria justamente o momento em que ele mais precisaria da obra.

Ele escapou, refletiu.

Mas por que teria ido parar ali?

E então ele pensou: a base da Interplan West, onde opera o general Treaton, fica na Terra, tangenciando o aviário. Que coincidência. O lugar, evidentemente, onde todos os organismos artificiais de Delmak-O foram construídos. Como atesta a inscrição naquela minúscula réplica do Edifício.

De certo modo, tudo se encaixa, concluiu. Mas de outro, a soma total é zero. Um zero à esquerda.

Essas mortes, pensou ele. Estão me deixando doido também. Como fizeram com o pobre do maluco do Tony Dunkelwelt. Mas suponhamos: um laboratório de psicologia, operado pela Interplan West, precisa dos pacientes do aviário como cobaias. Recrutam um grupo (é justamente o que aqueles bastardos fariam), e entre os integrantes está Ned Russell. Ele ainda está louco, mas podem ensinar, e um louco pode aprender. Eles lhe dão um emprego e o mandam executar sua missão — mandam-no para cá.

E então lhe sobreveio um pensamento aniquilante, vívido, cheio de terror. *E se todos nós formos "avestruzes" do aviário? E se não soubermos disso?* A Interplan West cortou alguns fios da memória de nosso cérebro avariado. Isso explicaria a nossa incapacidade de funcionar em grupo. É por isso que não conseguimos sequer conversar com clareza uns com os outros. Doentes mentais podem aprender algumas coisas, mas se tem uma coisa que não podem é aprender a funcionar no coletivo... a não ser como multidão. Mas isso não pode sequer ser chamado de "funcionar", é apenas uma espécie de insanidade em massa.

Então nós *somos* parte de um experimento, pensou ele. Agora sei o que ele procurava saber. E isso explica por que razão tenho aquela tatuagem na parte interna do meu dorso do pé, aquele "Persus 9".

Mas era coisa demais para se deduzir a partir de um único fato: que Russell não possuía um exemplar do *Livro* de Specktowsky.

Talvez já esteja lá no seu maldito dormitório, pensou Belsnor de repente. Meu Deus, é isso, está *lá*.

Ele saiu, deixou para trás o campo de pouso cheio de Nasais, dez minutos depois chegou à ala comum e subiu os degraus da varanda. A varanda onde Susie Smart morrera — no lado oposto à varanda onde Tony Dunkelwelt e o velho Bert haviam morrido.

Precisamos enterrar os corpos, pensou ele. E a ideia lhe causou repulsa.

Mas primeiro, tenho que verificar os objetos pessoais de Russell.

A porta estava trancada.

Com um pé de cabra, que foi buscar no meio da tralha de utilidades, seu depósito bagunçado cheio de lixo e tesouros, ele forçou a porta até abri-la.

Ali, na cama ainda bagunçada, plenamente visíveis, estavam a carteira e os documentos de Russell. Sua transferência e tudo o mais, até mesmo a certidão de nascimento; Glen Belsnor examinou tudo, consciente de que tinha algo de concreto em mãos. O caos subsequente à morte de Susie tinha deixado todos eles confusos; sem dúvida Russell não tivera a intenção de deixar tudo aquilo espalhado. A menos que não tivesse o costume de andar com documentos... e os avestruzes do aviário não andavam com nenhum tipo de identificação.

O dr. Babble apareceu na porta. Numa voz estridente de pânico, disse:

— Não consigo achar a sra. Rockingham.

— Na sala de reuniões? No refeitório? — Ela podia ter saído para dar uma volta, pensou ele. Mas sabia que não. Roberta Rockingham mal conseguia andar; precisava sempre da bengala, devido a uma doença circulatória bem avançada. — Vou ajudá-lo a procurar — grunhiu.

Ele e Babble saíram às pressas pela varanda, cruzaram a área comum, procurando meio ao acaso. Belsnor parou, percebendo que estavam apenas reagindo ao medo.

— Temos que pensar — disse ele, ofegante. — Espere um minuto. — Onde diabos poderia ela estar, pensou ele. — Uma mulher idosa, tão gentil — disse ele, num misto de frenesi e desespero. — Nunca fez mal a ninguém na vida. Malditos, malditos, seja quem for.

Babble assentiu, com rosto lúgubre.

Ela estava lendo. Ao ouvir um barulho, ergueu os olhos. E viu um homem, um desconhecido, parado na entrada do seu quarto pequeno e arrumado com capricho.

— Sim?... — disse ela, abaixando gentilmente o seu visor de microteipe. — O senhor é algum membro novo do assentamento? Acho que não nos vimos ainda, não é?

— Não, sra. Rockingham — disse ele.

A voz era gentil e agradável, e ele usava um uniforme de couro, complementado por grandes luvas também de couro. Seu rosto exalava uma radioatividade... ou quem sabe eram os óculos dela que estavam um pouco embaçados, ela não sabia. O cabelo dele, cortado bem curto, brilhava, sim; quanto a isso ela tinha certeza. Que expressão agradável ele tem, pensou ela. Tão meditativo, como se já tivesse pensado e feito muitas coisas maravilhosas.

— Gostaria de um pouco de bourbon com água? — perguntou ela.

Durante a tarde ela geralmente tomava uma bebida; aquilo amenizava a dor permanente em suas pernas. Naquele dia, no entanto, ela bem que poderia tomar um pouco mais cedo sua dose de Old Crow.

— Obrigado — disse o homem.

Alto, bastante esguio, ele ficou parado no umbral, sem entrar de todo no aposento. Era como se de algum modo ele estivesse preso ao lado de fora: não podia abandonar completamente aquela região e logo voltaria de vez para ela. Seria ele, pensou a mulher, uma Manifestação, como as pessoas de inclinação teológica do enclave costumam dizer? Ela o observou com mais cuidado, num esforço para distinguir os detalhes mais claramente, mas a poeira nas lentes dos óculos, ou o que quer que fosse, tornava sua imagem difusa; ela não o via com nitidez.

— Será que poderia pegá-lo? — perguntou ela, apontando. — Há uma gaveta nessa mesinha bamba ao lado da cama. Dentro dela o senhor vai encontrar uma garrafa de Old Crow e três copos. Oh, céus. Não tenho refrigerante aqui. Será que aceitaria tomar com um pouco de água engarrafada? E sem gelo?

— Sim — disse ele, e cruzou o quarto com passo leve.

Usava botas de cano alto, observou ela. Muito atraente.

— Como se chama? — perguntou.

— Sargento Ely Nichols. — Ele abriu a gaveta da mesinha, tirou o uísque e dois copos. — Sua colônia está sendo substituída. Estou aqui para buscá-la e levá-la de volta para casa.

Desde o começo eles ficaram cientes de que a transmissão do satélite está com defeito.

— Então acabou? — perguntou ela, cheia de alegria.

— Acabou tudo — disse ele.

Encheu os dois copos com bourbon e água, trouxe o copo da idosa, e sentou-se numa cadeira de frente para ela. Ele sorria.

11

Glen Belsnor, procurando inutilmente Roberta Rockingham, avistou um pequeno grupo de pessoas se aproximando com dificuldade do assentamento. Eram os que tinham partido logo cedo: Frazer e Thugg, Maggie Walsh, o recém-chegado Russell, Mary e Seth Morley... estavam todos lá. Estavam?

Com o coração batendo mais forte, Belsnor disse:

— Não estou vendo Betty Jo Berm. Será que se feriu? Vocês a deixaram lá, seus filhos da puta? — Ele ficou encarando o grupo, sentindo a mandíbula tremer com uma raiva impotente. — Acham isso correto?

— Ela morreu — disse Seth Morley.

— Como? — perguntou o líder.

O dr. Babble aproximou-se, e os dois ficaram vendo os quatro homens e as duas mulheres chegando.

— Ela se afogou — disse Seth Morley, e olhou ao redor. — Onde está aquele garoto, o Dunkelwold?

— Morto — disse o dr. Babble.

— E Bert Kosler? — perguntou Maggie Walsh.

Nem Babble nem Belsnor responderam.

— Quer dizer então que está morto também — disse Russell.

— Isso mesmo — assentiu Belsnor. — Só restam oito de nós. Roberta Rockingham desapareceu. Possivelmente está morta também. Acho que só nos resta presumir que está.

— Vocês não ficaram juntos, então? — perguntou Russell.

— E vocês, ficaram? — retrucou Glen Belsnor.

Todos se quedaram em silêncio novamente. De algum lugar distante um vento morno começou a soprar poeira e líquen soltos, formando um redemoinho que envolveu as construções do assentamento e se ergueu, contorcendo-se, até desaparecer. Glen Belsnor aspirou ruidosamente o ar e sentiu um cheiro desagradável. Era como se em alguma parte nas proximidades, pensou ele, alguém tivesse pendurado peles de cachorros mortos para secar.

A morte, pensou. É tudo em que consigo pensar agora. E é fácil de ver por quê. Entre nós a morte eclipsou tudo o mais e se tornou, em menos de vinte e quatro horas, a parte principal da nossa vida.

— Não podiam ter trazido de volta o corpo dela? — perguntou ele ao grupo.

— Ele foi levado pela correnteza — disse Seth Morley. — E estava em chamas. — Ele se aproximou de Belsnor e disse: — Como foi que Bert Kosler morreu?

— Tony o esfaqueou.

— E quanto a Tony?

— Eu atirei nele. Antes que me ferisse também — contou Glen.

— E Roberta Rockingham? Atirou nela também?

— Não — disse Belsnor secamente.

— Estou achando — disse Frazer — que vamos ter que escolher um novo líder.

— Tive que atirar nele. Ele teria assassinado todos nós. Pergunte a Babble, ele pode confirmar — respondeu Belsnor, inexpressivo.

— Não posso confirmar — disse Babble. — A respeito disso eu sei tão pouco quanto eles. Tenho apenas o seu depoimento verbal.

— Qual foi a arma que Tony usou? — perguntou Seth.

— Uma espada — disse Belsnor. — Você vai vê-la. Continua lá com ele no quarto.

— E a arma com que atirou nele? Onde a conseguiu? — perguntou Russell.

— Era minha — disse Belsnor. Ele se sentia nauseado e fraco. — Fiz o que pude. Fiz o que tinha que fazer.

— Então, "eles" não são responsáveis por todas as mortes, afinal — disse Seth Morley. — Você é responsável pela morte de Tony Dunkelwold e ele, pela de Bert.

— Dunkelwelt — corrigiu Belsnor, ainda meio desnorteado.

— E não sabemos se a sra. Rockingham está morta; ela pode ter simplesmente se afastado daqui. Talvez até por medo.

— Ela não conseguiria — disse Belsnor. — Está muito doente.

— Eu acho — disse Seth Morley — que Frazer tem razão. Precisamos de outro líder. — Virando-se para Babble, perguntou: — Onde está a arma dele?

— Ele deixou no quarto de Tony — disse Babble.

Belsnor destacou-se do grupo e foi em direção ao dormitório de Tony Dunkelwelt.

— Detenham-no — disse Babble.

Ignatz Thugg, Wade Frazer, Seth Morley e Babble correram para ultrapassar Belsnor, avançaram juntos pelos degraus da varanda e entraram no quarto de Tony. Russell permaneceu afastado, ao lado de Belsnor e de Maggie Walsh.

Emergindo da porta do dormitório de Tony, Seth Morley ergueu a arma e disse:

— Russell, não acha que estamos fazendo a coisa certa?

— Devolva a arma dele — disse Russell.

Surpreso, Seth Morley parou. Mas não levou a arma até Belsnor.

— Obrigado — disse Belsnor a Russell. — Um pouco de apoio é sempre bem-vindo. — Para Morley e os demais ele disse: — Me entregue a arma, como Russell disse. De qualquer maneira, está descarregada. Tirei todas as balas. — Ele estendeu a mão e ficou à espera.

Descendo os degraus da varanda, ainda segurando a arma, Seth Morley disse, num tom grave de advertência:

— Você matou uma pessoa.

— Ele não teve escolha — disse Russell.

— Eu fico com a arma — sentenciou Seth Morley.

— Meu marido vai ser o líder de vocês — disse Mary Morley. — Acho que é uma ótima ideia. Vocês vão achá-lo excelente. Em Tekel Upharsin ele tinha uma posição de bastante autoridade.

— Por que você não se junta a eles? — perguntou Belsnor a Russell.

— Porque eu sei o que aconteceu. Sei o que você foi forçado a fazer. Se eu conseguir conversar com eles talvez eu possa...

Ele parou de falar. Belsnor virou-se para ver o que estava acontecendo no grupo de homens.

Ignatz Thugg estava empunhando a arma. Tinha arrancado da mão de Morley e a apontava para Belsnor, com um sorriso maldoso e deformado.

— Devolva a arma — disse Morley; todos começaram a gritar com Thugg, mas ele continuou imóvel, ainda mirando Belsnor.

— Eu sou o líder de vocês agora — disse Thugg. — Com voto ou sem voto. Podem votar em mim se quiserem, mas não importa. — Para os três homens mais próximos, ele ordenou: — Vocês. Vão para perto dos outros. Não cheguem perto de mim. Entenderam?

— Não está carregada — repetiu Belsnor.

Seth Morley parecia abatido, e seu rosto estava pálido e sem vida, como se ele soubesse, e obviamente sabia, que por culpa sua Thugg se apossara da arma.

— Já sei o que fazer — disse Maggie Walsh.

Meteu a mão no bolso e pegou um exemplar do *Livro* de Specktowsky.

* * *

Em sua mente, ela sabia que tinha descoberto a maneira de tirar a arma das mãos de Ignatz Thugg. Abrindo *O Livro* ao acaso, ela andou ao redor dele, começando a leitura em voz alta.

— Disto, pode-se concluir que o Deus na história exibe várias fases: (um) O período de pureza antes que o Destruidor de Formas fosse despertado e começasse a agir. (dois) O período da Maldição, quando o poder da Divindade esteve em seu ponto mais baixo, e o poder do Destruidor de Formas, mais elevado, porque Deus não havia percebido o Destruidor de Formas e foi assim apanhado de surpresa. (três) O nascimento do Deus na Terra, sinal de que o período de Maldição Absoluta e Estranhamento de Deus tinha finalmente passado. (quatro) O período de agora... — Ela estava bem próxima dele, que continuava imóvel, ainda segurando a arma. Ela continuou a ler em voz alta o texto sagrado. — O período de agora, em que Deus caminha no mundo, redimindo os sofredores agora, redimindo mais tarde toda a vida através de sua própria figura como o Intercessor, que...

— Volte para perto deles — disse Thugg. — Senão eu te mato.

— ... que, com certeza, ainda está vivo, mas não neste círculo. (cinco) O período seguinte, e último...

Um estrondoso *bang* soou em seus ouvidos; ensurdecida, ela deu um passo para trás e sentiu uma dor terrível no peito; sentiu os pulmões morrendo em consequência daquele tremendo choque. Todo o cenário à sua volta ficou difuso, a luz enfraqueceu e ela viu apenas trevas. Seth Morley foi o nome que ela tentou dizer, mas não conseguiu produzir nenhum som. E no entanto ouvia ruídos, alguma coisa imensa e distante, sacolejando violentamente na escuridão.

Ela estava sozinha.

Thud, thud, fazia o barulho. Viu então cores iridescentes, misturadas a uma luz que se movia como um líquido; a luz girava, como serras circulares, como cata-ventos, e subia por todos os lados de Maggie. Diretamente à sua frente a enorme Coisa pulsava ameaçadoramente, ela ouvia sua voz imperativa e ameaçadora chamando-a para o alto. A urgência dessa atividade a amedrontou; aquilo exigia, mais do que pedia. Estava lhe dizendo alguma coisa; e ela sabia o que era por causa daquela pulsação ensurdecedora. Wham, wham, wham, continuava, e ela, cheia de terror, cheia de dor física, chamou:

—*Libera me, Domine* — disse. — *De morte aeterna, in die illa tremenda.*

Aquilo continuava pulsando. E ela planou sem resistência naquela direção. Agora, na periferia de sua visão, ela avistou um espetáculo fantástico: viu uma grande besta armada e nela o Intercessor. A corda da besta foi puxada para trás; o Intercessor foi colocado ali na posição da flecha; e então, silenciosamente, o Intercessor foi disparado para as alturas, na direção do menor e mais alto dos círculos concêntricos.

— *Agnus Dei* — disse ela — *qui tollis peccata mundi.*

Ela teve que desviar o olhar daquele vórtice pulsante; olhou para baixo e para trás... e viu, bem abaixo de si, uma vasta paisagem congelada de neve e despenhadeiros. Um vento furioso soprava naquele lugar; enquanto ela olhava, a neve ia se acumulando nas rochas. É um novo período glacial, pensou ela, e percebeu que estava com dificuldade para pensar, que dirá falar, em inglês.

— *Lacrymosa dies illa* — disse ela, arquejando de dor; todo o peito parecia ter se transformado num bloco de sofrimento. — *Qua resurget ex favilla, judicandus homo reus.* — Aquilo parecia amenizar a dor, aquela necessidade de se expressar em latim, uma língua que ela jamais estudara e da qual não conhecia nada. — *Huic ergo parce, Deus! Pie Jesu Domine, dona eis requiem.* — A pulsação dolorosa continuava.

Um abismo se abriu sob os seus pés. Ela começou a cair; por baixo, a paisagem nevada daquele mundo infernal foi ficando cada vez mais próxima. Ela gritou novamente:

— *Libera me, Domine, de morte aeterna!* — Mas continuou caindo; estava quase chegando ao mundo infernal, e nada surgia para erguê-la de volta.

Algo com asas imensas levantou voo, como uma grande libélula metálica com espinhos brotando da cabeça, e passou por ela, deixando para trás uma lufada de vento morno.

— *Salve me, fons pietatis* — chamou ela; reconheceu aquilo e não sentiu surpresa no que estava vendo.

O Intercessor, levantando voo do mundo infernal, retornando ao fogo dos círculos menores e centrais.

Luzes, em cores variadas, brotavam por todos os lados; ela viu uma luz enfumaçada e rubra ardendo bem próxima e, confusa, virou-se naquela direção. Mas alguma coisa a fez parar. *A cor errada*, pensou ela. Eu deveria estar buscando uma luz branca, clara, o ventre certo para ali renascer. Ela voltou a se elevar, arrastada pelo vento aquecido do Intercessor... a luz rubra enfumaçada ficou para trás e, no lugar, à direita, surgiu uma luz amarela poderosa e constante. Ela se projetou naquela direção, da melhor maneira que pôde.

A dor no peito pareceu diminuir; na verdade, todo o corpo parecia indistinto. Obrigada, pensou ela, por diminuir meu desconforto, fico agradecida. Eu o vi, pensou ela; eu vi o Intercessor e por meio dele tenho uma chance de sobreviver. Conduza-me, pensou ela. Me leve até a luz que tenha a cor mais certa. Até o renascer correto.

A luz branca e clara reapareceu. Ela forçou-se a derivar para lá, e alguma coisa a ajudou nesse impulso. Está zangada comigo?, pensou ela, para aquela enorme presença pulsante. Sentia ainda aquele latejar, mas não era mais algo dirigido a ela; era algo que continuaria latejando por toda a eternidade, porque ficava além do tempo, fora do tempo, e nunca estivera contido no tempo. E também não havia um espaço presente ali; tudo parecia bidimensional e comprimido sobre si mesmo, como figuras robustas mas toscas rabiscadas por crianças ou por um homem primitivo. Figuras em cores brilhantes, mas absolutamente planas... e tocantes.

— *Mors stupebit et natura* — disse ela em voz alta. — *Cum resurget creatura, judicanti responsura.*

Mais uma vez o latejar diminuiu. Perdoou-me, pensou ela. Está permitindo que o Intercessor me conduza para a luz certa.

E para a luz branca e clara ela flutuou, ainda murmurando de vez em quando as piedosas frases em latim. A dor no peito tinha sumido por completo a essa altura, e ela se sentia sem peso; seu corpo tinha cessado de consumir espaço e tempo.

Puxa, pensou ela. Isto é maravilhoso.

Pulsa, pulsa, latejava ainda a Presença Central, mas não era mais por ela; e sim por todos os demais.

O Dia do Ajuste Final tinha chegado para ela; viera, e já fora embora. Ela havia sido julgada e o julgamento fora favorável. Ela experimentara uma alegria intensa e absoluta. E continuava, como uma mariposa voando entre supernovas, elevando-se para cima, na direção da sua própria luz.

— Eu não queria matá-la — disse Ignatz Thugg, rouco. Ele estava de pé, olhando para o corpo de Maggie Walsh no chão.

— Eu não sabia o que ela ia fazer. Quero dizer, ela continuou vindo e vindo, e achei que ela queria me tomar a arma. — Acusatório, ele sacudiu o ombro na direção de Glen Belsnor. — E ele disse que a arma estava descarregada.

— Ela ia tentar tomar a arma, sim. Nisso você está correto — afirmou Russell.

— Então não fiz nada errado — disse Thugg.

Ninguém disse nada durante algum tempo.

— Não vou entregar a arma — declarou Thugg finalmente.

— Está tudo bem, Thugg — disse Babble. — Pode ficar. Assim vamos ver mais quantas pessoas inocentes você tem a intenção de matar.

— Eu não tinha intenção de matá-la — disse Thugg, apontando a arma para o dr. Babble. — Nunca matei ninguém antes. Quem quer a arma? — Ele olhou ao redor, olhos transtornados. — Fiz o mesmo que Belsnor, nem mais nem menos. Somos a mesma coisa, eu e ele. E estou certo de que não vou entregar essa arma a *ele*. — Ofegante, a respiração rascante passando com dificuldade pela traqueia, Thugg apertou a arma com mais força e correu os olhos arregalados pelo grupo que o encarava.

Belsnor aproximou-se de Seth Morley.

— Temos que tomar essa arma dele.

— Eu sei — disse Seth Morley.

Mas não tinha nenhuma ideia de como fazer isso. Se Thugg havia atirado para matar simplesmente porque alguém, ainda mais uma mulher, tinha se aproximado dele lendo trechos do *Livro*, é claro que atiraria em qualquer um dos demais, sob qualquer pretexto.

Thugg havia chegado a um estado visível, exuberantemente psicótico. Era óbvio. Ele matara Maggie Walsh propositalmente, e Seth Morley compreendeu então algo que não percebera antes. *Belsnor matara uma pessoa, mas contra a sua vontade. Thugg matara por prazer.*

Isso fazia a diferença. Belsnor não representava perigo — a menos que eles próprios se tornassem homicidas em potencial. Nesse caso, Belsnor sem dúvida voltaria a disparar. Mas se não fizessem nenhuma provocação...

— Não faça isso — sussurrou sua esposa Mary perto do seu ouvido.

— Temos que pegar a arma de volta — disse Seth Morley.

— E é por minha culpa que a arma está com ele. Eu deixei que ele a arrancasse da minha mão. — Ele estendeu a mão para Ignatz Thugg. — Me dê isso aí — disse, e sentiu o corpo inteiro contrair-se de medo; preparando-se para morrer.

12

— Ele pode matar você — disse Russell. Também avançou um passo na direção de Ignatz Thugg. Todos os demais ficaram olhando. — Precisamos dessa arma — disse Russell a Thugg. E para Seth Morley: — Provavelmente ele pode acertar apenas um de nós dois. Conheço esse tipo de arma. Não pode dar tiros numa sucessão muito rápida. Ele vai poder dar um tiro, e só. — Ele foi se deslocando devagar para o outro lado de Thugg, abrindo um ângulo mais largo. — Muito bem, Thugg — disse, e estendeu a mão.

Thugg virou-se, inseguro, para ele. Seth Morley avançou com rapidez, estendendo o braço.

— Dane-se, Morley — disse Thugg.

O cano da arma girou de volta, mas o impulso de Morley o jogou para a frente. Ele colidiu com o corpo magro mas musculoso de Ignatz Thugg; o homem cheirava a cabelo oleoso, urina e suor.

— Agora! Segurem! — gritou Glen Belsnor, e ele também saltou sobre Thugg, engalfinhando-se.

Praguejando, Thugg conseguiu se livrar de Seth Morley. Com o rosto impassível e neutro de psicótico, os olhos com um brilho gelado, a boca contraída numa linha dura, ele disparou.

Mary Morley deu um grito.

Erguendo o braço esquerdo, Seth Morley agarrou o ombro direito e sentiu o sangue brotando no tecido da camisa. O estrondo do tiro o deixara paralisado; ele caiu de joelhos, com espasmos de dor, percebendo de modo confuso que o tiro de Thugg o atingira apenas no ombro. Estou sangrando, pensou. Meu Deus, não consegui arrancar a arma da mão do outro. Com esforço, conseguiu abrir os olhos. Viu que Thugg fugia correndo, entreparando uma vez e outra para atirar para trás, mas sem acertar ninguém, pois todos tinham se espalhado, até mesmo Belsnor.

— Me ajudem — disse Seth Morley, a voz áspera, e Belsnor e Russell e o dr. Babble aproximaram-se dele, agachados, ainda com os olhos em Thugg.

Na extremidade do assentamento, perto da porta da sala de reuniões, Thugg parou. Ofegando, ele apontou a arma para Seth Morley e disparou mais uma bala. O tiro passou por Morley sem atingi-lo. Então, dando de ombros, Thugg virou-se novamente e recomeçou a correr, afastando-se.

— Frazer! — gritou Babble. — Me ajude a levar Morley para a enfermaria! Venha, acho que perfurou uma artéria.

Wade Frazer apressou-se a ajudá-lo. Ele, Belsnor e Ned Russell ergueram Seth Morley e o levaram para a enfermaria.

— Você vai resistir — arquejou Belsnor, quando o depositaram na mesa de metal. — Ele derrubou Maggie mas não vai derrubar você. — Afastando-se da mesa, Belsnor tirou um lenço do bolso e, estremecendo, assoou o nariz, ruidosamente. — Aquela pistola deveria ter ficado comigo. Concordam agora?

— Cale a boca e saia daqui — disse Babble, enquanto ligava o esterilizador e colocava rapidamente vários instrumentos dentro dele. Depois, atou com força um torniquete no ombro ferido de Seth Morley. O sangue continuou a escorrer, e àquela altura já tinha formado uma poça embaixo da mesa. — Vou ter que abrir e juntar as pontas da artéria — disse o médico. Ele arrancou o torniquete, depois ligou a máquina de transfusão de sangue artificial. Usando um pequeno instrumento cirúrgico para abrir um buraco na costela de Morley, ele habilmente acoplou ali a extremidade do tubo de transfusão. — Não posso impedir que continue sangrando — disse ele. — Vou precisar de uns dez minutos para abrir o ferimento, localizar as duas partes da artéria e uni-las. Mas ele não vai sangrar até morrer.

Abrindo o esterilizador, ele retirou dali uma bandeja de instrumentos fumegantes. Com gestos habilidosos e rápidos, ele rasgou a roupa de Morley. Um instante depois já estava abrindo o ombro ferido.

— Vamos ter que ficar em vigia permanente contra Thugg — disse Russell. — Que merda, gostaria que houvesse outras armas à disposição. Só existe uma arma aqui, e está com ele.

— Eu tenho uma pistola tranquilizadora — disse Babble. Procurou e encontrou um chaveiro, e o jogou para Belsnor. — Aquele armário trancado ali — disse, apontando. — A chave com cabeça de losango.

Russell destrancou o armário e pegou dentro um longo tubo rígido com uma mira telescópica.

— Ora, ora — disse ele. — Isto aqui pode nos ajudar. Mas tem alguma outra munição além dos tranquilizantes? Eu conheço a quantidade de tranquilizante contido aqui. Pode deixá-lo tonto, mas...

— Quer acabar com ele? — perguntou Babble, parando a exploração do ombro de Seth Morley.

Depois de uma pausa, Belsnor disse que sim, e Russell concordou.

— Tenho outro tipo de munição para ela — disse Babble. — Munição que pode matar. Assim que terminar aqui com Morley, eu pego para vocês.

Deitado na mesa, Seth Morley conseguiu espiar de longe a pistola tranquilizadora. Será que isso pode nos proteger?, pensou. Ou será que Thugg pode voltar aqui e matar todos nós, ou então me matar enquanto estou deitado e indefeso.

— Belsnor — chamou ele, sem fôlego —, não deixe Thugg voltar aqui esta noite e me matar.

— Eu fico aqui com você — disse Belsnor, dando-lhe um tapinha de leve. — E vamos estar armados com isto aqui. — Ele ergueu a pistola tranquilizadora, examinando-a de perto.

Parecia mais confiante. Ele e os outros.

— Deram algum demerol a Morley? — perguntou Russell ao dr. Babble.

— Não tive tempo — disse Babble, sem parar de trabalhar.

— Eu darei — afirmou Frazer —, se me disser onde está, bem como as seringas.

— Você não tem qualificação para fazer isso — disse Babble.

— E você não tem qualificação para fazer cirurgia.

— Mas tenho que fazer — disse Babble. — Se não fizer, ele morre. Mas ele pode aguentar isso sem analgésico.

Mary Morley, agachada, com a cabeça perto do marido, disse:

— Está aguentando a dor?

— Sim — disse Seth Morley, tenso.

A operação continuou.

Ele estava deitado, na semiescuridão. Pelo menos a bala não está mais dentro de mim, pensou, sonolento. E recebi demerol, tanto no músculo quanto na veia. E não sinto nada. Será que ele conseguiu suturar direito a artéria?, pensou.

Uma complexa maquinaria monitorava sua atividade interna: registrava sua pressão arterial, seus batimentos cardíacos, sua temperatura, seu aparelho respiratório. Mas onde está Babble?, pensou ele. E Belsnor, por onde anda?

— Belsnor! — chamou, o mais alto que pôde. — Onde você está? Você disse que ia ficar aqui comigo o tempo todo.

Um vulto escuro se materializou. Belsnor, segurando a pistola tranquilizadora com ambas as mãos.

— Estou aqui. Fica calmo.

— Onde estão os outros?

— Sepultando os mortos — disse Belsnor. — Tony Dunkelwelt, o velho Bert, Maggie Walsh... estão usando o equipamento pesado de escavação que foi deixado aqui pelo pessoal que construiu o assentamento. E Tallchief. Estamos enterrando ele também. O primeiro a morrer. E Susie. A pobre Susie, a boba.

— Em todo caso, ele não me pegou — disse Seth Morley.

— Ele bem queria. Fez de tudo.

— Não deveríamos ter tirado a arma de você — disse Seth Morley.

Constatara isso. Mesmo que tarde demais.

— Deveriam ter dado ouvidos a Russell — disse Belsnor. — Ele sabia.

— Falando agora, é fácil — retrucou Seth Morley. Mas Belsnor claramente tinha razão. Russell tentara mostrar-lhes o caminho, e eles, devido ao pânico, não tinham escutado. — Nenhum sinal da sra. Rockingham?

— Nada. Procuramos por todo o assentamento. Ela sumiu. Thugg também. Mas sabemos que ele está vivo. E armado, e perigoso, e com o foco de um psicopata.

— Não sabemos se ele está mesmo vivo. Ele pode ter se suicidado. Ou talvez o que matou Tallchief e Susie o tenha apanhado também.

— Pode ser. Mas não podemos contar com isso. — Belsnor olhou o relógio de pulso. — Vou ficar ali fora. De lá posso vigiar o pessoal que está cavando, e também ficar de guarda para você. Até já. — Ele deu um tapinha no ombro esquerdo de Morley, e saiu da enfermaria em silêncio, desaparecendo na noite.

Seth Morley fechou os olhos, fatigado. O cheiro da morte, pensou ele, está por toda parte. Estamos empesteados. Quantas pessoas perdemos?, perguntou a si mesmo. Tallchief, Susie, Roberta Rockingham, Betty Jo Berm, Tony Dunkelwelt, Maggie Walsh, o velho Bert Kosler. Sete mortos. Ficaram sete em nosso grupo. Liquidaram metade de nós em menos de vinte e quatro horas.

E foi para isso, pensou ele, que fui embora de Tekel Upharsin. Há uma ironia macabra a esse respeito: todos nós viemos para cá porque queríamos viver mais intensamente. Queríamos ser úteis. Todo mundo aqui nesta colônia tinha um sonho. Talvez fosse esse o nosso erro, pensou. Estávamos todos enterrados muito profundamente no mundo dos nossos sonhos. Não fomos capazes de sair dali de dentro; é por isso que não conseguimos funcionar como grupo. E alguns de nós, como Thugg ou Dunkelwelt... alguns de nós são funcionalmente e declaradamente insanos.

O cano de uma arma foi encostado à sua têmpora, e uma voz disse:

— Fique quieto.

Um segundo homem, usando roupas de couro preto, caminhou até a entrada da enfermaria, erguendo uma pistola erg.

— Belsnor está lá fora — disse ele ao homem que encostava a arma à cabeça de Seth Morley. — Eu cuido dele.

Apontando a pistola, ele disparou um arco de eletricidade; emergindo do filamento ânodo da arma ele se conectou com Belsnor, transformando-o momentaneamente num terminal catódico. Belsnor estremeceu, caiu de joelhos, finalmente tombou para o lado e ficou imóvel, com a pistola tranquilizadora caída no chão ao seu lado.

— Os outros — disse o homem agachado ao lado de Seth Morley.

— Estão enterrando os corpos. Não vão notar. Nem mesmo a esposa dele está aqui. — Ele se aproximou de Seth Morley; o homem ao lado dele ergueu-se e os dois ficaram de pé algum tempo, observando Seth Morley.

Ambos usavam roupas de couro preto, e Seth se perguntou quem, ou o quê, seriam.

— Morley — disse o primeiro homem —, vamos levá-lo daqui.

— Por quê? — perguntou Morley.

— Para salvar sua vida — disse o segundo homem.

Com rapidez, os dois armaram uma maca e a colocaram ao lado da mesa onde ele estava.

13

Estacionado atrás da enfermaria, uma pequena nave tipo squib cintilava, úmida, na noite clareada pela lua. Os dois homens de uniforme preto carregaram Morley na maca até diante da escotilha do squib, onde a pousaram no chão. Um deles abriu a escotilha. Os dois ergueram a maca novamente e entraram com ela, cheios de cuidado.

— Belsnor está morto? — perguntou ele.

— Desacordado — respondeu o primeiro homem.

— Aonde estamos indo? — perguntou Morley.

— Para um lugar aonde você gostaria de ir. — O segundo homem vestido de couro sentou-se na mesa de controle e acionou vários botões, ajustou controles. O squib saiu do chão e arremeteu na direção do céu noturno. — Está confortável, sr. Morley? Lamento que o tenhamos colocado no chão, mas a viagem vai ser curta.

— Pode me dizer quem são vocês? — indagou Morley.

— Diga apenas se está confortável — retrucou o primeiro homem.

— Sim, estou confortável. — De onde estava ele distinguia o visor do squib, e nele, como se fosse de dia, avistava árvores e plantas menores: arbustos, líquens e um relâmpago fugaz de um rio iluminado.

E então, no visor, surgiu o Edifício.

O squib se preparou para pousar. No teto do Edifício.

— Não é verdade? — perguntou o primeiro homem vestido de couro negro.

— Sim — assentiu Morley.

— Ainda quer entrar aí?

— Não.

— Você não lembra desse lugar — disse o primeiro homem. — Lembra?

— Não — disse Morley. A respiração estava entrecortada, porque ele tentava preservar as forças. — Eu vi esse prédio hoje pela primeira vez.

— Ah, não — disse o segundo homem. — Já tinha visto antes. Luzes de advertência no teto do Edifício se acenderam quando o squib pousou sem muita precisão.

— Maldito raio RK — disse o primeiro homem. — Está falhando de novo. Eu sabia: deveria ter pousado em manual.

— Eu nunca teria conseguido pousar neste teto — disse o segundo homem. — Muito irregular. Eu acabaria batendo numa daquelas caixas de água.

— Acho que não quero trabalhar de novo com você — afirmou o primeiro homem — se não é capaz de pousar uma nave tamanho B num teto tão grande como este.

— Isso não tem nada a ver com tamanho. Estou me queixando é dessas obstruções aleatórias. São muitas. — Ele foi até a escotilha e a abriu manualmente.

O ar da noite entrou, com um cheiro de violetas... e, com ele, o rugido surdo e lamentoso do interior do Edifício.

Seth Morley ficou de pé com certo esforço, e ao mesmo tempo avançou os dedos na direção da pistola erg que o homem na escotilha segurava com displicência.

O homem foi lento ao reagir; tinha tirado os olhos de Morley por um momento perguntando algo ao homem nos controles; em todo caso, não viu a tempo o gesto de Morley. O companheiro deu um grito de alerta antes que ele reagisse.

Morley puxou a arma que deslizou da mão do homem, e ele se jogou para a frente, tentando pegá-la de volta.

Um impulso elétrico de alta frequência, disparado pelo homem nos controles, passou perto dele. O disparo havia errado. Seth Morley se jogou para o lado do ombro bom, agachou-se e disparou de volta.

O raio atingiu o homem sentado aos controles, acertando-o acima da orelha direita. Ao mesmo tempo, Seth Morley girou a arma e atirou no outro, que havia caído desajeitadamente sobre ele. A uma distância tão pequena, o impacto do raio foi enorme; o homem teve uma convulsão, foi jogado para trás, e se chocou com estardalhaço contra um painel de instrumentos na parede oposta do squib.

Morley bateu a escotilha com força, girou o mecanismo para trancá-la por dentro, e desabou no chão. O sangue vazava das ataduras no ombro, sujando o espaço à sua volta. Sua cabeça latejava dolorosamente e ele sabia que podia desmaiar a qualquer momento.

Num alto-falante instalado acima do painel de controle, luzes se acenderam e uma voz ressoou.

— Sr. Morley — disse ela —, sabemos que o senhor assumiu o controle do squib. Sabemos que nossos homens estão ambos inconscientes. Por favor, não levante voo. Seu ombro não foi adequadamente operado: a junção das duas partes da artéria seccionada não foi bem-sucedida. Se não abrir a escotilha do squib para receber imediata assistência médica, provavelmente não chegará a viver uma hora mais.

Vá pro inferno, pensou Seth Morley. Arrastou-se até a mesa de controle, e com o braço sadio conseguiu içar o corpo para um dos dois assentos, onde se instalou com dificuldade.

— O senhor não tem treinamento para pilotar um squib de alta velocidade — disse o alto-falante. Evidentemente havia monitores de algum tipo dentro do squib, mostrando a eles tudo que acontecia.

— Posso pilotar, sim — disse ele, respirando com dificuldade; parecia haver um peso enorme sobre o peito, e ele mal conseguia inalar. No painel, havia um grupo de controles marcados como programação automática de voo. Oito ao todo. Ele escolheu um ao acaso, e o desligou.

Nada aconteceu.

Ainda está conectado ao sinal orientador, percebeu ele. Tenho que desligar essa conexão.

Encontrou a conexão e a desligou. O squib estremeceu e depois, gradualmente, ergueu-se no céu noturno.

Alguma coisa está errada, pensou ele. O squib não está se comportando direito. Os flaps ainda devem estar na posição de pouso.

A essa altura ele mal conseguia enxergar. A cabine parecia cada vez mais escura à sua volta; ele fechou os olhos, teve um sobressalto, abriu-os novamente. Meu Deus, pensou, estou desmaiando. Essa coisa vai cair sem mim? Ou vai automaticamente para algum lugar, e se for assim, para onde?

Ele tombou, então, desabando da cadeira do squib. A escuridão o envolveu e o guardou bem no fundo.

Com ele caído no piso, o squib continuou a voar, a voar.

Uma luz branca e sinistra explodiu sobre seu rosto; ele sentiu aquele clarão que parecia chamuscá-lo e apertou os olhos ainda mais, mas não conseguia fugir dele.

— Pare — disse, tentando erguer os braços, mas não podia se mexer. Acabou entreabrindo os olhos e espiou em volta, trêmulo de fraqueza.

Os dois homens de uniforme de couro estavam imóveis... exatamente onde ele os vira pela última vez. Não precisou examiná-los para saber que estavam mortos. *Belsnor, então, estava morto*; aquela arma não atordoava, matava.

Onde estou agora?, pensou.

O visor do squib ainda estava ligado, mas suas lentes estavam voltadas diretamente para algum tipo de obstrução, ele via apenas uma superfície branca e plana.

Girando a esfera que controlava a imagem no visor, ele disse a si mesmo: passou-se muito tempo. Tocou com cuidado o ombro ferido. O sangramento havia cessado. Talvez tivessem mentido para ele; talvez Babble tivesse de fato feito um bom serviço.

O monitor mostrava...

Uma enorme cidade fantasma. Por baixo dele. O squib tinha pousado no topo de uma das torres mais altas da floresta de edifícios da cidade.

Nenhum movimento. Nenhuma vida. Ninguém vivia ali naquela cidade: o visor só mostrava decomposição, um colapso absoluto e sem fim. Como se esta cidade, pensou ele, fosse a cidade do Destruidor de Formas.

O alto-falante acima do painel de controle não emitia nenhum som. Dali ele não poderia esperar nenhum tipo de ajuda.

Onde diabos devo estar?, pensou ele. Onde, em toda a galáxia, existe uma cidade deste tamanho que tenha sido abandonada, largada para morrer? Para sofrer a erosão e o apodrecimento? Ela deve estar abandonada há um século!, pensou, desnorteado.

Ficando de pé sem muita firmeza, ele cambaleou até a escotilha do squib. Abriu-a com o comando elétrico — não tinha força suficiente para operar a manivela mecânica — e olhou para fora.

O ar era frio e cheirava a mofo. Ele escutou. Nenhum som.

Reunindo todas as forças ele conseguiu sair do squib e caminhar pelo teto do edifício.

Não há ninguém aqui.

Será que ainda estou em Delmak-O?

Não existe nenhum lugar como este em Delmak-O. Porque

Delmak-O é um mundo novo para nós; nunca o colonizamos. Exceto por aquela pequena colônia de catorze pessoas.

E isto aqui é muito antigo!

Ele cambaleou de volta ao squib, foi até a mesa de controle e se acomodou desajeitadamente no assento do piloto. Ali ficou sentado por um tempo, meditando. O que devo fazer?, perguntou a si mesmo. Tenho que achar o caminho de volta para Delmak-O, decidiu. Olhou o relógio. Quinze horas tinham se passado, aproximadamente, desde que fora raptado pelos dois homens vestidos de couro. Será que os outros membros do grupo ainda estavam vivos? Ou tinham sido todos abatidos?

O piloto automático: ele tinha um sistema de comando vocal.

Ele ligou o sistema e disse ao microfone:

— Leve-me para Delmak-O. Agora mesmo. — Desligou o microfone, recostou-se e esperou.

A nave não fez nada.

— Sabe onde fica Delmak-O? — perguntou ele ao microfone. — Pode me levar para lá? Você esteve lá, quinze horas atrás; deve se lembrar, não?

Nada. Nenhuma resposta, nenhum movimento. Nenhum som do motor de propulsão iônica entrando em atividade. Não há nenhum plano de voo para Delmak-O gravado nele, percebeu Morley. Os dois homens vestidos de couro tinham conduzido a nave manualmente. Ou isso, ou ele próprio estava operando o equipamento de maneira incorreta.

Tentando concentrar a mente, ele inspecionou a mesa de controle. Leu tudo que estava impresso nos botões, nas alavancas, nas esferas de controle... toda a informação escrita disponível. Nenhuma pista. Não havia nada para aprender ali, sobretudo como operar a nave manualmente. Não posso ir para lugar nenhum, pensou, porque nem sequer sei onde estou. O máximo que conseguiria fazer seria voar ao acaso. O que por sua vez exigiria que eu soubesse operar os comandos manualmente.

Uma alavanca chamou sua atenção, ele não tinha percebido da primeira vez. REFERÊNCIA, era o que estava escrito abaixo. Ele empurrou a alavanca para a posição "ligado". Durante algum tempo nada aconteceu. E então o alto-falante por cima da mesa de comando deu sinal de vida.

— Sua pergunta?

— Pode informar minha localização?

— Você quer INFORMAÇÃO DE VOO.

— Não vejo nada aqui no painel indicando INFORMAÇÃO DE VOO — disse ele.

— Não fica no painel. Fica por cima do painel do seu lado direito.

Ele conferiu. E de fato estava.

Ligando a unidade INFORMAÇÃO DE VOO, ele perguntou:

— Pode me dizer onde estou?

Estática, um ruído que dava a impressão de alguma coisa em funcionamento... ele ouviu um zzzzz bem fraco; quase um zumbido. Uma engrenagem mecânica estava entrando em atividade. E então, do alto-falante, brotou uma voz de *vodor*, uma simulação eletrônica da voz humana.

— Ssssim, sssenhorrr. O sssenhorrr esssstá em Londrrresss.

— Londres! — exclamou ele, atônito. — Como pode ser?

— O sssenhorrr voou para cá.

Ele matutou aquela ideia mas não chegou a conclusão alguma.

— Quer dizer que é a cidade de Londres, na Inglaterra, no planeta Terra?

— Sssim sssenhorrr.

Depois de algum tempo, conseguiu se organizar o bastante para fazer uma nova pergunta:

— Posso voar para Delmak-O neste squib?

— Esssse ssseria um voo de ssseis anosss. Ssseu sssquib não está equipado para um voo longo asssim. Porrr exemplo, ele não posssui empuxo suficiente para vencer a atraçção do planeta.

— A Terra — disse ele, a voz pastosa.

Bem, isso explicava a cidade deserta. Todas as grandes cidades da Terra, conforme ele ouvira dizer, estavam desertas. Não serviam mais para coisa alguma. Não havia população suficiente para ocupá-las, porque todo mundo, com exceção dos "avestruzes", tinha emigrado.

— Este meu squib, então, é um veículo local de alta velocidade para voos neste planeta apenas?

— Sssim, sssenhorrr.

— Isso quer dizer que eu só poderia ter voado para Londres se partisse de outro ponto neste planeta.

— Sssim, sssenhorrr.

Morley, com a cabeça zunindo, o rosto pegajoso de um suor espesso feito óleo, disse:

— Será possível retroprogramar meu último percurso? É capaz de determinar de onde parti para chegar aqui?

— Certamente. — Houve um zumbido prolongado no interior do mecanismo. — Sssim. O sssenhorrr voou até aqui do ssseguinte ponto de origem: #3R68-222B. E antes disso...

— Essa notação é incompreensível para mim — disse Morley. — Pode traduzi-la em palavras?

— Não. Não há palavrasss para descrevê-la.

— Pode programar este squib para retornar a esse local?

— Sssim. Posso inserir as coordenadasss no seu controlador de voo. Também estou equipado para monitorar osss voosss contra acidentesss; deseja isso?

— Sim — disse ele, e deixou-se cair, exausto, novamente cheio de dores, de bruços na mesa de comando.

A unidade INFORMAÇÃO DE VOO disse:

— Sssenhorrr, necessita de atenção médica?

— Sim — disse Morley.

— Deseja que o sssquib o conduza até a estação médica mais próxxxima?

Ele hesitou. Alguma coisa em atividade na parte mais profunda de sua mente lhe disse para responder que não.

— Eu vou ficar bem. A viagem não vai ser longa.

— Não, sssenhorrr. Obrigado, sssenhorrr. Estou agora inserindo asss coordenadasss para o voo até #3R68-222B. E monitorar o voo contra acidentesss; está correto?

Ele não conseguiu responder. O ombro estava sangrando novamente; era evidente que havia perdido mais sangue do que imaginava.

Luzes, como numa pianola elétrica, começaram a se acender à sua frente; ele percebeu vagamente o calor daquelas luzes coloridas. Comutadores foram se ligando e desligando sozinhos. Era como repousar a cabeça em um máquina de *pinball* pronta para iniciar uma partida — no caso, uma partida sinistra e ameaçadora. E então, suavemente, o squib se ergueu no ar claro do meio-dia; descreveu alguns círculos sobre Londres — se é que se tratava mesmo de Londres — e rumou para oeste.

— Me forneça confirmação verbal — grunhiu ele. — Quando chegarmos lá.

— Sssim, sssenhorrr. Eu o acordarei.

— Estou mesmo conversando com uma máquina? — murmurou Morley.

— Tecnicamente sssou uma construcção artificial inorgânica da classse dos protocomputadoresss — disse a máquina. Mas...

Ela continuou tagarelando, mas Seth Morley não escutou, e mais uma vez perdeu os sentidos.

O squib prosseguiu no seu curto voo.

— Estamosss nosss aproxxximando das coordenadasss #3R68-222B — falou uma voz estridente perto do ouvido dele, acordando-o de súbito.

— Obrigado — disse ele, erguendo a pesadíssima cabeça para fitar o monitor com olhos embaçados. Uma estrutura maciça ocupava quase toda a tela; por um momento ele não foi capaz de reconhecê-la, embora aquilo com certeza não fosse o assentamento. *E então, com horror, ele percebeu que o squib tinha retornado para o Edifício.*

— Espere! — gritou ele, frenético. — Não pouse!

— Masss estamosss chegando às coordenadasss #3R68...

— A ordem está cancelada — disse ele rapidamente. — Leve-me para as coordenadas anteriores a esta.

Uma pausa, e então a unidade INFORMAÇÃO DE VOO disse:

— O voo anteriorrr se originou de uma posiçção determinada manualmente. Por issso, não há registrosss no guia de voosss. Não tenho condiçõesss de computá-lo.

— Sei — disse ele. Na verdade não estava surpreso. — Está bem — disse, vendo que o Edifício lá embaixo se tornava cada vez menor, pois o squib estava se elevando e circulando o local. — Me diga como posso assumir controle manual desta nave.

— Primeiro, deve presssionar o comutador dezzz para suprimir o cancelamento. Depoisss, veja a esfera de plástico, deve manipulá-la para a frente e para trásss, controlando a direçção do voo. Sugiro que pratique um pouco antes que eu libere osss controlesss.

— Libere agora os controles — disse ele, irritado.

Lá embaixo, dois pontos pretos acabavam de decolar do Edifício.

— Controlesss liberadosss.

Ele girou a esfera de plástico. O squib imediatamente se sacudiu, balançou de um lado para outro, e depois precipitou-se em linha reta rumo ao solo.

— Volte, volte — avisou INFORMAÇÃO DE VOO. — Essstá descendo rápido demaisss.

Ele girou a esfera e conseguiu aprumar a nave num percurso mais ou menos horizontal.

— Quero deixar para trás essas duas naves que estão me seguindo — disse ele.

— Sssua habilidade no manejo desssta nave não é sssuficiente para...

— Pode fazer isso? — interrompeu ele.

A unidade INFORMAÇÃO DE VOO respondeu:

— Eu posssuo certa variedade de padrõesss de voo aleatóriosss, e qualquer um delesss pode despistá-losss.

— Escolha um deles então, e use-o.

As duas naves perseguidoras estavam bem próximas. No visor, ele percebeu um canhão emergindo da extremidade de cada uma, um canhão de .88 milímetros. A qualquer instante eles poderiam abrir fogo.

— Padrão aleatório em execucçção, sssenhorrr — disse o INFORMAÇÃO DE VOO. — Por favorrr, aperte o cinto.

Ele tateou em busca do cinto de segurança, e quando ouviu o clique da lingueta o squib subiu bruscamente, descrevendo uma manobra de Immelmann... e saiu voando na direção oposta, e bem acima das naves perseguidoras.

— Estamosss sendo seguidosss por radarrr, sssenhorrr — disse a unidade INFORMAÇÃO DE VOO. — Pelas duasss navesss referidasss. Vou programarrr o sistema de controle de voo para iniciar a manobra evasiva adequada. Portanto, em breve estaremosss voando perto do solo. Não precisa se assustar.

A nave mergulhou verticalmente como um elevador caindo; atordoado, ele apoiou a cabeça no braço dobrado e fechou os olhos. Depois, de modo igualmente abrupto, o squib voltou a se nivelar. Voava de maneira errática, e de vez em quando fazia manobras de compensação para acompanhar as variações de altitude do terreno logo abaixo.

Ele se manteve no assento, nauseado pelas subidas e descidas bruscas do squib.

Ouviram-se estrondos surdos. Uma das naves perseguidoras tinha disparado o canhão, ou liberado um míssil ar-ar.

Despertando às pressas ele olhou o monitor. Tinha passado perto?

Viu ao longe, no território coberto de mato, uma coluna de fumaça negra se erguendo. O disparo tinha sido feito às suas costas, como ele temia; isso significava que ele tinha sido localizado.

— Temos algum tipo de arma? — perguntou ele ao INFORMAÇÃO DE VOO.

INFORMAÇÃO DE VOO respondeu:

— De acordo com o regulamento, conduzimosss dois mísseisss ar-ar do tipo 120-A. Devo programar o sistema central para ativá-losss em relação às navesss que nos perseguem?

— Sim — disse ele.

Era, de certo modo, uma decisão difícil de tomar; ele estaria praticando o primeiro ato homicida na direção deles, ou em qualquer outra. Mas eles tinham iniciado o ataque; não hesitaram em tentar abatê-lo. E é o que fariam, se ele hesitasse.

— Mísseisss disparadosss — disse uma voz *vodor* nova, diferente, dessa vez emergindo do painel principal. — Precisa de uma imagem virtual dos resultadosss?

— Sssim — disse a voz de INFORMAÇÃO DE VOO.

Na tela apareceu uma cena diferente: a transmissão vinha, numa tela dividida em duas, de *ambos* os mísseis.

O míssil do lado esquerdo da tela errou o alvo e passou direto, descendo gradualmente em rota de colisão com o solo. O segundo, no entanto, foi direto de encontro ao alvo. A nave perseguidora oscilou, tentou fazer uma subida brusca... o míssil alterou a rota e então a tela foi invadida por uma luz branca e silenciosa. O míssil havia detonado. Um dos dois perseguidores fora abatido.

O outro continuou no encalço do squib. Aumentando de velocidade, e cada vez mais perto. O piloto sabia que ele tinha disparado todas as suas armas. Em termos de combate, estava indefeso — e o perseguidor sabia disso.

— Temos um canhão? — perguntou Morley.

INFORMAÇÃO DE VOO respondeu:

— O pequeno tamanho desssta nave não permite que...

— Sim ou não?

— Não.

— Alguma outra arma então?

— Não.

— Vou desistir. Estou ferido e vou sangrar até morrer se ficar sentado aqui. Pouse a nave assim que for possível.

— Sssim, senhorrr.

O squib foi decaindo até voltar a voar paralelo ao solo, mas dessa vez diminuindo a velocidade. Morley ouviu o ruído da abertura do trem de pouso e logo, com um choque surdo e um estremecimento, o squib tocou o solo.

Ele gemeu de dor enquanto o squib avançava, aos trancos e barrancos, até derrapar e ficar de lado, os pneus cantando.

Por fim ele parou. Silêncio. Morley ficou deitado no painel central, tentando escutar o ruído da outra nave. Esperou, esperou. Nenhum som. Apenas aquele silêncio vazio.

— INFORMAÇÃO DE VOO! — chamou ele, erguendo a cabeça num movimento trêmulo, vacilante. — Ele pousou?

— Ele prossseguiu.

— Por quê?

— Não sssei. Continuou voando ao passsar por nósss; meu visor mal consegue avissstá-lo. — Uma pausa. — Agora está fora do meu alcance.

Talvez não tivesse visto a aterrissagem. Talvez o piloto tivesse imaginado que aquele trajeto de voo baixo era apenas mais uma tentativa de escapar do radar computadorizado.

— Levante voo novamente. Voe em círculos, cada vez mais amplos. Estou à procura de um assentamento que fica nesta região. — Ele escolheu uma direção ao acaso. — Voe um pouco mais para nordeste.

— Sssim, senhorrr. — O squib voltou a pulsar com o motor

em atividade e, com competência profissional, decolou novamente.

Morley voltou a descansar, mas dessa vez numa posição que lhe permitia manter os olhos no monitor. Não acreditava de verdade que tivesse sucesso: o assentamento era minúsculo, e aquela paisagem irregular era enorme. Mas qual seria a alternativa?

Voltar para o Edifício. E ele sentia uma repulsa física diante dessa ideia; seu desejo anterior de entrar ali tinha evaporado.

Não era uma vinícola, disse ele. Mas o que diabo é então?

Ele não sabia. E esperava não descobrir nunca.

Algo cintilou do lado direito. Algo metálico. Ele soergueu o corpo, estonteado. Olhando o relógio do painel ele viu que o squib tinha ficado rodando em círculos cada vez maiores durante quase uma hora. Será que adormeci?, pensou. Apertando os olhos, ele se esforçou para ver o que era aquilo que tinha brilhado. Eram pequenas construções.

— É isso.

— Devo pousar ali?

— Sim. — Ele se inclinou mais para a frente, forçando a vista até ter certeza.

Era o assentamento.

14

Um pequeno grupo de homens e mulheres, pequeno de doer no coração, caminhou sem ânimo na direção do squib quando Seth Morley abriu por comando elétrico a escotilha da nave. Observaram-no enquanto ele desceu aos tropeções, oscilou, tentando reunir o resto das forças que tinha.

Ali estavam eles. Russell, severo. Sua esposa Mary, o rosto tenso de medo, e logo depois alívio ao vê-lo. Wade Frazer, que parecia cansado. O dr. Milton Babble, mordendo o cachimbo, reflexivo, sem foco. Ignatz Thugg não estava entre eles.

Nem Glen Belsnor.

— Belsnor está morto, não é? — perguntou Seth Morley, a voz pesada.

Eles assentiram.

— Você é o primeiro que desaparece e volta — disse Russell. — Vimos na noite passada que Belsnor não estava de guarda e o encontramos na porta da enfermaria. Estava morto.

— Eletrocutado — disse o dr. Babble.

— E você tinha desaparecido — disse Mary.

Os olhos dela continuavam vidrados e sem esperança, apesar do reaparecimento dele.

— Era melhor que você voltasse para a enfermaria e se deitasse — disse Babble. — Não entendo você ainda estar vivo. Veja, está encharcado de sangue.

Juntos, eles o auxiliaram a ir para a enfermaria. Mary preparou a cama às pressas, e Seth Morley, cambaleando, esperou até que os dois o ajudassem a se deitar e esticar o corpo, escorado por travesseiros.

— Vou ter que mexer de novo no seu ombro — disse Babble. — Acho que a artéria está com algum vazamento para o...

— Nós estamos na Terra — disse Seth Morley.

Eles o encararam. Babble congelou: virou-se para olhar Seth, depois retornou mecanicamente a sua tarefa de arrumar uma bandeja de instrumentos cirúrgicos. Passou-se algum tempo e ninguém falou.

— O que é o Edifício? — perguntou Wade Frazer por fim.

— Não sei. Mas eles me disseram que eu já estive lá dentro antes. — Então, em algum nível de consciência eu devo saber, pensou ele. Talvez todos nós saibamos. Talvez em algum momento do passado todos nós tenhamos estado lá. *Juntos.*

— Por que estão nos matando? — perguntou Babble.

— Também não sei — disse Seth Morley.

— Como sabe que estamos na Terra? — perguntou Mary.

— Estive em Londres algumas horas atrás. Eu vi. Uma cidade antiga, abandonada. Quilômetros e quilômetros de cidade. Milhares de casas apodrecidas, desertas, milhares de fábricas, de ruas. Maiores do que qualquer cidade não terrestre em qualquer lugar da galáxia. Uma cidade onde em algum momento viveram seis milhões de pessoas.

— Mas na Terra não existe mais nada a não ser o aviário! E ninguém mais, a não ser os avestruzes! — exclamou Wade Frazer.

— A não ser os quartéis militares da Interplan West e suas instalações de pesquisa — disse Seth Morley, mas sua voz sumiu; faltavam-lhe convicção e entusiasmo. — Somos parte de um experimento. Como estávamos supondo na noite passada. Um experimento militar que está sendo conduzido pelo general Treaton. — Mas ele próprio também não acreditava naquilo. — Que tipo de soldado usa uniformes de couro preto? E botas de cano longo... acho que é assim que se chamam.

Russell, com uma voz bem modulada, desinteressada, disse:

— Os guardas do aviário. É um paliativo para manter o moral deles elevado. Trabalhar com os avestruzes é algo muito desanimador. Três ou quatro anos atrás eles introduziram esse novo uniforme, e isso melhorou muito a autoestima dos guardas.

Virando-se para ele, Mary questionou:

— E como você sabe disso?

— Porque — disse Russell, ainda calmo — eu sou um deles. — Ele enfiou a mão no bolso e tirou dali uma pistola erg minúscula, reluzente. — Nós usamos este tipo de arma. — Apontou a arma para eles, fazendo ao mesmo tempo um movimento para que se juntassem. — Morley escapou por uma chance em um milhão. — Apontou para a orelha direita. — Eles me mantêm informado com regularidade. Eu sabia que ele estava voltando para cá, mas tanto eu quanto meus superiores achamos que ele não conseguiria chegar vivo. — Ele deu um sorriso para o grupo. Um sorriso benevolente.

Um estouro surdo ressoou. Muito alto.

Russell começou a dar meia-volta, ergueu a pistola erg e agachou-se, encolhido, deixando a arma cair. O que foi isso?, Seth Morley perguntou a si mesmo. Sentou-se na cama, tentando ver melhor. Percebeu o vulto de um homem que entrava no aposento. O Caminhante?, pensou. O Caminhante na Terra veio nos salvar? O homem empunhava uma pistola, uma pistola terrestre de modelo antigo, com balas. Era a pistola de Belsnor, ele percebeu. Mas ela está com Ignatz Thugg. Ele não compreendia. Nem os outros; mexiam-se, dizendo coisas incoerentes, enquanto o homem, apontando a pistola, se aproximava.

Era Ignatz Thugg.

No chão, Russell convalescia. Thugg abaixou-se, recolheu a pistola erg e a enfiou no cinto.

— Voltei — disse ele, sombrio.

— Vocês o ouviram? — perguntou Seth Morley. — Ouviram Russell dizer que...

— Eu ouvi. — Thugg hesitou, depois puxou a pistola erg e a estendeu para Morley. — Alguém pegue a pistola tranquilizadora. Vamos precisar de todas as três. Tem mais alguma? Lá no squib?

— Duas no squib — disse Seth Morley, aceitando a pistola erg que Thugg lhe oferecia. Você não vai nos matar?, pensou ele. A expressão psicótica de Thugg tinha se atenuado; a atenção vidrada com que ele vinha olhando para os outros tinha abrandado. Thugg parecia calmo e alerta; lúcido.

— Vocês não são meus inimigos — disse Thugg. — *Eles* são. — Apontou para Russell com a pistola de Belsnor. — Eu sabia que tinha alguém deles infiltrado no grupo. Pensei que fosse Belsnor, mas me enganei. Lamento. — Ficou em silêncio por algum tempo.

Os demais também. Esperando para ver o que aconteceria. Será em breve, todos sabiam. Cinco armas, disse Seth Morley para si mesmo. Que miséria. Eles têm mísseis ar-terra, canhões de .88 milímetros, sabe Deus o que mais. Vale a pena tentar enfrentá-los?

— Sim — disse Thugg, evidentemente entendendo a expressão do seu rosto.

— Acho que você tem razão — afirmou Seth Morley.

— Eu acho que sei — disse Wade Frazer — do que se trata todo este experimento.

Os outros esperaram que ele prosseguisse, mas ele não o fez.

— Vamos, diga — disse Babble.

— Só quando eu tiver certeza.

Seth Morley pensou: acho que também sei. E Frazer está certo. Até que saibamos com certeza absoluta, até termos uma prova definitiva, seria melhor nem sequer falar a respeito.

— Eu sabia que estávamos na Terra — disse Mary Morley, baixinho. — Eu reconheci a Lua. Já vi fotos da Lua. Muito tempo atrás, quando era criança.

— E o que conclui disso? — perguntou Wade Frazer.

— Eu... — Ela hesitou, olhando para o marido. — Isto é uma experiência militar da Interplan West? Como nós todos suspeitamos?

— Sim — disse Seth Morley.

— Há uma outra possibilidade — acrescentou Wade Frazer.

— Não diga — pediu Seth Morley.

— Acho que o melhor a fazer é dizer — falou Wade Frazer. — Temos que encarar isso abertamente, decidir se é verdade ou não, e depois decidir se queremos ir em frente e combatê-los.

— Diga logo — falou Babble, gaguejando de nervosismo.

— Nós somos criminosos insanos — disse Wade Frazer. — E durante algum tempo, talvez durante muito tempo, anos até, fomos mantidos no interior disso que chamamos de Edifício. — Ele parou por alguns segundos. — O Edifício, então, seria tanto uma prisão quanto um manicômio. Uma prisão para os...

— E o assentamento?

— Um experimento — disse Frazer. — Mas não dos militares, e sim das autoridades da prisão-hospício. Para ver se somos capazes de funcionar do lado de fora... num planeta supostamente muito distante da Terra. E nós fracassamos. Começamos a matar uns aos outros. — Ele apontou para a pistola tranquilizadora. — Foi isso que matou Tallchief; foi o que deu início a tudo. E foi você que o fez, Babble. Você matou Tallchief. Matou também Susie Smart?

— Não fui eu — disse Babble, a voz fraca.

— Mas matou Tallchief.

— Por que fez isso? — perguntou Ignatz Thugg.

— Eu... eu descobri isso que nós somos. E pensei que Tallchief fosse o que Russell revelou ser — confessou Babble.

— Quem matou Susie Smart? — perguntou Seth Morley a Frazer.

— Não sei. Não tenho nem pistas. Talvez Babble. Talvez você, Morley. Foi você? — Frazer encarou Seth Morley. — Não, não creio que tenha sido. Bem, talvez Ignatz. Mas a questão é essa; qualquer um de nós poderia ter matado. Todos nós temos essa inclinação. *Foi isso que nos levou para dentro do Edifício.*

— Eu matei Susie — disse Mary.

— Por quê? — perguntou Seth Morley. Não conseguia acreditar.

— Por causa do que ela estava fazendo com você. — A voz de sua esposa era muito calma. — E ela tentou me matar; aquela réplica do Edifício era treinada. Fiz em legítima defesa. Ela planejou tudo.

— Meu Deus — disse Seth Morley.

— Você a amava tanto assim? — questionou Mary. — Tanto que não consegue entender por que eu fiz isso?

— Eu mal a conhecia.

— Conhecia o bastante para...

— Está bem — interrompeu Ignatz Thugg. — Isso não tem mais importância. Frazer tocou no ponto principal: nós todos podíamos ter matado, e em cada um dos casos um de nós matou. — O rosto dele se contorceu espasmodicamente. — Acho que vocês estão errados. Não posso acreditar. Não é possível que sejamos loucos assassinos.

— E os assassinatos? — perguntou Wade Frazer. — Eu tenho consciência, há muito tempo, de que todo mundo aqui é um homicida em potencial. Existe aqui um elevado grau de autismo, de uma ausência esquizofrênica de empatia. — Ele apontou Mary Morley com sarcasmo. — Veja como ela conta para nós como matou Susie Smart. Como se nada fosse. — Ele apontou para o dr. Babble. — E o relato desse aí, de como matou Tallchief... Babble matou um homem que mal conhecia só porque talvez, *talvez*, fosse algum representante das autoridades. De *qualquer* autoridade.

Depois de um instante, o dr. Babble disse:

— O que não consigo entender é: quem será que matou a sra. Rockingham? Aquela mulher educada, fina, tão digna... que nunca fez mal a ninguém.

— Talvez ela não tenha sido assassinada — sugeriu Seth Morley. — Ela não estava fisicamente muito bem; talvez tenham vindo buscá-la, como fizeram comigo. Para que ela não morresse aqui. Segundo eles, foi por isso que me levaram embora; disseram que a cirurgia de Babble no meu ombro não foi bem feita e que eu iria morrer.

— Acredita nisso? — perguntou Ignatz Thugg.

Com sinceridade, Morley respondeu:

— Não sei. Pode ter sido. Afinal, eles podiam muito bem ter me dado um tiro aqui mesmo, como fizeram com Belsnor. — Ele pensou: será que Belsnor era o único que eles tinham assassinado? E nós matamos o resto? Isso parecia confirmar a hipótese de Frazer, e eles talvez não tivessem a intenção de matar Belsnor; estavam com pressa e evidentemente achavam que suas pistolas estavam ajustadas apenas para atordoar.

E provavelmente tinham muito medo de nós.

— Eu acho — disse Mary — que eles interferiram o mínimo possível no que fizemos. Afinal, era um experimento; eles queriam saber como tudo iria se desenrolar. Então quando perceberam o rumo que as coisas estavam tomando mandaram Russell para cá... e depois mataram Belsnor. Mas talvez não vissem nada errado em matar Belsnor, afinal de contas ele próprio tinha matado Tony. Mesmo que a gente entenda o... — Ela ficou à procura da palavra adequada.

— Desequilíbrio — disse Frazer.

— Sim, o desequilíbrio que ele sofria. Ele pode ter obtido aquela espada de alguma outra maneira. — Com suavidade, ela pousou a mão no ombro ferido do marido. Muito de leve, mas com sentimento. — É por isso que queriam salvar Seth. *Seth não havia assassinado ninguém*; era inocente. E você... — Ela produziu um grunhido de ódio para Thugg. — Você teria sido capaz de entrar aqui e matá-lo enquanto ele estava ferido.

Ignatz Thugg fez um gesto displicente, de pouca atenção.

— E a sra. Rockingham — prosseguiu Mary — também não tinha cometido nenhum crime. Então eles a salvaram também. Quando um experimento dessa natureza foge do controle, eles tentam salvar quem quer que...

— Tudo que você disse — interrompeu Frazer — parece confirmar que estou com a razão. — Ele deu um sorriso desdenhoso, como se nada daquilo fosse uma preocupação pessoal sua. Como se não estivesse envolvido.

— Deve haver alguma outra coisa acontecendo — disse Seth Morley. — Eles não teriam permitido que os assassinatos se sucedessem dessa forma. Eles tinham que estar sabendo de tudo. Pelo menos até enviarem Russell. Mas acho que a essa altura eles já sabiam.

— Talvez eles não estivessem nos monitorando direito — disse Babble. — Se estavam dependendo daqueles pequenos insetos que andam por toda parte com suas camerazinhas de TV...

— Eles certamente têm mais do que isso — retrucou Seth Morley. E para a esposa: — Reviste os bolsos de Russell; veja o que consegue descobrir. Etiquetas nas roupas, o tipo de relógio ou equivalente que ele leva, pedaços de papel...

— Sim — disse ela, e começou a remover com cuidado o casaco novo e vistoso de Russell.

— Olhe a carteira dele — disse Babble, quando Mary a pegou em um bolso. — Me dê aqui, vamos ver o que há dentro. —

Ele pegou a carteira e começou a examiná-la. — Identificação. Ned W. Russell, residente na cúpula-colônia em Sirius 3. Idade, vinte e nove anos. Cabelo castanho. Olhos castanhos. Altura, um metro e oitenta e dois. Piloto autorizado a manobrar veículos espaciais das classes B e C. — Ele pesquisou mais na carteira. — Casado. Aqui está uma foto 3D de uma moça, sem dúvida sua esposa. — Revistou mais. — E aqui. Fotos de um bebê.

Por algum tempo, ninguém disse nada.

— De qualquer modo — continuou Babble, por fim —, aí não há nada de valioso para nós. Nada que nos revela alguma coisa. — Ele dobrou para cima a manga esquerda da camisa de Russell. — O relógio: um Omega automático. Um bom relógio. — Dobrou a manga ainda mais para cima. — Uma tatuagem. Na parte interna do antebraço. Que estranho, é a mesma coisa que eu tenho tatuada no meu braço, e no mesmo local. — Ele percorreu a tatuagem no braço de Russell com a ponta do dedo. — Persus 9 — murmurou.

Depois desabotoou a própria manga do braço esquerdo e a enrolou para cima: ali, de fato, estava a mesma tatuagem em seu braço, exatamente no mesmo ponto.

— Eu tenho uma no peito do pé — disse Seth Morley.

Estranho, pensou ele. Não pensava naquela tatuagem havia muitos anos.

— Como fez a sua? — perguntou Babble. — Não lembro nada sobre a minha, já faz muito tempo. E não lembro o que significa, se é que algum dia já soube. Parece algum tipo de marca de identificação do serviço militar. Uma localização. Um posto militar em Persus 9.

Seth olhou o restante do grupo. Todos traziam no rosto uma expressão de extremo desconforto e ansiedade.

— Todos vocês têm essa marca também — disse Babble a eles, depois que transcorreu bastante tempo.

— Alguém aí lembra quando foi tatuado? — perguntou Seth Morley. — Ou por quê? Ou o que isso significa?

— Eu tenho a minha desde que era criança — disse Wade Frazer.

— Você nunca foi criança — retrucou Seth Morley.

— Que coisa estranha de se dizer — comentou Mary.

— Eu quis dizer — respondeu Seth Morley — que é impossível imaginá-lo criança.

— Mas não foi isso que você falou — disse Mary.

— Que diferença faz o que eu falei? — Ele sentiu uma brusca irritação. — Isso quer dizer que nós todos temos um elemento em comum, essa anotação gravada na carne. Provavelmente os que já morreram também têm. Susie e todos os demais. Bem, vamos encarar os fatos: nosso cérebro está saturado de alguma droga que provoca amnésia. Se não fosse assim, lembraríamos por que fomos tatuados e o que isso significa. Saberíamos o que é Persus 9, ou era quando a tatuagem foi feita. Receio que isso confirme a teoria de que somos criminalmente insanos; provavelmente recebemos essas marcas quando éramos prisioneiros do Edifício. Não nos lembramos dessa época, portanto também não nos lembramos das tatuagens. — Ele ficou alguns instantes mergulhado em pensamentos, ignorando por algum tempo o restante do grupo. — Como em Dachau. Acho que é importante descobrirmos o que essas tatuagens significam. É o primeiro indício realmente sólido a respeito de quem somos e do que é este assentamento. Alguém tem alguma sugestão para descobrirmos o significado de "Persus 9"?

— Talvez haja algo na biblioteca de referência do squib — disse Thugg.

— Talvez. Podemos tentar — disse Seth Morley. — Mas minha primeira sugestão é perguntarmos ao Tenc. E eu quero estar lá. Podem me levar com vocês no squib? — Porque, pensou ele, se me deixarem aqui acabarei sendo assassinado, tal como aconteceu com Belsnor.

— Ajudarei você a embarcar — disse o dr. Babble —, com

uma condição. Primeiro, vamos consultar a biblioteca de referência do squib. Se não encontrarmos nada lá, vamos à procura do Tenc. Mas se for possível extrair do squib as informações de que precisamos, não teremos que nos arriscar tanto...

— Ótimo — disse Morley.

Mas ele sabia que os serviços de referência da nave não iriam revelar coisa alguma.

Guiados por Ignatz Thugg, eles deram início à manobra de levar Seth Morley, acompanhado pelos demais, para dentro do squib.

Sentado mais uma vez à mesa de controle do squib, Morley ligou o botão REFERÊNCIAS.

— Sssim, sssenhorrr — guinchou a máquina.

— A que corresponde a designação "Persus 9"? — perguntou ele.

Um zumbido e em seguida a máquina falou com sua voz *vodor*:

— Não tenho informação sobre Persusss 9.

— Se fosse um planeta, ele estaria em seus registros?

— Sssim, caso fosse conhecido pelas autoridades de Interplan West ou de Interplan East.

— Obrigado. — Seth Morley desligou o serviço de REFERÊNCIAS. — Eu tinha impressão de que ele não saberia. E uma impressão ainda mais forte de que o Tenc sabe. — A impressão de que, na verdade, a finalidade crucial do Tenc seria a de responder a essa pergunta.

Como? Ele não fazia a menor ideia.

— Eu posso pilotar a nave — disse Thugg. — Você está muito ferido, é melhor ir deitado.

— Não há espaço para deitar aqui, com tantas pessoas — disse Seth Morley.

Todos se afastaram, e ele se estirou no piso, agradecido. O squib, nas mãos de Ignatz Thugg, partiu rumo ao céu. Um assassino pilotando, pensou Seth Morley. E um médico que também é um assassino.

E minha esposa. Uma assassina. Ele fechou os olhos.

O squib cortou o céu, em busca do Tenc.

— Ali está ele — disse Wade Frazer, estudando a tela do monitor. — Desça com a nave.

— Está bem — concordou Thugg, satisfeito.

Moveu a esfera de controle, e a nave começou a descer.

— Será que vão captar nossa presença? — indagou Babble, nervoso. — Lá no Edifício?

— Provavelmente — respondeu Thugg.

— Não podemos voltar agora — disse Seth Morley.

— Claro que podemos — retrucou Thugg. — Mas ninguém sugeriu isso. — Ele ajustou os controles; a nave planou numa longa e suave trajetória de pouso e aterrou ruidosamente.

— Me levem para fora — disse Morley, pondo-se de pé com dificuldade; sua cabeça voltou a latejar.

Era como se dentro dela, pensou, estivesse zumbindo uma corrente de sessenta ciclos. Medo, é o medo que está me deixando assim. Não o ferimento.

Cuidadosamente, eles desceram do squib para o chão árido, crestado pelo sol. Um cheiro pungente, como o de algo queimando, chegou às suas narinas. Mary virou o rosto para o lado oposto ao cheiro e parou para assoar o nariz.

— Onde está o rio? — perguntou Seth Morley, olhando ao redor.

O rio desaparecera.

Ou talvez nós tenhamos descido em outro ponto, pensou Seth Morley. Talvez o Tenc tenha se deslocado. E então ele o viu, não muito longe dali. O Tenc tinha conseguido se camuflar quase com perfeição ao ambiente em volta. Como um sapo do deserto, pensou ele. Recuando para a areia.

Rapidamente, Babble rabiscou num pedaço de papel, e quando terminou o estendeu para Seth Morley, para confirmação.

O QUE É PERSUS 9?

— Isso basta. — Seth Morley passou o papel para as mãos dos demais; todos concordaram. — Muito bem — disse ele, no tom mais decidido que conseguiu. — Ponha-o diante do Tenc.

A grande massa globular de protoplasma ondulou ligeiramente, como se tivesse conhecimento da presença deles ali. Então, quando a pergunta foi colocada à sua frente, o Tenc começou a estremecer... como se quisesse se afastar de nós, pensou Seth Morley. O ser balançou para a frente e para trás, evidentemente incomodado. Parte dele começou a se liquefazer.

Algo está errado, percebeu Seth Morley. O ser não estava agindo como da vez anterior.

— Para trás! — advertiu Babble, agarrando Morley pelo ombro sadio e forçando-o a recuar.

— Meu Deus — disse Mary —, ele está se desmanchando. — Virando-se com rapidez, ela começou a correr para longe do Tenc, e entrou de volta no squib.

— Ela tem razão — disse Wade Frazer, e também afastou-se.

— Acho que ele vai... — disse Babble, mas um som lamentoso brotou do Tenc, abafando a voz dele.

O Tenc oscilou, mudou de cor; um líquido começou a vazar por baixo dele, formando uma poça cinzenta e agitada à sua volta. E, então, enquanto todos o fitavam atônitos, o Tenc se rompeu. Partiu-se em dois pedaços, e um instante depois em quatro.

— Talvez ele esteja dando à luz — disse Seth Morley, por cima do gemido lamentoso que continuava a soar.

Gradualmente, o som foi ficando mais intenso. E mais urgente.

— Ele não está dando à luz coisa nenhuma — disse Seth Morley. — Está se desfazendo em pedaços. Nós o matamos com a nossa pergunta; ele não é capaz de responder. Em vez disso, está sendo destruído. Para sempre.

— Vou pegar a pergunta de volta. — Babble se ajoelhou, e puxou o papel que estava pousado no chão perto do Tenc.

O Tenc explodiu.

Ficaram ali por mais algum tempo, silenciosos, observando as ruínas do que tinha sido o Tenc. Gelatina por toda parte... um círculo feito dela, em torno dos despojos na parte central. Seth Morley avançou alguns passos; Mary e os outros que tinham se afastado retornaram cheios de cautela, agrupando-se junto dele para contemplar a cena. Para ver o que tinham feito.

— Por quê? — perguntou Mary, agitada. — O que poderia haver numa simples pergunta que...

— É um computador — disse Seth Morley.

Ele via os componentes eletrônicos no meio da gelatina, expostos depois da explosão do Tenc. O núcleo oculto, a parte eletrônica do computador, estava visível. Fios, transistores, circuitos impressos, cilindros armazenadores de fita magnética. Cristais sensíveis Thurston, milhares de válvulas básicas de *irmadium* espalhadas por toda parte no chão, como fogos de artifício, daqueles chamados *lady crackers*, lembrou Seth Morley. Pedaços tinham sido arremessados em todas as direções. Não tinha restado muita coisa passível de conserto. O Tenc, como ele percebera, estava destruído para sempre.

— Quer dizer então que todo esse tempo ele era algo inorgânico — disse Babble, parecendo atordoado. — Você não sabia disso, sabia, Morley?

— Eu tinha uma intuição — respondeu Seth Morley —, mas era uma intuição errada. Pensei que ele iria responder à pergunta, e que seria o único ser vivo capaz de fazê-lo. — E como estava errado.

— Você tinha razão a respeito de uma coisa, Morley — disse Wade Frazer. — Essa pergunta é o xis da questão, evidentemente. Mas o que fazemos agora?

O solo em volta do Tenc fumegava, como se o material gelatinoso e as peças de computador estivessem desencadeando alguma espécie de reação térmica em cadeia. A fumaça que se elevava dali tinha um aspecto ominoso. Seth Morley, por motivos que não compreendia, sentia, captava a seriedade da situação. Sim, pensou ele: uma reação em cadeia que nós provocamos e que não sabemos como interromper. Até onde ela irá?, perguntou-se, soturno. A essa altura, largas rachaduras começavam a aparecer no chão em volta do Tenc. O líquido que continuava a brotar dos despojos da criatura agonizante escorria para dentro delas, e Morley podia ouvir, vindo lá das profundezas, um ruído baixo e profundo, como se alguma coisa imensa e morbidamente maligna tivesse sido despertada pela explosão na superfície.

O céu começou a escurecer.

Incrédulo, Wade Frazer disse:

— Deus do céu, Morley, o que foi que você fez com essa sua... pergunta? — Ele fez um gesto que parecia um espasmo sem coordenação motora. — O lugar está se autodestruindo!

Ele tinha razão. Fissuras começavam a aparecer por toda parte; em mais alguns instantes não haveria nenhum lugar seguro para eles. *O squib*, lembrou Seth Morley. Temos que voltar para lá.

— Babble — disse ele, quase sem voz —, leve a gente de volta para o squib.

Mas Babble tinha desaparecido. Olhando em redor, no

meio daquela penumbra turbulenta, Seth Morley não viu nenhum sinal dele — nem dos outros.

Já foram para o squib, pensou ele. Do jeito que pôde começou a caminhar também para lá. Até mesmo Mary, percebeu ele. Os bastardos. Cambaleando, ele conseguiu alcançar a escotilha do squib, que estava aberta.

No solo, bem perto dele, surgiu uma rachadura com quase dois metros de largura, aumentando cada vez mais enquanto ele ficava ali parado. Ele olhou o fundo daquela fenda. Lá embaixo ondulava alguma coisa, uma coisa pegajosa, imensa, sem olhos; uma coisa que nadava num líquido negro e malcheiroso, e que não percebia a presença dele.

— Babble! — chamou ele, a voz esganiçada, enquanto conseguia subir o primeiro degrau da escada de acesso ao squib.

Conseguiu olhar lá para dentro, e guindar o corpo para cima usando o braço sadio.

Não havia ninguém dentro da pequena nave.

Estou sozinho e mal pago, pensou. O squib estremecia e se inclinava enquanto o chão balançava. Começou a chover; ele sentiu o impacto de gotas escuras e quentes, de uma chuva acre, como se não fosse água, mas uma substância menos agradável. Aquelas gotas irritaram sua pele; ele arrastou-se de qualquer jeito para dentro do squib, onde ficou tossindo e engasgando, tentando freneticamente imaginar onde estariam todos os outros. Nenhum sinal de qualquer um deles. Ele cambaleou até se postar diante do monitor. O squib balançou com força; o casco estremeceu e ficou instável. Está sendo puxado para baixo, pensou ele. Preciso decolar; não posso perder mais tempo procurando por eles. Ele apertou um botão, ligando o motor da nave. Manipulando a esfera de controle, projetou o squib, tendo em seu interior ele, apenas ele, sozinho, na direção daquele céu tempestuoso e escuro... um céu ameaçador a qualquer forma de vida. Ouvia a chuva martelando de encontro ao casco; que chuva era aquela?, pensou. Parecia um ácido. Talvez acabe corroendo o casco e destruindo tanto o squib quanto a mim mesmo.

Sentando-se, clicou nos controles do monitor, ampliando ainda mais a imagem. Fez a câmera girar, enquanto programava o squib para descrever uma órbita circular.

Na tela apareceu o Edifício. O rio, cheio e sujo de lama, chocava-se raivosamente contra as paredes. O Edifício, confrontando esse perigo, projetava para o lado de fora uma ponte que transpunha as águas, uma ponte que, Seth Morley avistou nesse instante, estava sendo percorrida por homens e mulheres que passavam por sobre as águas e entravam no Edifício.

Todas aquelas pessoas eram bem velhas. Grisalhas e frágeis como ratinhos feridos, eles se agrupavam e avançavam, com passinhos curtos, na direção do Edifício. Não vão conseguir, pensou Morley. Quem serão essas pessoas?

Olhando a tela mais de perto ele reconheceu a esposa. Mas estava velha, tanto quanto os outros. Corcunda, cambaleante, assustada... E então ele viu Susie Smart. E o dr. Babble. Conseguia então reconhecer todos. Russell, Ben Tallchief, Glen Belsnor, Wade Frazer, Betty Jo Berm, Tony Dunkelwelt, Ignatz Thugg, Maggie Walsh, o velho Bert Kosler — que não mudara nada, já era bastante velho — e Roberta Rockingham; e no fim da fila, Mary.

O Destruidor de Formas os tinha capturado, percebeu Seth Morley. E os deixara daquele jeito. E todos se encontravam de volta ao lugar de onde tinham saído. Para sempre. Para morrer ali.

O squib, em volta dele, continuava vibrando. O casco ressoava repetidamente. Alguma coisa dura e metálica batia do lado de fora. Ele fez o squib subir cada vez mais, e o barulho diminuiu. O que teria sido aquilo?, pensou ele, examinando novamente a tela.

E então ele viu.

O Edifício estava começando a se desintegrar. Partes dele, pedaços de plástico e de liga metálica presos uns aos outros, eram arremessadas como que por um furacão. A ponte delicada que passava sobre o rio se partiu, e ao tombar nas águas carregou consigo as pessoas que ainda a cruzavam, arrastando-as para a morte; com os destroços da ponte elas mergulharam na voragem da água lamacenta e ali desapareceram. Mas aquilo não fez diferença; o Edifício estava morrendo também. De qualquer modo eles não teriam chegado a nenhum lugar seguro.

Sou o único que escapou, pensou. Gemendo de tristeza, ele manipulou a esfera de controle e a nave destacou-se ruidosamente da órbita que percorria e saiu numa tangente, de volta ao assentamento.

O motor do squib morreu e ficou em silêncio.

Ele não ouvia mais nada, a não ser as pancadas de chuva no casco do squib. A nave descreveu um longo arco no céu, descendo mais a cada momento.

Ele fechou os olhos. Fiz o que pude o tempo inteiro, disse a si mesmo. Não pude fazer mais do que isso. Eu tentei.

O squib tocou o solo, ricocheteou, e ele foi arremessado no piso. Um pedaço do casco arrebentou-se com o choque e foi arrancado. Ele sentiu a chuva ácida jorrar lá dentro, encharcando-o. Abrindo os olhos vidrados pela dor ele viu que a chuva estava abrindo buracos na sua roupa, corroendo seu corpo. Viu isso numa fração de segundo; o tempo pareceu ter parado enquanto o squib deslizava pelo terreno, rolava de cabeça para baixo... Ele não sentia mais nada, nem medo, nem angústia, nem dor: apenas vivenciava a morte da nave, e a sua própria, como se fosse um observador distante.

O squib deslizou mais um pouco e por fim parou. Silêncio, exceto pelo gotejar da água ácida nele. Morley estava caído, semicoberto por destroços: pedaços da mesa de controle e do monitor estilhaçado. Meu Deus, pensou ele. Não sobrou nada, e daqui a pouco a terra vai se abrir e engolir este squib comigo dentro. Mas isso não importa, pensou, porque estou morrendo. No meio do vazio, da falta de sentido e da solidão. Como todos os outros que já se foram antes deste fragmento do que já foi um grupo. Intercessor, pensou ele, intercedei por mim. Substituí-me; morrei por mim.

Ele esperou. Ouvindo apenas o gotejar da chuva.

15

Glen Belsnor removeu o cilindro poliencefálico da cabeça dolorida, pousou-o com cuidado, levantou-se e ficou de pé, com o corpo oscilando um pouco. Esfregou a testa e sentiu que doía bastante. Esta não foi nada boa, pensou ele. Desta vez não conseguimos nos sair bem.

Mancando até a sala de refeições da nave, ele serviu um copo de água engarrafada, meio morna. Remexendo nos bolsos, encontrou uma pílula de um poderoso analgésico, colocou na boca e engoliu com alguns goles de água reprocessada.

Em seus cubículos, os outros começavam a se agitar. Wade Frazer estava mexendo no cilindro que cobria seu crânio e o couro cabeludo e o cérebro, e a alguns cubículos de distância Sue Smart parecia também estar recobrando a consciência homoencefálica.

Enquanto ajudava Sue Smart a retirar o cilindro, ele ouviu um lamento. Um gemido de grande sofrimento. Viu que era Seth Morley.

— Está bem — disse Belsnor. — Vou tirar você daí assim que puder.

Todos estavam voltando a si. Ignatz Thugg agarrou com força seu cilindro, e conseguiu desaparafusá-lo da base presa ao seu queixo, e sentou-se, com olhos inchados, uma expressão hostil de desagrado no rosto lívido e estreito.

— Me dê uma força — disse Belsnor. — Acho que Morley está em choque. Ajude Babble a se levantar.

— Morley vai ficar bem — afirmou Thugg, seco; esfregou os olhos e fez uma careta como que nauseado. — Sempre fica.

— Mas está em choque. A morte dele não deve ter sido boa.

Thugg ficou de pé, assentindo com uma expressão embrutecida.

— Como quiser, capitão.

— Eles precisam de calor — disse Belsnor. — Aumente a temperatura auxiliar em alguns graus. — Ele se debruçou sobre o corpo deitado do dr. Milton Babble. — Vamos, Milt — disse, com insistência, enquanto removia o cilindro do outro.

Por todo lado, outros membros da equipe se sentavam em seus leitos, gemendo.

Erguendo a voz, o capitão Belsnor se dirigiu a todos:

— Estão todos bem, agora. Desta vez foi um fiasco, mas vocês, como sempre, vão ficar bem. Apesar de tudo pelo que passaram. O dr. Babble vai lhes dar uma injeção que facilitará a transição da fusão poliencefálica para as funções homoencefálicas normais. — Ele esperou um instante, depois repetiu o que acabara de dizer.

Seth Morley, ainda trêmulo, perguntou:

— Estamos a bordo da Persus 9?

— Estamos de volta à nave — informou Belsnor. — A bordo da Persus 9. Lembra como morreu, Morley?

— Alguma coisa horrível me aconteceu — respondeu Morley, com dificuldade.

— Bem — disse Belsnor —, você teve aquele ferimento no ombro.

— Estou falando depois. Depois do Tenc. Lembro que pilotei um squib... ele perdeu a potência... se desintegrou na atmosfera... Ou fui dilacerado ou estraçalhado. Eu estava espalhado por todo o squib, quando ele terminou de rolar pelo chão.

— Não espere que eu lamente por você — disse Belsnor. Afinal, ele próprio, durante a fusão poliencefálica, tinha sido eletrocutado.

Sue Smart, com os longos cabelos ainda emaranhados, o seio direito quase pulando dos botões da blusa, tocou cautelosamente a parte de trás da cabeça e fez uma careta.

— Acertaram você com uma pedra — disse Belsnor.

— Mas por quê? — perguntou Sue. Ainda atordoada. — O que eu fiz de errado?

— Não foi culpa sua — disse Belsnor. — Esta acabou se revelando muito hostil. Estávamos desabafando a nossa agressividade reprimida. Isso é evidente.

Ele lembrava, não sem muito esforço, que tinha atirado em Tony Dunkelwelt, o membro mais jovem da equipe. Espero que ele não fique muito zangado, pensou o capitão Belsnor. Não deveria. Afinal, ao dar asas à sua própria hostilidade, Dunkelwelt havia assassinado Bert Kosler, o cozinheiro da Persus 9.

Nós praticamente nos exterminamos uns aos outros, pensou o capitão Belsnor. Espero (ou melhor, rezo) que a próxima seja diferente. Deverá ser; como nas vezes anteriores, conseguimos nos livrar de toda a nossa hostilidade nesta fusão, neste episódio em (como era mesmo o nome) Delmak-O.

Para Babble, que já estava de pé, tentando desajeitadamente arrumar a roupa em desalinho, Belsnor disse:

— Comece a agir, doutor. Veja quem necessita de alguma coisa. Analgésicos, tranquilizantes, estimulantes... eles estão precisando. Mas... — Ele se inclinou mais sobre Babble. — Não lhes dê nada que esteja em baixa no estoque, como já lhe falei, embora o senhor ignore.

Debruçando-se sobre Betty Jo Berm, Babble perguntou:

— Precisa de alguma terapia química, srta. Berm?

— Eu... acho que vou ficar bem — disse Betty Jo Berm, sentando-se no leito, com um pouco de dor. — Se eu puder ficar apenas sentada aqui, descansando... — Ela conseguiu dar um sorriso breve, sem brilho. — Eu me afoguei. Ugh. — Fez uma cara exausta, mas sua expressão já ganhava ares de alívio.

Dirigindo-se mais uma vez a todo o grupo, Belsnor disse com voz calma mas firme:

— Com certa relutância, estou cancelando este constructo, por ser desagradável demais para que tentemos outra vez.

— Mas — disse Frazer, acendendo o cachimbo com dedos ainda trêmulos — ele é altamente terapêutico. Do ponto de vista psiquiátrico.

— Mas fugiu do nosso controle — acrescentou Sue Smart.

— Era para ser assim — disse Babble, enquanto assistia os outros, ajudando-os a se levantar, fornecendo o que precisavam. — Foi o que chamamos de catarse total. Agora vamos ter muito menos hostilidade disfarçada entre os membros da tripulação.

— Babble, espero que sua hostilidade contra mim tenha passado — disse Ben Tallchief. E completou: — E quanto ao que me fez... — Ele olhou para o médico.

— "A nave" — murmurou Seth Morley.

— Sim — disse o capitão Belsnor, com um leve sarcasmo, achando graça. — O que foi mais que esqueceu desta vez? Precisa de um relatório? — Ele esperou, mas Seth Morley ficou em silêncio; parecia em transe. — Dê-lhe algum tipo de anfetamina — disse Belsnor ao dr. Babble. — Para que ele volte à lucidez. — Aquilo acontecia geralmente com Morley; sua capacidade de se adaptar à brusca transição entre a nave e os mundos de fusão poliencefálica era quase nula.

— Eu vou ficar bem — disse Seth Morley, e fechou os olhos exaustos.

Ficando de pé, Mary Morley foi até onde ele estava, acomodou-se ao seu lado e tocou o ombro dele. Seth fez menção de fugir ao contato, lembrando o ferimento no ombro... e descobriu então que, estranhamente, a dor tinha desaparecido. Com cuidado, apalpou o ombro. Nenhum ferimento. Nenhuma artéria vertendo sangue. Coisa estranha, pensou. Mas acho que é assim todas as vezes. Tenho uma vaga lembrança.

— Precisa de alguma coisa? — perguntou a esposa.

— Você está bem? — retrucou ele. Ela assentiu. — Por que matou Sue Smart? — perguntou ele, e logo completou, ao ver a expressão tensa, meio transtornada, no rosto dela: — Não tem importância. Não sei, mas esta vez realmente me abalou. Toda aquela matança. Isso nunca nos aconteceu antes, foi terrível. O psico-circuito deveria ter sido interrompido logo depois da primeira morte.

— Você ouviu o que Frazer disse — falou Mary. — Era necessário. Estávamos numa escalada de tensão aqui na nave.

Morley pensou: agora sei por que o Tenc explodiu. Quando lhe perguntamos "O que quer dizer Persus 9?" Não admira que ele fosse pelos ares... e arrastasse com ele o constructo inteiro. Pedaço por pedaço.

A cabine da nave era ampla, excessivamente familiar, e ele olhou ao redor com atenção. Sentia uma espécie de horror macabro vendo-a novamente. Para ele a realidade da nave era mais desagradável do que a de... Como era mesmo o nome? Delmak-O. Isso mesmo. Fizemos um arranjo de letras aleatório, com a ajuda do computador da nave, e ficamos presos ao nome escolhido. Uma aventura excitante que acabou numa carnificina sombria. Em que morremos todos, quando a história chegou ao fim.

Ele examinou o calendário do seu relógio. Doze dias tinham transcorrido. Em tempo real, doze dias inteiros, interminavelmente longos; no tempo poliencefálico, somente um pouco mais de vinte e quatro horas. A não ser que ele incluísse os "oito anos" que teria passado em Tekel Upharsin, algo que de fato não poderia fazer. Eram dados de memória manufaturados, implantados em sua mente durante a fusão, para dar uma aparência de autenticidade àquele empreendimento poliencefálico.

E o que foi que nós inventamos?, perguntou-se ele, ainda com os olhos lacrimejando. A teologia inteira, percebeu então. Haviam alimentado o computador com todos os dados que tinham a respeito de religiões mais avançadas. O TENC 889B recebera todos os dados relativos a judaísmo, cristianismo, islamismo, zoroastrismo, budismo tibetano... uma complexa massa de informações, a partir das quais o TENC 889B destilou uma complexa religião, uma síntese de todos os fatores envolvidos. *Nós a inventamos*, pensou Seth Morley, espantado: a lembrança do *Livro* de Specktowsky ainda preenchia sua mente por inteiro. O Intercessor, o Mentifaturador, o Caminhante na Terra... até mesmo a ferocidade do Destruidor de Formas. Uma destilação da experiência total do homem em relação a Deus: um tremendo sistema lógico, uma rede confortadora deduzida pelo computador a partir dos postulados que recebera, em particular o postulado de que havia um Deus.

E Specktowsky... ele fechou os olhos, recordando.

Egon Specktowsky tinha sido o primeiro capitão daquela nave. Morrera no acidente que os deixara aprisionados naquela órbita. Um detalhe sutil concebido pelo TENC 889B, o de fazer do querido capitão o autor do sistema galáctico de crença que servira de base ao mundo mais recente imaginado por eles. A admiração, a quase adoração que tinham por Egon Specktowsky tinha sido transferida para o episódio vivido por eles em Delmak-O, porque para eles, num certo sentido, ele era um deus — funcionava, na vida deles, como um deus teria funcionado. Esse detalhe tinha dado ao mundo fictício um ar de plausibilidade; encaixava-se perfeitamente às suas ideias preconcebidas.

A mente poliencefálica, pensou ele. Originalmente um brinquedo, uma via de escape para nos divertir durante a viagem de vinte anos de duração. Mas a viagem não iria mais durar vinte anos: ia se prolongar até que eles morressem, um por um, em alguma época remota e indefinível, que nenhum deles seria capaz de imaginar com precisão. E por um bom motivo: tudo, especialmente o caráter interminável da viagem, se transformara para eles no pior dos pesadelos.

Poderíamos sobreviver aos vinte anos, pensou Seth Morley, *se soubéssemos que aquilo ia mesmo acabar*. Isso bastaria para nos manter mentalmente sãos e vivos. Mas depois do acidente eles estavam circulando, para sempre, uma estrela morta. O transmissor, por causa do acidente, não funcionava mais, e com isso um brinquedo escapista, típico dos que eram geralmente usados nas longas viagens interestelares, tornara--se o derradeiro apoio para a sanidade mental ali.

É isso que na verdade nos preocupa, pensou Morley. O medo de que nós acabemos deslizando de um em um para a psicose, deixando os outros ainda mais sozinhos. Ainda mais isolados da humanidade e de tudo que tem relação com a humanidade.

Meu Deus, pensou ele, como eu gostaria de poder voltar para Alfa do Centauro. Se pelo menos...

Mas não adiantava ficar pensando assim.

Ben Tallchief, o chefe de manutenção da nave, disse:

— Não posso acreditar que nós mesmos inventamos a teologia de Specktowsky. Parecia tão real. Tão à prova de falhas.

— O *computador* fabricou a maior parte dela. Claro que é à prova de falhas — disse Belsnor.

— Mas a ideia básica foi nossa — disse Tony Dunkelwelt. Ele estava com a atenção voltada para o capitão Belsnor. — Você me matou ali.

— Nós nos detestamos — disse Belsnor. — Eu detesto você, e você me detesta. Ou pelo menos era assim antes do episódio de Delmak-O. — Virando-se para Wade Frazer, ele disse: — Talvez você tenha razão; não me sinto mais tão irritado agora. — Com ar sombrio, ele disse: — Mas vai acabar voltando, dentro de uma ou duas semanas.

— Será que nos odiamos tanto, de fato? — perguntou Sue Smart.

— Sim — respondeu Wade Frazer.

Ignatz Thugg e o dr. Babble ajudaram a idosa sra. Rockingham a ficar de pé.

— Ai, Deus — arquejou ela, com o rosto enrugado bastante vermelho. — Esta vez foi simplesmente horrível. Que lugar terrível, terrível mesmo. Espero nunca mais ter que ir para lá. — Ela se aproximou e agarrou a manga do capitão Belsnor. — Não vamos ter que passar de novo por tudo aquilo, não é mesmo? Acho, com toda a honestidade, que a vida a bordo desta nave é mil vezes preferível àquele lugarzinho maligno, selvagem.

— Nós não voltaremos a Delmak-O — afirmou Belsnor.

— Graças aos céus — disse a sra. Rockingham, sentando-se, ainda ajudada por Thugg e dr. Babble. — Obrigada, vocês são muito gentis. Posso tomar um café, sr. Morley?

— Café? — repetiu ele, e então lembrou-se. Ele era o cozinheiro da nave. Todos os preciosos mantimentos, inclusive café, chá e leite, estavam sob a sua guarda. — Vou pôr uma cafeteira no fogo.

Na cozinha, ele colocou várias colheres do pó negro na parte superior da cafeteira. Notou então, como já acontecera várias vezes antes, que o estoque estava diminuindo. Dentro de mais alguns meses iria se esgotar por completo.

Mas este é justamente um momento em que o café é necessário, concluiu ele, e continuou a servir o pó. Estamos todos abalados. Como nunca antes.

Sua esposa Mary entrou na cozinha.

— E o Edifício, o que era? — perguntou ela.

— O Edifício. — Ele encheu a cafeteira com água reprocessada. — Era a fábrica da Boeing em Proxima 10. Onde a nave foi construída. Foi lá que embarcamos, lembra? Passamos dezesseis meses na Boeing, em treinamento, testando a nave, carregando tudo para embarque e arrumando. Deixando a Persus pronta para subir ao espaço.

Mary estremeceu e perguntou:

— E aqueles homens de uniforme preto?

— Não sei — disse Seth Morley.

Ned Russell, o policial militar a bordo da nave, vinha chegando à cozinha.

— Isso eu posso explicar. Os guardas vestidos de couro preto indicavam uma tentativa de encerrar tudo e começar novamente. Eram dirigidos pelos pensamentos daqueles que já haviam "morrido".

— Disso você entende — disse Mary, secamente.

— Calma — disse Seth Morley, abraçando-a. Desde o princípio, muitos deles não tinham se dado bem com Russell. O que era previsível, considerando a função que ele ocupava.

— Algum dia, Russell — disse Mary —, você vai tentar tomar o poder dentro da nave, vai derrubar o capitão Belsnor.

— Não — respondeu Russell, com calma. — Meu único interesse aqui é manter a paz. Foi para isso que me mandaram, e é isso que pretendo fazer. Não me importo se uns me querem fora daqui e outros não.

— Meu Deus, eu bem queria que houvesse mesmo um Intercessor — disse Seth Morley. Ele ainda achava difícil acreditar que eles tinham fabricado toda a teologia de Specktowsky. — Em Tekel Upharsin, quando o Caminhante na Terra veio até mim, aquilo pareceu tão real. Ainda parece. Não consigo apagar.

— Foi por isso que o criamos — comentou Russell. — Porque queríamos algo assim. Não tínhamos nada parecido, e precisávamos ter. Agora estamos de volta à realidade, Morley, e mais uma vez temos que enfrentar as coisas como são. A sensação não é das melhores, não é mesmo?

— Não — disse Seth Morley.

— Gostaria de estar de volta a Delmak-O? — perguntou Russell.

— Sim — respondeu ele, depois de uns instantes.

— Eu também — disse Mary, um pouco depois.

— Receio — acrescentou Russell — que tenha de concordar com vocês. Por pior que fosse, por pior que tenhamos nos comportado... pelo menos ali havia esperança. E aqui nesta nave... — Ele fez com a mão um gesto convulsivo, como de uma lâmina decepando algo. — Nada! Esperança nenhuma! Até ficarmos tão velhos como Roberta Rockingham e morrermos todos.

— A sra. Rockingham é uma mulher de sorte — disse Mary, amarga.

— De muita sorte — disse Russell, e o seu rosto se contraiu de uma raiva impotente e sinistra. E de sofrimento.

16

Depois do jantar daquela "noite", eles se reuniram na cabine de controle da nave. Chegara o momento de conceber outro mundo poliencefálico. Para que funcionasse, tinha que ser uma projeção conjunta da mente de todos. Do contrário, ele se desintegraria rapidamente, como ocorrera nos estágios finais do mundo de Delmak-O.

Em quinze anos de atividade, já estavam bastante experientes naquilo.

Especialmente Tony Dunkelwelt. Dos seus dezoito anos de idade, quase todos foram passados a bordo da Persus 9. Para ele, a posse de mundos poliencefálicos tinha se tornado um estilo normal de vida.

— Não nos saímos tão mal, afinal de contas. Conseguimos dar conta de quase duas semanas — disse o capitão Belsnor.

— Que tal um mundo aquático desta vez? — perguntou Maggie Walsh. — Poderíamos ser mamíferos como golfinhos, vivendo num oceano de águas mornas.

— Já fizemos isso, há uns oito meses — disse Russell. — Não está lembrada? Deixe-me ver... Sim, nós o chamamos de Aquasoma 3 e ficamos lá três meses de tempo real. Um mundo muito bem-sucedido, eu diria, e um dos mais duradouros. Claro que naquela fase estávamos menos hostis.

— Com licença — disse Seth Morley, e levantou-se e saiu da cabine, entrando por um corredor estreito.

Ali ficou, sozinho, esfregando o ombro. Uma dor puramente psicossomática perdurava ali, uma lembrança de Delmak--O, que ele provavelmente ainda levaria consigo por uma semana. *E isso é tudo*, pensou ele, *que restou daquele mundo em particular. Somente uma dor, e uma memória que se desvanece.*

E que tal um mundo, pensou ele, *em que estivéssemos muito bem mortos e enterrados, cada qual no seu caixão? É isso que de fato queremos.*

Não havia nenhum suicídio na nave havia quatro anos. A população tinha se estabilizado, pelo menos temporariamente.

Até que a sra. Rockingham morra, pensou ele consigo.

Eu bem gostaria de partir com ela, pensou. *Por quanto tempo poderemos resistir de verdade? Não muito mais. A mente de Thugg está se embaralhando; a de Frazer e a do dr. Babble não estão muito melhores. Ou a minha*, pensou ele. *Talvez eu esteja também desmoronando aos poucos. Wade Frazer tem razão: os assassinatos em Delmak-O mostram quanto descontrole e hostilidade existem em nós.*

Nesse caso, pensou ele de repente, *cada mundo de fuga nosso será cada vez mais selvagem... Russell está certo. Trata--se de um* padrão.

Ele pensou: *vamos sentir falta de Roberta Rockingham quando ela morrer. De todos nós, é a pessoa mais benigna e mais estável.*

Porque, ele percebeu, *ela sabe que vai morrer em breve.*

Nosso único consolo. A morte.

Eu poderia fazer umas aberturas em alguns cantos, percebeu ele, *e nossa atmosfera iria toda embora. Seria sugada pelo vácuo. E todos morreriam, de maneira mais ou menos indolor. Num só instante, muito breve.*

Pôs a mão na tranca de emergência de uma escotilha. Tudo

que preciso fazer, disse a si mesmo, é torcer essa coisa, no sentido anti-horário.

Ficou ali de pé, segurando a tranca, mas sem fazer nada. O que tivera a intenção de fazer o deixou imobilizado, como se o tempo tivesse parado. E tudo à sua volta lhe pareceu ter apenas duas dimensões.

Um vulto aproximou-se pelo corredor, vindo da parte traseira da nave, na sua direção. Barbudo, com um robe longo e largo. Um homem, jovem e ereto, com um rosto puro e brilhante.

— Caminhante — disse Seth Morley.

— Não — disse o vulto. — Eu não sou o Caminhante na Terra. Sou o Intercessor.

— Mas fomos nós que o inventamos. Com o TENC 889B.

— Estou aqui para levar vocês comigo. Para onde gostaria de ir, Seth Morley? Gostaria de ser o quê?

— Está se referindo a uma ilusão? Como os nossos mundos poliencefálicos?

— Não — disse o Intercessor. — Vocês estarão livres; vão morrer e nascer novamente. Eu vou guiá-los na direção do que quiserem, daquilo que é adequado e próprio para vocês. Diga-me o que é.

— Você não quer que eu mate os outros — disse Seth Morley, numa compreensão brusca. — Abrindo a escotilha.

O Intercessor abaixou a cabeça, assentindo.

— Essa decisão cabe a cada um deles. Você só pode decidir por si mesmo.

— Eu gostaria de ser uma planta no deserto — disse Seth Morley. — Podendo ver o sol o dia inteiro. Quero estar crescendo. Talvez um cacto, em algum planeta de clima quente. Onde ninguém vai me incomodar.

— Combinado.

— E dormir — disse Seth Morley. — Gostaria de ficar adormecido, mas tendo consciência do sol e de mim mesmo.

— É assim com as plantas — observou o Intercessor. — Elas dormem. E no entanto têm consciência de que existem. Então, está bem. — Ele estendeu a mão para Seth Morley. — Venha comigo.

De braço estendido, Seth Morley fechou os dedos firmes na mão do Intercessor. Ele sentiu-se alegre. Nunca sentira antes tamanha alegria.

— Você vai viver e dormir por mil anos — disse o Intercessor, e o conduziu dali mesmo na direção das estrelas.

Mary Morley, inquieta, disse ao capitão Belsnor:

— Capitão, não consigo encontrar meu marido. — Ela sentiu as lágrimas se avolumando lentamente nos olhos e escorrendo pelo rosto. — Ele sumiu — disse, quase em um gemido.

— Quer dizer que ele não está em nenhum lugar da nave? — perguntou Belsnor. — Como ele poderia sair sem abrir alguma das escotilhas? São a única saída possível, e se ele tivesse aberto qualquer uma delas nossa atmosfera teria escapado, e estaríamos todos mortos.

— Sei disso — disse ela.

— Então ele ainda deve estar na nave. Vamos procurá-lo assim que terminarmos de planejar nosso próximo mundo poliencefálico.

— Não — disse ela com veemência. — Tem que procurá-lo *agora*.

— Não posso — respondeu Belsnor.

Ela deu meia-volta e começou a se afastar dele.

— Venha cá, você tem que nos ajudar.

— Não vou voltar — disse ela.

Seguiu em frente pelo estreito corredor, até a cozinha. Acho que foi aqui que ele esteve por último, pensou ela. Ainda sinto a presença dele nesta cozinha, onde ele passa a maior parte do tempo.

Encolhida na cozinha tão atulhada de coisas, ela ouviu ao longe as vozes dos outros diminuírem até se calarem por completo. Entraram de novo na fusão poliencefálica, pensou ela. Desta vez sem mim. Espero que estejam felizes agora. É a primeira vez que não os acompanho. Fiquei de fora. O que devo fazer?, perguntou a si mesma. Para onde devo ir?

Sozinha. Seth se foi; todos se foram. E não posso seguir em frente sozinha.

Gradualmente, ela foi retornando à cabine de controle da nave.

Ali estavam eles, em seus cubículos individuais, os cilindros cheios de fios cobrindo a cabeça. Todos os cilindros estavam em uso exceto o dela... e o de Seth. Ela ficou parada, trêmula, hesitante. O que será que puseram no computador desta vez?, imaginou ela. Quais são as premissas, e o que terá o TENC 889B deduzido a partir delas?

Como será o próximo mundo?

Ela examinou o computador, que ronronava baixinho... mas, de todos eles, somente Glen Belsnor sabia de fato como operá-lo. Todos usavam, é claro, mas ela não era capaz de decifrar as configurações. Os registros em código que saíam dele a deixavam desnorteada. Ela parou perto do computador, segurando entre os dedos a fita perfurada... e então, com certo esforço, tomou a decisão. *Deve* ser um lugar razoavelmente bom, disse a si mesma. Nós o construímos com tanta habilidade, tanta experiência; não é como os mundos de pesadelo onde fomos parar no início.

É claro que o elemento homicida, a hostilidade, havia aumentado. Mas as mortes não eram reais. Eram tão ilusórias quanto mortes que acontecem num sonho.

E com que facilidade elas aconteciam. Como tinha sido fácil para ela matar Susie Smart.

Ela se deitou no beliche que lhe pertencia, instalado em seu cubículo pessoal, ligou todos os mecanismos de proteção vital, e então, com alívio, colocou o cilindro sobre a cabeça e os ombros. Seu zumbido modulado soou baixinho em seus ouvidos; um barulho reconfortante, que ela já ouvira tantas vezes no passado, ao longo daqueles anos longos e exaustivos.

A escuridão a envolveu; ela a aspirou para dentro de si, aceitando-a, exigindo-a... A escuridão se apossou dela, e a certa altura, ela percebeu que era noite. Sentiu então uma necessidade da luz do dia. Para que aquele mundo ficasse exposto — o novo mundo que ela ainda não podia enxergar.

Quem sou eu?, perguntou a si mesma. Aquilo já não estava muito claro em sua mente. A *Persus 9*, a perda de Seth, a vida vazia e reclusa ali dentro, tudo isso se dissipou dentro dela como um fardo que se abandona. Ela pensava apenas na luz do dia que a esperava; erguendo o braço, tentou ver as horas no relógio. Mas o relógio não estava funcionando. E ela não conseguia ver.

Podia enxergar estrelas, padrões de luzes intercalados com massas de nevoeiro noturno.

— Sra. Morley — disse uma voz incômoda de homem.

Ela abriu os olhos, totalmente desperta. Fred Gossim, o engenheiro-chefe do kibbutz de Tekel Upharsin, aproximou-se dela trazendo alguns documentos oficiais.

— Sua transferência saiu — disse ele, estendendo os papéis, que Mary pegou. — A senhora está indo para um assentamento numa colônia de um planeta chamado... — Ele hesitou, franzindo a testa. — Delmar.

— Delmak-O — disse Mary Morley, examinando a ordem de transferência. — Sim. E tenho que ir para lá num Nasal. — Ela imaginou que tipo de lugar seria Delmak-O; nunca ouvira falar nele. E ainda assim soava muito interessante; sua curiosidade havia sido despertada. — Seth recebeu a transferência dele também? — perguntou.

— Seth? — Gossim ergueu a sobrancelha. — Quem é Seth?

Ela deu risada.

— Eis aí uma boa pergunta. Eu não sei. Acho que não tem importância. Estou tão feliz de conseguir essa transferência...

— Não quero ouvir falar nisso — disse Gossim, rude como sempre. — No que me diz respeito, a senhora está abandonando suas responsabilidades aqui no kibbutz. — Dando meia-volta, ele se afastou.

Uma nova vida, pensou Mary Morley. Oportunidades, aventuras, empolgação. Será que vou gostar de Delmak-O?, pensou ela. Sim. Sei que vou.

Com pés leves, ela saiu dançando rumo à área de convivência no complexo central de edifícios do kibbutz. Para fazer as malas.

SOBRE O AUTOR

Philip K. Dick nasceu em Chicago, Illinois, em 1928, e faleceu em Santa Ana, Califórnia, em 1982. Um dos principais autores de ficção científica americana, seu trabalho é reconhecido tanto pela inventividade quanto pelo valor literário.

Ganhador de diversos prêmios, seus livros mais conhecidos são *Androides sonham com ovelhas elétricas?*, *O homem do castelo alto, Os três estigmas de Palmer Eldritch e Ubik*. Muitos de seus trabalhos foram adaptados para o cinema pela mão de diversos cineastas como Ridley Scott, *Blade Runner: O caçador de androides*; Steven Spielberg, *Minority Report: A nova lei*; Paul Verhoeven, *O vingador do futuro*; entre outros.

Esta obra foi composta pela Abreu's System em GT Sectra
e impressa em ofsete pela Gráfica Santa Marta sobre papel Pólen Natural
da Suzano S.A. para a Editora Schwarcz em setembro de 2023

A marca FSC® é a garantia de que a madeira utilizada na fabricação do papel deste livro provém de florestas que foram gerenciadas de maneira ambientalmente correta, socialmente justa e economicamente viável, além de outras fontes de origem controlada.